女房たちの王朝物語論

『うつほ物語』『源氏物語』『狭衣物語』

千野裕子

青土社

女房たちの王朝物語論　目次

第Ⅲ部　『狭衣物語』論

女房たちの王朝物語論　『うつほ物語』『源氏物語』『狭衣物語』

凡例

＊本文の引用にあたっては以下を使用した。

『うつほ物語』…室城秀之『うつほ物語　全　改訂版』（おうふう、二〇〇一）

『源氏物語』…石田穣二・清水好子校注　新潮日本古典集成『源氏物語』一〜八（新潮社、一九七六〜一九八五）

『狭衣物語』…小町谷照彦・後藤祥子校注・訳　新編日本古典文学全集『狭衣物語』①〜②（小学館、一九九九〜二〇〇一）

その他の作品…新編日本古典文学全集（小学館）

序章

平安時代に生み出された、いわゆる「王朝物語」は、貴公子と姫君の恋を主軸に展開する。物語の中心にいるのは男女の主人公だが、その周縁には多くの脇役たちが配されている。

脇役、といっても、そのレヴェルは様々だろう。そもそも、どこまでが主要人物で、どこからが脇役といえるのか。その線引きは難しい。物語の本筋には影響しない登場人物が脇役だ、などと言ってしまいたくなるが、物語において本筋に影響しない人物など登場するのだろうか。どのような人物であろうと、物語に登場する以上は何らかの役割を負っているはずである。しかしそれでも、その何らかの役割のために登場し、その人物の生き様や心の動きが深く掘り下げられるわけでもなく、ともすれば読者にその存在すら忘れ去られてしまう登場人物というのはいる。あえていうならば、そういった登場人物たちのことを、我々は総じて「脇役」と呼ぶのかもしれない。

しかし、だからこそ、脇役たちの存在は重要である。読者に深く注目されるわけでもないのに、物語において確実に何らかの役目を果たす――いや、役目を果たすためだけに登場する。脇役こそが、物語を展開させる原動力であるということになりはしないか。脇役たちがどのように配置され、どのように動き、どのような影響を与えるか、それを考えることこそ、物語の方法そのものに迫ることになるのではないだろうか。

王朝物語においては、そういった脇役たちの中でも特に見過ごせない存在がある。それは主要人物となる貴公子や姫君に仕える者たちだ。主要人物が貴人である以上、彼らの行動には自ずと制約がかかる。特に姫君は帳の奥深くにいて、自ら動くことは少ない。彼らの恋の成就のためには、その手足となって動く者たちがどうしても必要だ。そのため王朝物語においては、貴人に仕える者たちが脇役として登場し、物語を次の展開へと導かねばならない。

本書では、そうした者たちの中でも特に「女房」たちに注目していく。「女房」とは貴族社会において貴人に仕えた女たちのことである。彼女たちは内裏や貴人の私邸に部屋（＝房）を与えられ、住み込みで主に仕えていた。ただし「女房」というのは、いささか問題のある語であるかもしれない。確かに貴人に仕えた女たちを示す語なのであるが、一方で、現代語と同じように「妻」の意味として用いられることもある。さらに、『源氏物語』においては、「女房」は高い身分の家に仕える者として他の侍女と区別されるということも指摘されている（古田正幸「『源氏物語』における光源氏と侍女の関係──「女房」「御達」「女ばら」の表現の差異」『平安物語における侍女の研究』笠間書院、二〇一四年）。とはいえ、本書ではそうした語彙の問題に立ち入るつもりはない。貴人に仕える女たちの総称として、比較的なじみ深い「女房」の語を用いることにする。

＊

彼女たちは実に多様である。内裏に勤める者もいれば貴人の私邸に仕える者もいるし、女主人の入内に従って共に内裏に入る者もいた。貴人の乳母となって邸内でも重い存在となり、自分の子は主の子の腹心──いわゆる「乳母子」である──として活躍するといったこともある。また、時に、主と肉体関係を持つこともあった。ひとくくりに「女房」といっても様々なのだ。そして、そのために、彼女たちは王朝物語のあらゆる場面に姿を見せることになる。

さらに、物語の様々な場面に配された彼女たちからは、そのネットワークのようなものが浮かびあがってくる。親や兄弟姉妹など、一族で同じ主に仕えることもあれば、別々の主に仕えることもある。一方で、必ずしもひとりの主にだけ仕えたわけではなく、仕えていた主のもとを離れ新しい主のもとへ行く者もあれば、同時に複数の主のもとに出入りする者もあったようだ。王朝物語をつぶさに読み進めていくと、彼女たちのネットワークが様々な情報を媒介していくことが分かる。そうした動きが、物語に次なる展開を与えることも少なくない。

本書では当時の貴族社会における彼女たちの有様は問題としない。そもそも、いわゆる歴史資料として扱われている古記録などから、彼女たちの姿をうかがうことがどれほどできるだろう。平安時代の女房、というとそれなりのイメージを思い浮かべることができるかもしれないが、それは、王朝物語という文学テクストから生み出されたものではないか。歴史資料よりも文学テクストの方が女房のイメージを我々に与えてくれるような気がするのだ。そう考えると、現実の女房たちの姿というものがあるのだとしたら、それはフィクションの向こうがわにしかないのではないか、とも思えてくる。しかし一方で、そこにある矛盾も重要であろう。本書が扱うのは王朝物語とその系譜であり、ここにあるのはフィクションとしての物語の世界でしかない。だがそこに垣間見えるものに、当時の女房たちの実態を見ようとすることはできる。いや、むしろ文学テクストの方が生き生きとした女房たちの姿を見せてくれるように思えてならないのだ。

王朝物語において女房たちが主要人物になることはほとんどない。多少なりとも登場回数の多い女房はいるが、主人公たち並みの背景や心情が描かれることはない。それでも、彼女たちは王朝物語に登場し、〝何か〟をしている。本書ではそうした女房たちが、〝物語に何をしているか〟を考えていきたい。その〝何か〟は単なる登場人物としての行為・行動に限らない。確かに女房たちが男女の仲や情報の媒介とならなければ、物語は一歩たりとも動かない。そういう重要性に関しては、『源氏物語』を中心に既に様々に論じられてきたところでもある。だが本書で迫ってみたいのは、女房たちが〝物語で〟何をしているかというより、〝物語に〟何をしているかである。彼女たちの動きが、あるいは、ときに存在そのものが、王朝物語の原動力となっている。それはいったい、どのような仕組みになっているのだろうか。

＊

それを明らかにすべく、本書では王朝物語の中でも、『うつほ物語』『源氏物語』『狭衣物語』の三作品を扱う。いずれも長編であり、必然的に女房たちの登場も多くなっている三作品であるが、それぞれの作品における女房の様相にはかなり異なるものがあるように思われる。無論、後に成立した作品はそれだけ先行作品の影響を受けることになる。しかし、先行作品をどのように取り込んでいくかというところにこそ、その作品の個性は発揮される。特に平安時代後期の成立となる『狭衣物語』にはこの傾向が顕著だ。そのため本書でも、ありきたりではあるが、やはりこの三作品を成立時期順に分析していこう。そうすることで、王朝物語文学史の系譜もゆるやかに見出せるはずである。

第Ⅰ部で扱う『うつほ物語』は、一〇世紀末に成立したとされる、日本で最初の長編物語だ。王朝物語には『源氏物語』を中心に積み重ねられてきた研究史があり、『源氏物語』以前の成立である『うつほ物語』は、残念ながらこれまで重要性を見過ごされがちでもあった。だが、近年はその研究もさかんになりつつある。本書でもこの作品を分析の始発に置こう。女房という視点から分析していくなかで物語史の系譜を探っていくのなら、やはり『うつほ物語』は避けて通ることのできない作品である。

『うつほ物語』は全二〇巻にわたる壮大な作品である。主軸となる人物の異なる二系統の物語が並行して進んでいくとともに、前半と後半でもかなり毛色の違う物語が展開する。二系統の物語は、それぞれ清原俊蔭《としかげ》の一族を中心とする「俊蔭系」の物語と、源正頼《まさより》の一族を中心とする「正頼系」の物語と呼ばれている。「俊蔭系」の物語は、遣唐副使となった清原俊蔭が唐へ向かう途中で漂流し、様々な苦難を経て秘琴・秘曲を得ることに始まる。帰国後、その秘曲は俊蔭の娘を経て孫の藤原仲忠《なかただ》に伝授される。その後の「俊蔭系」の物語は、この仲忠を中心に展開していくことになる。一方、「正頼系」の物語は、多くの子女を持つ源正頼の九女で、特に美しい姫君と評判のあて宮をめぐる求婚譚を中心に展開する。この求婚譚には仲忠も加わり、あて宮の婿の有力候補と目されるようになるが、結局、あて宮は春宮のもとに入内することになる。このように、俊蔭の苦難の旅を中心に展開する首巻「俊蔭」から、あて宮求婚譚が終息を見せる一二巻目「沖つ白波」までが、『うつほ物語』の前半部としてとらえられている。

後半は、「俊蔭系」の物語として、仲忠が先祖累代の蔵を開き、そこに収められていた書物から清原一族の学問を復興させるとともに、娘であるいぬ宮に秘曲を伝授させようとする様が描かれる。その一方で、「正頼系」の物語として、あて宮の生んだ皇子が次の春宮になれるかどうかを争う、立坊争いの物語が展開する。一三巻目「蔵開《くらびらき》・上」から、無事に秘曲伝授が終わって皆の前で披露する最終巻「楼《ろう》の上・下」がこの後半部である。

大まかにとらえれば、前半は「あて宮求婚譚」、後半は「立坊争い」および「秘曲伝授」が『うつほ物語』のメインストーリーとなる。あて宮求婚譚において、男たちはあて宮に次々と贈物や文を贈っていく。無論、あて宮に直接渡せるわけもなく、そこには媒介者が必要となる。このとき、あて宮に仕える女房たちが重要な働きを見せる。さらに、あて宮求婚譚が終息を見せても、彼女たちの出番は終わらない。立坊争いの物語は情報戦の様相を呈し、今度は男女の仲ではなく情報の媒介者としての出番となる。この後半においては、女房たちの関係性、特に親や兄弟姉妹といった血縁関係が多く語られるようになってくる。そのため、その分析においては男性の従者も対象とする必要があるだろう。『うつほ物語』では物語の進展とともに、女房・従者の存在意義が変わっていく。それは最初の長編物語だったからこそであるのかもしれないが、王朝物語がその方法を見出していく様であるようにも思われる。女房・従者たちに注目したとき、『うつほ物語』の後半からは確かにスリリングな物語の方法が見て取れるし、それは後に成立していく物語に継承されていくものとして位置づけられる。

次に、第Ⅱ部では『源氏物語』を扱う。一一世紀の初めに成立した、全五四帖の大長編である。その分量や質の高さもさることながら、後世に与えた影響は計り知れず、残念ながら今なお王朝物語の、いや、平安時代の散文の研究の中心に君臨していると言ってもいい。『うつほ物語』や『狭衣物語』にも文学的価値を見出したい身としては、そういった状況にもどかしい思いもある。しかし、だからこそ、『源氏物語』とはいったいどのような物語であるのか、それを探っていかねばなるまい。また、王朝物語における女房に関する研究史も、やはり『源氏物語』を中心に発展してきた。それらは各論にて触れさせていただくことになろうが、本書では、女房たちはいったい何をしているのか、そうした本書なりの視点で『源氏物語』を分析していきたい。

述べたように『源氏物語』は五四帖に及ぶ大長編であるが、三部構成としてとらえられている。第一部（「桐壺」～「藤裏葉」の三三帖）は主人公である光源氏が栄華を手にするまでを描く。帝（桐壺帝）の第二皇子として生まれたものの臣籍に下った光源氏は、父帝の后である藤壺宮と密通して子をなす。その子がやがて帝（冷泉帝）となり、光源氏は准太上天皇として六条院で栄耀栄華をきわめることになる。その間には様々な女性の遍歴も描かれるが、藤壺宮の姪で彼女によく似た若紫（紫の上）と出会い、養育した後に伴侶とすることは特に物語の中心的な出来事として語られる。

第二部（「若菜・上」～「幻」の八帖）は光源氏の晩年を描く。光源氏は朱雀院（光源氏の異母兄）の皇女である女三宮を妻に迎えることになるが、柏木（光源氏の好敵手でもあった頭中将の嫡男）に密通され、女三宮は男子（後の薫）を出産する。また、女三宮を迎えたことに衝撃を受けた紫の上は心労がたたって死に、光源氏も出家の支度を始めることになる。ここまでの第一部・第二部を「正篇」とも呼び、光源氏の子孫たちを中心に展開する第三部を「続篇」とも呼ぶ。

第三部（「匂兵部卿」～「夢浮橋」の十三帖）は、光源氏亡き後を描く。後半の十帖は主に宇治を舞台に展開するため特に「宇治十帖」とも呼ばれている。栄華を手にしていった光源氏の物語と、都から離れた宇治の地で展開する子孫たちの恋物語はあまりに隔たった世界観にあり、この宇治十帖をどうとらえるかは、『源氏物語』全体を考える上でも重要である。本書でも、宇治十帖を、特に正篇とのかかわりを探るべく分析していく。

宇治十帖の中心となる貴公子は、道心深く厭世的な薫（女三宮と柏木の子、表向きは光源氏の子）と、色好みだが薫に対抗意識を持っている匂宮（光源氏の孫）である。薫は宇治で八の宮（光源氏の異母弟）の娘である姉妹に出会う。薫は姉の大君に魅かれるが、大君は妹の中の君を薫に勧めようとする。そのため薫は中の君と匂宮を結ばせ、大君を自分のものにしようとするが、大君は匂宮がなかなか中の君のもとを訪れないことに対する心労で病み、やがて死んでしまう。その後、大君・中の君の異母妹であり、大君に生き写しである浮舟が登場し、薫・匂宮と三角関係に陥ることになるが、板挟みとなった浮舟は死を選ぶ。しかし浮舟は死ぬことができず助け出されて尼になる。薫は再び浮舟に会おうとするが、拒否されて会えぬまま物語は終わる。

以上の長大な物語だが、それだけに登場人物も多い。そうなると当然のことながら女房たちも多く登場することになるが、本部で注目していきたいのは、女房たちの名である。女房たちには、伺候名とも呼ばれる仕事上の名がついている。しかし、たとえば紫式部も和泉式部も共に「式部」であったように、これは時として他の女房と重なることがある。そのため『源氏物語』においても、同じ名前だが別人である、という女房が多く登場するのだ。そして、同じ名前の女房には、別人であるにもかかわらず似たような造形がなされている。しかも、その傾向が顕著な女房が、宇治十帖に集中しているのである。逆にいえば、宇治十帖の女房たちは、それまでに正篇に登場してきた同名の女房を彷彿とさせる造形で登場してきているということになる。では、それらの女房たちは、その造形でもって、宇治十帖に、そして『源氏物語』に、何をしようとしているのだろうか。それを分析することは、宇治十帖と正篇とのかかわりを問うことになるだろう。

そして、第Ⅲ部では『狭衣物語』を扱う。一一世紀の終わりに成立した全四巻の物語である。『うつほ物語』や『源氏物語』に比べれば、分量としてはやや小ぶりだが、巧みな構成と美しい文体が光る作品である。主人公の貴公子、狭衣は兄妹同然に育った従妹の源氏の宮に恋心を抱いているが、それは許されないことだと胸に秘めている。この源氏の宮への恋に始まり、全四巻の各巻に新たなヒロインが登場する。しかし、巻一に登場する飛鳥井女君は、狭衣と恋仲になるものの、ふたりの関係を知らなかった狭衣の従者である道成に略奪されて死を選ぶ。巻二に登場する女二宮は、狭衣とふとしたきっかけで関係を結び妊娠するが、腹の子の父親が狭衣であると知らない母親に心労で死なれ、その衝撃が深く尼になってしまう。巻三に登場する一品宮は狭衣と思わぬ形で結婚することになるが、もとより望まぬ結婚であり、夫婦生活は冷え切ったものになる。このように、いずれも悲劇的な展開が待っているのだが、巻四に登場する宰相中将妹君は源氏の宮に生き写しの姫君であり、狭衣は彼女を妻にすることで一応の充足を得る。やがて神のお告げで狭衣は天皇になることになるが、最後まで源氏の宮への想いと女二宮への未練は消えないという筋である。

『狭衣物語』は冒頭から漢詩引用や大量の引歌を用いて描写を作りあげ、挙句、「光源氏」の名前を直接に出して引き合いにする（諸本によっては「光源氏」引用を持たないものもあるが）。先行作品をありとあらゆる方法で豊かに取り込んでいるところは、この物語の大きな魅力のひとつである。『狭衣物語』の作者といわれている人物は、宣旨《せんじ》という名で六条斎院禖子《ばいし》内親王に仕え、乳母だったであろうとされている。禖子内親王のサロンは数多くの歌合を開催したことでも有名である。この時期は姉の祐子《ゆうし》内親王や四条宮寛子《かんし》（藤原頼通の娘で後冷泉天皇の皇后）のもとでも盛んに歌合が行われた黄金期であった。だが何より、禖子内親王のもとでは、女房たちが新作の物語を書きおろし、その物語に関係する和歌でもって歌合を開催したことが知られている。多くの物語や和歌に触れ、また新たな作品を生み出していったという気風が、『狭衣物語』からも伝わってくる。それだけに、『狭衣物語』においては先行作品をどのように取り込んでいるのかが注目されるし、そうした上で見出される『狭衣物語』の独自性こそが重要である。残念なことに『源氏物語』の模倣・亜流といった評価をされてきたこともあるが、決してただそれだけに留まるような作品ではないのだ。

そしてそれは、この物語の女房たちによっても明らかとなる。『うつほ物語』に見出せる女房たちのネットワークや『源氏物語』における女房たちの活躍を見た後に『狭衣物語』を読むと、そのあまりの違いに愕然とする。女房たちはいつも主の傍にいて、ときに貴公子を姫君の寝所へ導き、あらゆる秘密を握っている――そうした王朝物語の「お決まり」は、この物語に通用しない。『狭衣物語』の女房たちは、物語の重大な出来事に居合わせないし、情報を握ることができない。男女の関係も、常に彼らの単独行動である。それでいて女房たちは情報を握ることができないまま動いてしまう。彼女たちの誤解や思い込みが次なる展開を生み出す仕掛けになっているのだ。しかし、そうした展開の妙も、「お決まり」があってこそのものである。『狭衣物語』は、王朝物語史の系譜に乗りつつも、いや、乗っているように見せかけつつ、それを覆していくのである。第Ⅲ部では、そういった女房たちのあり方から『狭衣物語』を分析していくとともに、この物語が先行物語――特に『源氏物語』をどのように取り込んでいるかに迫っていく。

王朝物語の一作品を読んだ後、どのような女房たちが登場していたかを覚えている読者がいったいどれほどいるだろう。本書で扱う女房たちの多くはそういう存在である。もしかしたら「脇役」と呼ぶのもふさわしくない「端役」かもしれない。だが、物語のあらゆるところに散らばる彼女たちに焦点を合わせたとき、そこからは物語の方法そのものが見えてくる。女房たちは確実に物語に〝何か〟をしているのだ。それが何なのか、つぶさに見ていこう。

第Ⅰ部　『うつほ物語』論

序章で述べたように、『うつほ物語』は一〇世紀末に成立したとされる、現存最古の長編物語である。まず、大まかなストーリーを見ていこう。

この物語は、清原俊蔭《としかげ》の一族を中心とする「俊蔭系」の物語と、源正頼《まさより》の一族を中心とする「正頼系」の物語と呼ばれる、主軸の異なる二系統の物語が進んでいく。さらに物語の前半（首巻「俊蔭」から第一二巻「沖つ白波」まで）は正頼の九女・あて宮に婚約者が殺到する「あて宮求婚譚《じゅだい》」を中心に展開し、後半（第一三巻「蔵開《くらびらき》・上」から最終巻「楼《ろう》の上・下」まで）は、そのあて宮が春宮《とうぐう》に入内し、彼女の生んだ皇子と他の皇子との間で誰が次の春宮になるか争う「立坊《りつぼう》争い」と、俊蔭一族の中心人物である藤原仲忠《なかただ》が娘のいぬ宮に一族の琴を継がせようとする「秘曲伝授」を中心に展開するという、ストーリーにかなり変化のあるものとなっている。

首巻である俊蔭巻は、「俊蔭系」の物語の始まりの巻でもある。遣唐副使となって海を渡った俊蔭は漂流し、苦難の旅の末に秘琴・秘曲を得る。帰国後、俊蔭は娘に秘曲を伝授することになるが、この一族代々の秘曲伝授が、「俊蔭系」の物語の主筋となる。俊蔭の死後、娘は藤原兼雅《かねまさ》（初登場時は「若小君《わかこぎみ》」と呼ばれるが、「兼雅」で統一する）と一夜限りの契りを結び、子を宿す。生まれた息子・仲忠は母親（俊蔭の娘）を養うため、大きな木のうつほ（空洞）で暮らし、そこで母から秘曲を伝授される。やがて父親である兼雅と再会を果たし、仲忠は貴族社会の仲間入りを果たすことになる。

俊蔭巻の次に位置する藤原の君巻が、一方の「正頼系」の物語の始まりの巻である。正頼は多くの子女を持っているが、それぞれを有力者たちと結婚させた後も同じ邸で暮らさせ、大家族的な一大勢力を誇っている。未婚の子女たちも多いなか、特に美しいと評判なのが九女・あて宮で、彼女をめぐる求婚譚が展開する。「あて宮求婚譚」と呼ばれるこの物語は、『うつほ物語』前半部の中心的なストーリーともなっている。

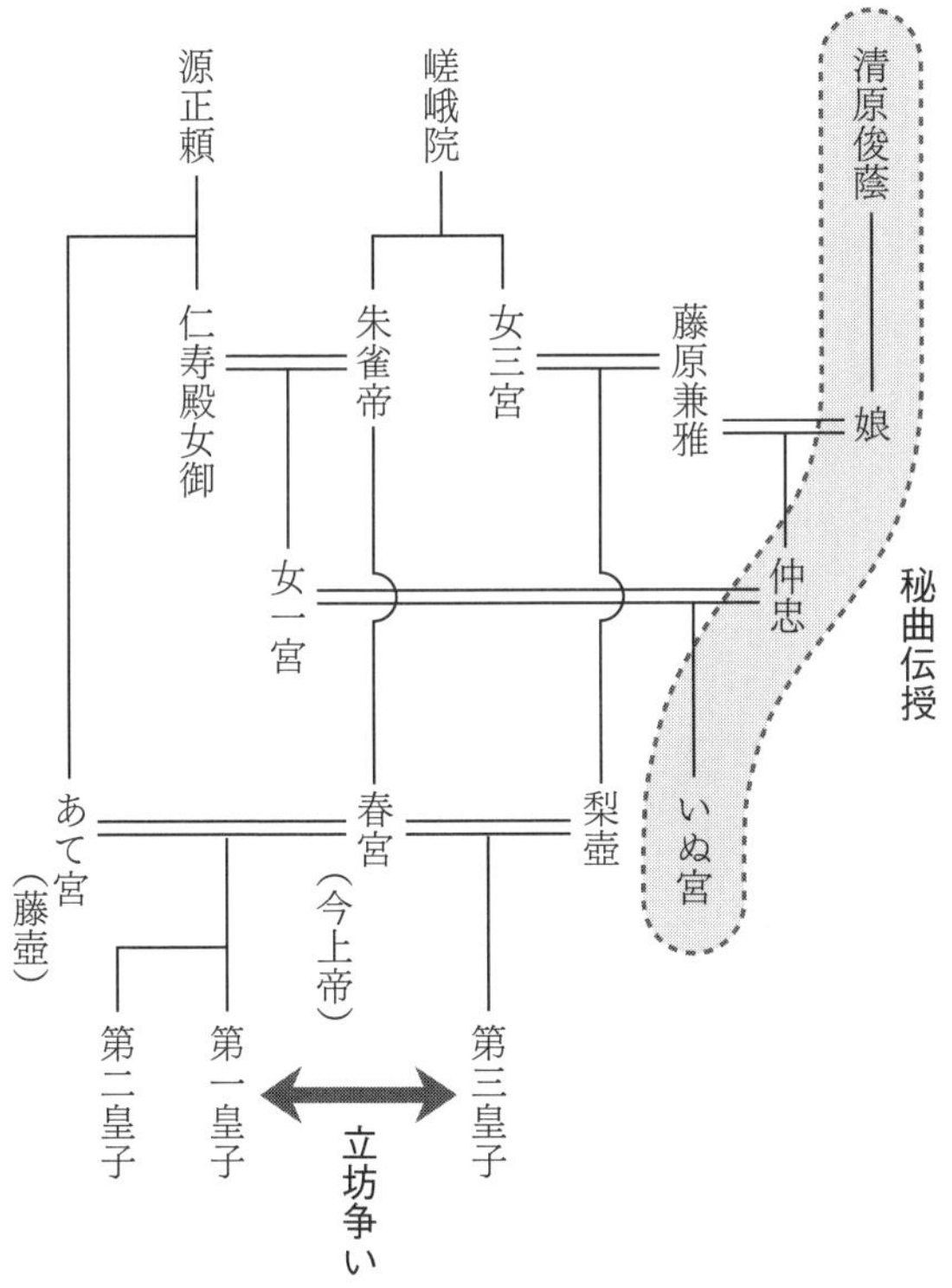

　このあて宮求婚譚には、多くの個性豊かな求婚者たちが現れる。あて宮は結局は春宮に入内することになり、その可能性は物語のかなり早い段階から示されているのだが、狂騒状態ともいえる男たちの求婚合戦は九巻にわたって展開する。そして、あて宮が春宮に入内すると、求婚者たちの中には悲惨な結末を迎える者も現れる。序盤から婿の有力候補のひとりとして登場する源実忠《さねただ》は、妻子のいる身であったが、もとの妻子を顧みずあて宮に夢中になっていたため、息子の真砂子《まさこ》君が父を恋い慕って

死に、一家離散状態になる。同母兄でありながらあて宮に禁忌の恋心を抱いてしまった源仲澄《なかずみ》も絶望のあまり死んでしまう。他にも、出家して山にこもってしまう源仲頼《なかより》や、朝廷に愁訴したものの訴えの無礼さにより一族もろとも流罪になる滋野真菅《しげののますげ》、全財産を燃やして山にこもる三春高基《みはるのたかもと》といった人物もいる。

むろん全ての求婚者たちが破滅したわけではなく、前半部の最後の巻である沖つ白波巻では、かつての求婚者たちが正頼の他の娘（つまりはあて宮の妹たち）と結婚して落ち着く様も描かれることになる。俊蔭一族の中心人物であり、物語全体を通しても中心的な存在となる仲忠も、あて宮求婚譚に加わっていた。彼はあて宮の婿の有力候補となるが、あて宮の春宮入内後は、彼女の姪にあたる女一宮（朱雀帝の皇女）と結婚することになる。その仲忠のライバル的な存在であり、嵯峨院の落胤である源涼《すずし》も、あて宮の同母妹・さま宮と結婚する。入内したあて宮も含め、この後の物語には、それぞれの夫婦仲や、女たちの出産とその祝いである産養《うぶやしない》の場面なども多く描かれることになる。

物語の後半に入ると、仲忠は先祖累代の蔵を開き、そこに収められていた書物から清原の一族の学問の復興を目指すとともに、娘・いぬ宮への琴の伝授を計画する。俊蔭の孫として彼は清原の一族を背負っているが、父親は藤原氏の兼雅である。実は兼雅には春宮に入内した娘・梨壺《なしつぼ》（仲忠にとっては異母妹になる）がいて、彼女の生んだ皇子があて宮との立坊争いの種となる。ただし、これは藤原氏と源氏との争いという単純な構図とはならない。なぜなら立坊争いにおいて梨壺側に立つべき藤原氏の男たちは、その多くが源氏である正頼一族の女を妻としているからだ。女一宮を妻とし、あて宮とも良好な関係にある仲忠もそのひとりだ。とはいえ、兼雅の妹であり、春宮の母である后の宮の過激なまでの暗躍によって立坊争いは激化し、一時は正頼もあて宮の生んだ皇子の立坊は絶望的と見て塗籠《ぬりごめ》（納戸のような

前半

1 俊蔭《としかげ》
2 藤原《ふじわら》の君《きみ》
3 忠《ただ》こそ
5 嵯峨《さが》の院《いん》
4 春日詣《かすがもうで》
7 吹上《ふきあげ》・上
6 祭《まつり》の使《つかい》
8 吹上・下
9 菊《きく》の宴《えん》
10 あて宮《みや》
11 内侍《ないし》のかみ
12 沖《おき》つ白波《しらなみ》

※このあたり、底本の巻の順と物語の時系列が異なる（番号は巻の順）

＊俊蔭系の物語のはじまり
＊正頼系の物語のはじまり

あて宮求婚譚

＊あて宮、春宮に入内

後半

13 蔵開《くらびらき》・上
14 蔵開・中
15 蔵開・下
16 国譲《くにゆずり》・上
17 国譲・中
18 国譲・下
19 楼《ろう》の上《うえ》・上
20 楼の上・下

立坊争い

秘曲伝授

＊仲忠、祖先の蔵を開く
＊あて宮の第一皇子、立坊
＊秘曲披露

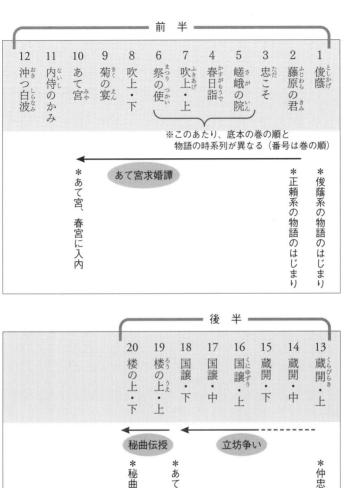

部屋）に引きこもるまでの事態になってしまう。しかし、結局はあて宮の生んだ皇子が立坊することになり、その後、物語の主軸は仲忠がいぬ宮に一族の琴を継がせようとする「秘曲伝授」の物語へと移っていく。

以上のようなストーリーが全二〇巻にわたり展開する。この長大な日本で最初の長編物語を、まずは考察の対象としてみよう。

第一章　『うつほ物語』の女房たち

はじめに

全二〇巻にわたって壮大な物語が展開する『うつほ物語』は、当然のことながら登場人物も多い。しかもこの物語は、宴の場面では酒肴の様子から給仕する女たちの服装までこと細かに描写し、貴公子たちが和歌を詠みあえば全ての和歌を列挙する。こうした特徴的な叙述スタイルは「記録文体」とも呼ばれている。そういった物語であるので、女房たちも、ある場面にいた者として名前だけが示される者も含め、実に多くの者たちが登場している。出番の濃淡には差がかなりあるが、ともあれ、まずは名の示される女房を仕えている主人別に列挙してみよう。(1) 括弧内の巻名は登場巻を示し、絵解《えとき》（『うつほ物語』には時折、「ここは（に）……」という形で、ストーリー展開とは別にその空間の様子を事細かに説明する表現が入ることがあり、それらは「絵解」あるいは「絵詞」「絵指示」などと呼ばれている）や話題にのぼるのみでも登場として数えた。また、乳母《めのと》や乳母子などである場合は括弧内の最後に示した。

あて宮……兵衛（藤原の君、祭の使、菊の宴〜内侍のかみ、蔵開・下〜国譲・下／乳母子）、木工（藤原の君、嵯峨の院〜祭の使、菊の宴〜あて宮、蔵開・下〜国譲・上）、宮内（藤原の君、祭の使）、中納言（藤原の君、祭の使、菊の宴〜あて宮、国譲・上）、少納言（藤原の君、あて宮）、殿守（藤原の君、祭の使、国譲・中)、孫王（春日詣~吹上・上、あて宮、蔵開・上~楼の上・上)、帥（祭の使、あて宮)、宰相（あて宮／乳母)、中将（あて宮)、小弁（あて宮)、小大輔（あて宮)、少将（あて宮、国譲・上)、左近（あて宮)、右近（あて宮)、衛門（あて宮)、内蔵助(2)（あて宮)

源忠澄……長門（藤原の君／乳母)

今上帝……靫負（あて宮／乳母)

大宮……大弐(3)（内侍のかみ)

朱雀院女一宮……靫負(4)（沖つ白波)、宰相（沖つ白波、蔵開・上)、右近(5)（沖つ白波、蔵開・中／乳母)、孫王（蔵開・上、国譲・上~国譲・中)、宮（蔵開・上)、中務（蔵開・中)、中納言（国譲・上)、按察使(6)（国譲・下)、左近（国譲・下／乳母)、帥（楼の上・下)

朱雀帝……靫負（蔵開・上~蔵開・中／乳母)

いぬ宮……大輔（蔵開・上~蔵開・中、国譲・上~国譲・中／乳母)、宮（楼の上・上／乳母)、源氏（楼の上・上／乳母)、稚児宮（楼の上・上)、兵衛（楼の上・上)、ちやは(7)（楼の上・上~楼の上・下／乳母)、中納言（楼の上・下)、侍従（楼の上・下／乳母)、大弐（楼の上・下／乳母)

嵯峨院女三宮……右近(8)（蔵開・中~蔵開・下)

さま宮……兵衛（蔵開・下)、中将（蔵開・下)、孫王（国譲・上)

嵯峨院の小宮……左衛門（国譲・中)

朱雀院女二宮……中納言（国譲・中)、越後（国譲・下／乳母)

宰相の上……大輔（楼の上・上)、少将（楼の上・上)

俊蔭の娘……侍従（楼の上・上)

源涼……帥（楼の上・下）、中納言（楼の上・下）

これらの女房たちには、同じ主人に仕える同名の女房でも必ずしも同一人物ではない可能性があったり、異なる主人に仕えているが同一人物の可能性があったりする者もいるが、仮に同名の人物が同じ主人に仕えていれば同一人物、異なる主人に仕えていれば別人として整理した。

こうして整理すると、登場する女房に偏りがあるのが分かる。まず、あて宮が入内するまで、名を持つ女房はあて宮づきの者しか登場しない。唯一の例外は、忠澄《ただずみ》（正頼の長男であて宮の同母兄である）の乳母の長門《ながと》であるが、これもあて宮との仲介を期待して頼まれる女房の一人である。

その後、あて宮が入内すると様々な主人のもとに仕える女房たちが描かれるようになる。特に後半（蔵開・上巻以降）に特徴的なのは、乳母が多く登場するようになることである。乳母たちは生母に代わって貴人たちを養育し、その後見として誰よりも近くで仕えることになる存在だ。あて宮・女一宮・さま宮といった女君たちが次々に出産していくという物語の展開を考えれば乳母の登場は必然ともいえるが、生まれた子だけでなく、女一宮や女二宮の乳母も新たに登場してくる。

また、物語の後半に至って新たに登場する女房が多い一方で、長きにわたって登場している女房もいる。たとえば、あて宮に仕える孫王《そんのう》の君や兵衛《ひょうえ》の君である。彼女たちの機能は物語の進展とともに変化しているとおぼしい。

それでは、『うつほ物語』において、女房たちはどのような機能を果たしているのだろうか。それを物語の進展とともにみていこう。

1　求婚者たちを位置づける者——あて宮求婚譚の場合

実忠と兵衛の君

あて宮求婚譚を主軸に展開する『うつほ物語』の前半では、名を持つ女房たちはあて宮と求婚者たちの仲介としての機能に終始する。登場する女房たちの数は限られ、そのほとんどが常に同じ求婚者の仲介をしている。

はじめに登場するのはあて宮の乳母子の兵衛の君である。彼女は「かたちも清げに、心ばへある人」（藤原の君　七〇）で、あて宮求婚譚における主要な求婚者のひとりである源実忠《さねただ》との仲介役となる。この若く美しい兵衛の君と実忠のやりとりは軽妙で、兵衛の君もあて宮に返事を書かせるために熱心に働きかけている。また、祭《まつり》の使《つかい》巻には実忠の兵衛の君に対する「などか、一夜は、下り給はずなりにし。今は、君さへつれなくなりまさり給ふこそ、わびしけれ」（祭の使　二三四）という発言がある。前の晩に局（私室）に下がってこなかった兵衛の君に対して、そのわけを問うとともに、あて宮だけでなく兵衛の君まで次第に冷たくなっていることをなじる言葉である。どうやら実忠は、夜、兵衛の君が局に下がったところに訪れようとしていたらしい。しかし、それはただ仲介を求めるためだけではあるまい。兵衛の君と実忠との間には性的関係が疑われる。(10)

もっとも、実はそうではなかったことが、物語も後半の国譲《くにゆずり》・上巻に至って明かされることになるのであるが、少なくともあて宮求婚譚の範囲においては、兵衛の君は実忠との間に性的関係があるかのように描かれているというわけである。だとすれば、その結びつきゆえに兵衛の君が女房としての職分以上に実忠への肩入れをしてもおかしくはない。この兵衛の君の描かれ方は、実忠が兵衛の君との結びつきによって、他の求婚者たちよりも有利にことを進めていることを示しているのである。

この兵衛の君の尽力によって、実忠は求婚者の中で最も早くあて宮から返事をもらうことになる。さらには月夜の晩にあて宮の住む寝殿に立ち寄り、あて宮の同母妹であるちご宮と歌を交わすことにも成功している。この時には木工《もく》の君という「労ある者」(藤原の君　七七)も協力しているほか、実忠の詠んだ歌に対して「皆人あはれがる」(藤原の君　七七)とあり、実忠があて宮の側近女房たちを味方につけている様子がうかがえる。

この月夜の場面まで、実忠は求婚者の中で最有力候補のように描かれている。返事をもらうのも、近くまで寄ることができたのも、多くの求婚者たちの中で実忠が最初である。それは兵衛の君との関係があってこそのことだ。しかも、兵衛の君はただの女房ではない。彼女はあて宮の乳母子である。乳母とともに乳母子は幼いころより主人の傍にある。兵衛の君はあて宮の最側近の女房なのだ。仲介をする者の中で最もあて宮に接近できる者を味方につけたことが、実忠を有利にさせたのだろう。(11)

しかし、次第に実忠の形勢は不利になっていく。同じ藤原の君巻でも、終わりの方では、文の取次を頼まれた兵衛の君が実忠に「さ思ひ給ふれど、『故郷ものし給ふ』とこそ思したために」(藤原の君　一〇〇)と言っている。取次をしたいと思うが、実忠には故郷――つまりは家族があるとあて宮は思っているらしい、という理由で取次をしぶるのだ。実忠に妻子がいる可能性があるという重大な情報を、物語は兵衛の君に語らせて示しているわけである。その上、兵衛の君は「さらに見給へじ。『何にか参りつる』とのたまはむものを。召しありとも、今は参り来じ」(藤原の君　一〇〇)と言う。あて宮は実忠からの文を見ないし、渡されることすら嫌がる。だからこれ以上自分も実忠のもとへは来たくない、というわけである。兵衛の君は乳母子という最側近の立場にあるからこそ、あて宮の機嫌を損ねるわけにはいかないのだ。乳母子である兵衛の君を仲介にすることで他の求婚者に一歩先んじた実忠であるが、彼女が難色を示せばどうにもならない。さらには、彼女の口から実忠の妻子の存在までもが語られることによって、求婚者の中で最有力候補であるかのように描かれてきた実忠に影が落とされたのである。

実忠があて宮をものにできるかは、兵衛の君にかかっている。彼女の動向が、実忠の行方を左右するのだ。あて宮の乳母子という兵衛の君の役割は実に重い。それは実忠という作中人物にとって重要なことだが、それだけの話ではない。実忠が兵衛の君を仲介にしているという設定、実忠の妻子の存在がわざわざ兵衛の君の台詞でもって語られるという展開――彼女の存在が、求婚譚における実忠の位置づけを示すバロメーターとなっているのだ。この求婚譚は、どの女房が味方となっているかで、その後の展開も左右されるようになっているようだ。

そして、実忠のような有力候補がいる一方で、あて宮求婚譚は、側近とはいえないような女房を仲介にした（せざるをえない）求婚者たちも用意している。『うつほ物語』には研究史上「三奇人《さんきじん》」と呼ばれる登場人物たちが存在するが、そのうちのふたりが、「こうした求婚者」にあたるのだ。

三春高基・滋野真菅と女房たち

「三奇人」と呼ばれているのは、上野《かんずけ》の宮・三春高基《みはるのたかもと》・滋野真菅《しげののますげ》の三人である。彼らは反貴族的かつ強烈な個性を持って物語に登場する。このなかで高基と真菅が女房たちを仲介にあて宮に求婚していく。

高基が頼るのは宮内《くない》の君という女房である。彼女はどの程度の格の女房であるか判然としない。ただ、あて宮巻の絵解に、入内したあて宮の周りの女房が列挙される箇所があり、その中に宮内の君の名は見えない。ということは、高基が仲介に頼んだこの宮内の君は、側近の女房ではない可能性が高い。

真菅が頼ったのは、近隣に住む嫗に紹介された長門という老女房である。長門はあて宮の同母兄である忠澄の乳母だ。あて宮求婚譚に登場する女房のなかであて宮が主人ではない女房の唯一の例であるが、ここはあて宮が主人ではないということに意味があろう。なぜならそれにより、真菅はあて宮に仕える女房を頼ることができなかったらしい、ということが分かるからである。いくら同母兄・忠澄の乳母とはいえ、あて宮からは遠い。しかも、長門は「殿には、人、いと多かれども、我らが友達にすべき人もなし」（藤原の君　九六）と、邸のなかに友人がいないことを漏らす有様である。

長門は孫のたてきを使って真菅からの文をあて宮に渡すことになるが、案の定つき返されてしまった。それは文の酷さゆえであるが、そもそも長門に仲介を頼んだ時点で結果は見えていたといえるだろう。次に真菅は、やはり老女房である殿守《とのもり》を頼る。この殿守はあて宮に仕えているが、高基が頼った宮内と同じく、あて宮巻の絵解には名が見えない。殿守もやはり側近ではなく、この女房を介しての求婚も困難であろう。

高基にしても真菅にしても、側近の女房を仲介に使うことができない時点で、既に他の求婚者たちから大きく出遅れているのだ。他の求婚者たちは、実忠のように側近女房を使う他は、女房ではなくあて宮の兄弟を仲介にしている。側近女房でもあて宮の兄弟でもなく、到底見込みのなさそうな女房を介させることによっても、物語は高基や真菅が求婚者として問題外であることを示しているのである。

なお、高基と真菅は女房のもとへ行くのではなく、自邸に女房を召していることでも共通している。実忠の場合は正頼邸に入り浸りであったので、兵衛の君のもとをしばしば訪れている。嵯峨の院巻から中心的な求婚者として登場してくる仲忠も同様である。しかし、高基と真菅は自邸に女房を呼ぶばかりだ。真菅にはあて宮入内の噂を聞いて殿守の曹司《ぞうし》（私室）へ行く場面があるが、そこには「殿守の曹司に忍びて入りて」（藤原の君　一〇三）とある。「忍びて」ということは、真菅は正頼邸への自由な出入りを許されていないのだろう。高基も真菅も、正頼邸に出入りできないために、女房たちをわざわざ自邸に呼ぶしかなかったのだと考えられる。ここからも、他の求婚者たちより不利な状況にあることがわかる。

高基や真菅は有力候補とはほど遠い存在として求婚譚に登場する。彼らはそもそもの人物設定からして、あて宮の婿になり得るはずもない者として描かれているが、仲介する女房によっても、有力候補から遠いということが示されているのだ。やはり、どの女房を頼るかで求婚者たちは丁寧に描き分けられ、位置づけがなされているといえる。実忠と、高基や真菅という両極端な例からそれは明らかだ。

それでは、『うつほ物語』全体を通して中心人物となる仲忠の場合はどうだろうか。彼の場合も、やはり女房を仲介にしている。そしてその女房は、きわめて珍しい名を持って登場してくることになる。

仲忠の登場と孫王の君

仲忠があて宮の求婚者として初めて登場するのは、巻の順序の上では春日詣《かすがもうで》巻である。しかし、物語の時系列の上では、続く嵯峨の院巻が春日詣巻に先行している。そして、この嵯峨の院巻で、仲忠があて宮の求婚者となる様が描かれている。彼が仲介に頼ったのは「孫王の君とて、よき若人」（嵯峨の院　一六〇）であった。「孫王」という名の女房は、おそらく『うつほ物語』にしか登場しないのではないか。[12]

この孫王の君は仲忠があて宮求婚譚に参入するにあたって初めて登場した女房だが、『うつほ物語』中で最も登場回数の多い女房でもある。

彼女は兵衛の君と並ぶあて宮の最側近の女房である。同母兄でありながらあて宮に恋をしてしまった仲澄《なかずみ》は、あて宮の春宮入内が決まると思いつめて病の床に臥してしまうが、あて宮は瀕死となった仲澄と対面するにあたり、この孫王の君と兵衛の君のみを連れている（あて宮巻）。また、かなり後のこととなるが、懐妊したあて宮の里下がりを春宮が許さず、強引に邸に迎えようとする正頼との間に緊張が走る場面がある。この時に、春宮が他の者との取次として指名したのは孫王の君と兵衛の君と女の童のあこきであった（蔵開・下巻）。

しかし、乳母子である兵衛の君に対して、孫王の君は何をもってして最側近でいるのだろうか。吉海直人は、孫王の君を嵯峨院の血脈につながる者ではないかと想定している。(13) 国譲・上巻において孫王の君には女一宮、さま宮にそれぞれ仕える妹があり、さらに上野の宮の子であることが判明することになるが、上野の宮を嵯峨院の皇子と仮定すれば、上野の宮と孫王の君姉妹とそれぞれの主人が全て同じ系譜に収まるとし、信頼できる親類の女房としてとらえているのである。また、それに類する例として『浜松中納言物語《はままつちゅうなごん》』・『松浦宮物語《まつらのみや》』の女王の君、『源氏物語』の王命婦《おうのみょうぶ》を挙げている。

吉海は『源氏物語』の王命婦を「もちろん皇族出身だからといって、それだけで藤壺（先帝）の親類であると断定することは無理であろう」とした上で「その可能性を読むことによって、信頼できる側近であることが納得しやすいというだけなのである」(14) とする。とすれば、『うつほ物語』の孫王の君も無理に系譜を特定する必要はないだろう。この孫王の君も皇族の血を引いているらしいということで、父源正頼が一世の源氏であり母大宮が嵯峨院の皇女であるあて宮の親類の可能性があると読むだけで充分である。彼女は春日詣巻から登場していながら、妹の存在が示されたのも系譜が示されたのも物語も後半の国譲・上巻に至ってであった。孫王の君の系譜は後から付与されたものなのだから、あて宮求婚譚に登場した時点では「孫王」というその名によってあて宮の親類の可能性が示されているにすぎない。むしろ、「孫王」という名によって親類の可能性を暗示していることが、孫王の君の存在意義を考える上で重要なことである。[15]

孫王の君の登場は、仲忠があて宮の求婚者として初めて登場してくるのと同時であった。先に見たように、仲忠が登場するまで、求婚者たちの中で最有力候補として描かれていたのは、あて宮の乳母子である兵衛の君を仲介にした実忠であった。そこに仲忠が求婚者として入っていくには、兵衛の君と同等、あるいはそれ以上に有力な仲介者が必要だったのではないか。もちろん、仲介者がなくても仲忠は既に正頼や大宮から一目置かれ、あて宮からも拒否されていない。しかし、実際に文を送って求婚していく様を描く上で仲介者の存在は必要である。そして、仲忠を求婚者の中で最有力候補として描くためには、その仲介者もやはりあて宮の最側近の女房にする必要があったのではないだろうか。兵衛の君がいる以上、乳母子という手段はもはや使えない。そこで「孫王」というきわめて珍しい女房名をつけることによって、あて宮の親類である可能性を暗示し、最側近の女房として登場させたのではないだろうか。

かくして、仲忠は孫王の君という最側近の女房を介して求婚を開始することになった。ともに最側近の女房を仲介としている仲忠と実忠のやり方はよく似ている。そして、似ているところがあるからこそ、物語はその差異の部分でこの二人の求婚者を確実に描き分けている。

実忠と兵衛の君の関係同様、仲忠もやはり孫王の君との性的関係が疑われる。「かたちも清げ」（藤原の君　七〇）である兵衛の君に対して、孫王の君も「よき若人」（嵯峨の院　一六〇）であった。仲忠は吹上《ふきあげ》を訪れた土産をあて宮に贈る際に、孫王の君にも心ざしとして贈り物をしている（吹上・上）。もちろんそれだけでは断定できないが、後に蔵開・上巻で仲忠は孫王の君に対して「私心をあらむものを」（蔵開・上　五二九）と、個人的な想いがあるといった恋愛関係を示すような発言をしているし、国譲・上巻でも孫王の君は「右大将、昔、思ひて語らひしかば、それをのみ思ひて、よき人・君達のたまへど、耳にも聞き入れず」（国譲・上　六五八）と、かつて関係を持った仲忠を想い続けて良い縁談を断っていたことが説明されている。あて宮求婚譚において兵衛の君・孫王の君はいずれも実忠・仲忠と関係を持っていることがにおわされているが、後になって実はそうではなかったという発言が出る兵衛の君と、仲忠との関係があったことがはっきりした孫王の君というように、真相は対照的に示されることになる。

祭の使巻の夏神楽の場面では、孫王の君・兵衛の君は中納言の君・帥《そち》の君らとともに岩の上で楽器の演奏をしている。ここでも、仲忠が孫王の君に、実忠が兵衛の君に歌を詠みかける姿が描かれている。仲忠の方は孫王の君とのやり取りのみが描かれ、あて宮の反応などは特に語られていない。一方、実忠の方では、彼からの文を女君たちが見ながらも何も言わなかったという反応が語られ、重ねてあて宮に贈った和歌に対して、彼女が「物ものたまはず」（祭の使　二一九）と、やはり何も言わなかったということがはっきりと記されている。似た場面を持ちつつも、二人の間には差があることが示されているのである。

その後も仲忠は孫王の君の尽力もあってしばしばあて宮と和歌の贈答をしているが、実忠の方は菊《きく》の宴《うたげ》巻に至ってついに兵衛の君に仲介を断られるに至ってしまう。その菊の宴巻において実忠は「兵衛の君を局に呼びて」（菊の宴　三四二）、「兵衛の君を呼びて」（菊の宴　三四三）と二度にわたって兵衛の君を呼んでいる。それはあて宮が入内直前であるという状況をかんがみれば当然であろうが、かつては自由に兵衛の君のもとを訪れていたのに対して、もはや絶望的な状況になったことが示されている。この後、実忠は一家離散に追い込まれ、求婚者のうちでも特に悲劇的な結末を迎えることになる。

いよいよあて宮が入内するという時の実忠と仲忠も対照的である。仲忠は孫王の君に、実忠は兵衛の君にそれぞれ心ざしとして装束を贈り、あて宮宛の歌を取り次がせている。しかし、実忠は兵衛の君にのみ贈り物をしているのに対して、仲忠はあて宮にも贈り物をしている。この後もあて宮と良好な関係を保ち続ける仲忠と、小野に隠棲してしまう実忠との差異は、この贈り物にも表れているといえよう。

孫王の君の存在は、仲忠を実忠以上の有力候補として押しあげた。そして、孫王の君・兵衛の君というふたりの側近女房の対応が、仲忠と実忠を対照的に描き出しているのだ。彼らの対照的なあり方は、物語の後半部に至ってますます強く示されることになるが、それらは後で述べることにしよう。

その他の求婚者たち

以上のように、あて宮求婚譚において女房たちは求婚者たちとの取次に終始するが、どの女房がどのように対応するかによって、その求婚者の求婚譚における位置づけがなされているといえるだろう。

なお、実忠・高基・真菅・仲忠の他に、女房を仲介にした求婚者としては仲頼《なかより》がいるが、具体的な描写は他の者ほど多くない。仲頼が仲介とする木工の君は、藤原の君巻で月夜の晩に実忠とちご宮（あて宮の同母妹）の和歌の贈答をはからった女房であり、祭の使巻で実忠に対して冷たいあて宮に「なども、人に情けなく」（祭の使　二三九）と言った女房である。その同情的な姿勢のためか、実忠も菊の宴巻でこの木工の君を頼る趣旨の和歌を交わしている。仲頼と木工の君の関係は、嵯峨の院巻の賭弓《のりゆみ》の節会《せちえ》で仲頼が話しかけたのが始まりと見られるが、その後はあて宮巻まで描かれない。あて宮巻で仲頼は木工の君に涙を流して対面し、木工の君は出家を思いとどまるよう言っている。木工の君は特定の求婚者の担当というよりは、求婚者たちに対して同情的な女房として描かれているようである。

また、仲澄もあて宮の住む寝殿で泊まる際に中納言の君・少納言の君といった女房たちと話をしている（藤原の君巻）。仲澄は女房を仲介にしているわけではないので一概にはまとめられないが、女房を仲介にした求婚者のうち仲忠を除く実忠・高基・真菅・仲頼に仲澄も加えれば、いずれも求婚者の中で特に悲劇的な結末を迎えた人物たちとなる。

春宮への入内によってあて宮求婚譚が終わりを告げると、仲介の女房も一応の役目を終える。あて宮巻の絵解には、「ここは、大将殿の御局。ここに、あて宮、中納言の君歳十九、孫王の君二十一、帥の君十七、宰相のおもと十八、兵衛の君二十、中将・小弁・小大輔の御・木工の君・少将の御・少納言・左近・右近・衛門などいふ人、いと多かり」（あて宮　三六〇）と女房が列挙されている箇所がある。ここにしか名の見えない女房も多いが、あて宮求婚譚を終えて、今まで求婚者たちとの仲介をしてきた女房をまとめ直すかのような箇所である。あて宮が入内するまで名を持つ女房は長門を除いてはあて宮に仕える女房しか登場していなかったが、これ以降、他の人物に仕える女房も登場し、物語における女房の機能も変わっていく。それでは、それはいったいどのようなものなのだろうか。それを次に見ていこう。

2　様々に広がる機能――物語後半部の女房

明かされる関係――兵衛の君の場合

あて宮求婚譚が終わりを告げると、あて宮に仕える者以外の様々な女房たちが新たに登場してくる。その一方で、兵衛の君・孫王の君は引き続き登場する。齋木泰孝は、

ふつう、物語の端役としての侍女は、一人が一つの役割を荷って登場する。例えば、恋物語で男性を女性に仲媒した侍女は、その物語の終了とともにそのまま姿を消してさしつかえない。主人公は同じであっても、場面が変り別の話になれば、また新しい侍女を登場させればよい。物語の侍女は、主人公のある限られた側面の分身であると言ってよかろう。貴宮の孫王や兵衛は、仲媒の役割を終えた後も登場しつづけるのであるが、このようなことは、物語に登場する大多数の侍女からすればむしろ例外的なことである。(16)

としている。兵衛の君や孫王の君が求婚者の仲介としての役割を終えた後も登場するのは、確かに例外的なことかもしれない。では、新たな役割をもって引き続き登場することの意味は何なのか。物語後半部における兵衛の君や孫王の君の役割は、別の女房では果たすことができないからだ、とは考えられないだろうか。なぜなら、やがて立坊争いへ進展していく物語が、彼女たちの存在を必要とするようになるからである。

孫王の君も兵衛の君もあて宮の最側近の女房として登場していたが、それはあて宮巻以降さらに強調されている。先に述べたように、あて宮が瀕死の仲澄に会う場面は「兵衛の君・孫王の君ばかり」（あて宮　三五六）を供としているし、あて宮が仲澄に宛てた文を密かに渡したのも兵衛の君であった。内侍《ないし》のかみ巻では、あて宮のいる藤壺で仲忠は兵衛の君を介してあて宮と話をしている。また、これも先に見た場面だが、蔵開《くらびらき》・下巻であて宮の里下がりを許さない春宮が取次として指名したのは孫王の君・兵衛の君・女の童のあこきであった。なお、この時、孫王の君は正頼（あて宮の父親）の命を受けてあて宮の退出を求めに行って、これを拒否する春宮に蹴られるという憂き目を見ている。その後、あて宮の里下がりの場面でも「兵衛の君・孫王の君などぞ候ひける」（国譲・上　六三三）と、この二人の名が示されている。求婚者たちの取次という役割を終えても、彼女たちは常にあて宮の側近として働き続けていて、むしろ側近であることは次第に強調されていく傾向にあるのである。

さらにこの二人は、この二人でなくては果たせない役割を担うことになる。それは、かつての求婚者との再びの仲介である。

国譲・上巻、実忠は正頼とあて宮によって政界復帰を要請される。まず兵衛の君の弟・これはたが実忠と対面し、かつて兵衛の君が菊の宴巻で実忠に返した箱を再びあて宮宛に受け取る。その後、この箱をめぐってあて宮の前で孫王の君・兵衛の君・木工の君・少将の君が噂話をする。木工の君は以前より度々登場している女房である。少将の君はあて宮巻の絵解に名があった。そこで兵衛の君は「あはれ、この頃こそ、昔思ひ出でらるれ。宰相の君の思し惑ひ給ひしこともこそ、つれづれと思ひ出でらるれ」（国譲・上　六五八）と言う。「宰相の君」とは実忠のことである。兵衛の君は、かつて実忠があて宮のために思い乱れていたことを、近頃は思い出すと言うのだ。ここでは古参の側近女房らによる、あて宮求婚譚の回想が行われているわけである。しかし、そこで兵衛の君はさらに「宰相の君よ、人し給はざりしは。一所おはせし御曹司に、召ししに、常に参りしかど、『と聞こえよ。かう聞こえよ』とのみこそ。いささかなる私戯れをこそし給はざりしか」（国譲・上　六五八）と言う。実忠は、兵衛の君の自室に常に来ていたが、あて宮の仲介を求めることしかしなかったというのだ。あて宮求婚譚において実忠と性的関係を持っているように描かれていた兵衛の君であったが、実はそうではなかったということをここに至って初めて口にするのである。これには他の女房たちも半信半疑の反応を示しているが、これ以降、同様の趣旨の発言は繰り返しなされるようになる。

その後、実忠は政局をにらんだ正頼らの推挙により、いまだ小野に籠る身でありながら中納言に昇進し、正頼にその礼を述べに来る。そこであて宮とも言葉を交わす仲介になったのは、やはり兵衛の君であった。正頼は兵衛の君に向かって「兵衛は。ここにものし給ひつつ、『対面せむ』とありし昔人、ものし給へり。聞こえよ」（国譲・上　六七八）と言う。正頼も兵衛の君に実忠と関係があったかのような扱いをするのである。しかし、実忠自身はあて宮に「殿に侍りしまでは、女をよそに見給へき。それも、兵衛の君に物聞こえつるなむ」（国譲・上　六八〇〜六八一）と、女を自分には無関係のものとして見ていたし、それも兵衛の君と話をした程度だと否定する。ここでの対話は、妻子とのよりを戻してほしいと願うあて宮と、厭世感を見せ続ける実忠の平行線で終わる。その時、実忠は兵衛の君との関係までも否定して、女を寄せつけないことを語るのだ。一方、正頼は実忠との対面に兵衛の君を使い、あて宮も「時々、兵衛がもとに訪はせ給へ」（国譲・上　六八二）と、時々は兵衛の君に会いに来るようにと言う。あて宮は償いの表明とともに政局をにらんで実忠の政界復帰をはかるが、実忠にはほとんど通じない。[17]あて宮は実忠との間をつなぐために兵衛の君を使おうとし、それを拒否するために実忠は兵衛の君との関係を否定する。しかし、実忠はこの対面の後、兵衛の君と語り明かすし、後に文を送ってくる時もやはり兵衛の君を介している。

実忠は結局、政界に復帰し、妻子とのよりも戻す。とはいえ実忠は北の方（妻）に向かって「この西の院にありし時、物聞こえし人の御もとなりし兵衛といひしになむ、物聞こえ継がせしかど、ゆめに近きことも言はずなりにき」（国譲・中　七三八）と、あて宮に求婚していた時に兵衛の君を仲介にしたが、それ以上に近しい関係になるようなことはなかったということを言っている。実忠は北の方にまで兵衛の君との関係を否定して女を近づけたくないことを主張するのである。政界復帰と妻子との関係修復は成功したかのようにも見えるが、実忠自身は煮え切らない。その時の言い訳に使われているのが兵衛の君との関係だったのだ。

あて宮求婚譚において、あて宮の乳母子として実忠の求婚を取り次いでいた兵衛の君は、実忠と性的関係を持っているかのように描かれてきた。しかし、物語が再び実忠を語ろうとしたとき、政界復帰と妻子との関係修復に煮え切らない実忠を描くために、兵衛の君と関係を持っていたという設定は本人たちによって否定された。無論、それは実忠と兵衛の君の発言によってでしかなく、周りの者たちの反応や扱いも、本人たちの行動も、これを否定しきれるものではない。しかし、かつてあて宮だけを想い、あて宮を得られなかった後も女を受けつけないという物語後半部の頑なな実忠像は、兵衛の君との関係を否定することによって作りあげられているのである。

物語の後半部に入り、兵衛の君は、あて宮求婚譚でのあり方を捉えなおされることで、再び実忠という人物の位置づけを左右する。それでは、その実忠とともにあて宮の側近女房を仲介にしていた仲忠の場合はどうであろうか。

明かされる関係——孫王の君の場合

あて宮求婚譚において、兵衛の君を使う実忠と孫王の君を使う仲忠のあり方は時に対になって語られていた。物語の後半に至って兵衛の君は実忠との関係を否定するが、これとは対照的に、孫王の君は仲忠と関係があったことがはっきりとし、強調されていく。

あて宮が入内した後、孫王の君が初めて登場するのは蔵開・上巻である。仲忠が春宮に右大将昇進の礼を言うために、あて宮のいる藤壺へ行ったところで、孫王の君がふたりの間を仲介することになる。そこで仲忠は孫王の君に向かって「おほかたこそ、ともかくもあらめ。私心をあらむものを。などか思し捨てたる」(蔵開・上　五二九)と、普通ならともかく個人的な想いもある仲なのに、自分のことをどうして見捨てるのかなどという発言をしている。それに対して孫王の君は「それも、今は、何か」(蔵開・上　五二九)と、それも今となっては何だろうと切り返し、仲忠はさらに「昔に思しなすか。よろづ、忘れずながらこそ。いかにぞ、宮の御心は」(蔵開・上　五二九)と、自分は忘れていないのにあなたは過去のことにするつもりなのかなどと恨んでみせるとともに、春宮のあて宮への寵愛のほどに話題を変える。孫王の君と仲忠との関係が本人たちの確認によって示された場面である。それと同時に、仲忠がすかさず「いかにぞ、宮の御心は」(蔵開・上　五二九)と、宮の御心——つまりは春宮のあて宮への寵愛のほどに話題を変えたことを見逃してはならない。仲忠は昔の関係を持ち出して個人的なつながりを確認した上で、孫王の君から情報を聞き出そうとしているのである。それに対して孫王の君は、春宮のあて宮への寵愛が深いために、他の妃たちからのあて宮に対する良くない噂があることを語る。そして、仲忠はさらに「このよからぬ言の筋には、梨壺をも安からざらむかし。これを思ふこそ、かたはらいたけれ」

（蔵開・上　五二九）と、そういった噂のために、あて宮が梨壺（春宮に入内している仲忠の異母妹）のことも不快に思っているならきまりが悪い、などとぼやくことによって、孫王の君から梨壺の情報をも聞き出すことに成功している。この応酬によって、仲忠は初めて梨壺の懐妊の可能性を考えることになる。孫王の君は仲忠に初めて梨壺の情報をもたらす存在として機能しているのである。

ここに孫王の君の役割の変化が示されている。仲忠とあて宮の仲介をすることが役割の中心であった孫王の君は、ここから単なる仲介を越え、仲忠に情報をもたらし、双方の政治的な結びつきを取り持つ役割を果たすことになる。これは仲忠自身が確認しているように、個人的な結びつきのあった孫王の君だから可能なことである。頑なで後ろ向きな実忠像の造形のために、兵衛の君との関係は否定された。一方、仲忠は将来の国政を担う者として前に進んでいる。大井田晴彦が述べているように、仲忠は「青春の思い出を胸に封じ込め、藤壺（引用者注：あて宮）との新たな関係を模索する」[18]のであり、そのためには孫王の君との関係を確認しておく必要がある。実忠と兵衛の君との関係と、仲忠と孫王の君との関係の描かれ方は対照的であるといえるが、それは物語後半部における実忠、仲忠のあり方によって要請されたものであるといえるだろう。

血脈・人脈と噂話

孫王の君は、仲忠と性的関係があったことが確認された。さらに、先に、兵衛の君と実忠との間に関係がなかったことが示された場面として確認した国譲・上巻における女房同士の対話の場面で、物語は孫王の君の系譜を語り、彼女に姉妹がいることを明かす。

この孫王の君の母は、帥の君、優にいますがりて、この源中納言殿の渡り給ひぬるをとなして、いとどかしこうおはす。娘は三人、大君これ、中の君は大将殿の孫王、三の君は源中納言殿の孫王。この御方の、昔、かたちなんどよくて、髪丈にあまりて、ものものしう清げなる人の、心憎く、心あるなり。右大将、昔、思ひて語らひしかば、それをのみ思ひて、よき人・君達のたまへど、耳にも聞き入れず、君の御身に添ひて、御前片時離らであり。紀伊国のをば、よろづに労はりて、局なる童・大人・下仕へまで労る。大将も、忍びて、をかしきやうにて、物心ざしなどし給ひしかど、宮の御後は、さもあらず。（国譲・上　六五八）

要約すると、この孫王の君は三姉妹の長女であり、母親は「帥の君」と呼ばれていたらしい[19]。次女は蔵開・上巻に既出の女一宮に仕える孫王の君で、三女はここに名がみえるのみで実際に登場しないが、さま宮に仕えているという。長女の孫王の君は仲忠とかつて関係を結んでいたが、それが昔のものとなっても独身のままでいて、あて宮の傍を片時も離れないでいる。孫王の君は仲忠への想いとあて宮への忠誠を、あて宮に誠実に仕え続けることによって示しているのだ。

この情報がここで語られることには意味がある。先に仲忠は孫王の君から梨壺の情報を得たが、この後も仲忠とあて宮の交流は常に孫王の君が仲介している。物語が次第に立坊争いへと焦点を絞るなか、あて宮と仲忠は対立してもおかしくはなかった。しかし、仲忠は梨壺の生んだ皇子の擁立をせず、むしろあて宮との結びつきを強めていく。この時に二人の仲介となる孫王の君は、仲忠とあて宮の双方から信頼されている女房でなくてはならない。国譲・上巻に至って、孫王の君が仲忠と関係を結んでいたことあて宮から片時も離れず仕えていることが示されているのは、それを保証するものとなる。

それとともに、孫王の君に二人の妹がいることが示されているのも重要である。それぞれ異なる主人を持つ三人の孫王の君によって、あて宮、女一宮、さま宮の結びつきが確認される。実際にあて宮と女一宮が対面する場面では双方に仕える孫王の君姉妹も対面している。そこではさらに、彼女たちが上野の宮の子であることが明らかになる。仲忠に想われる美しい孫王の君が三奇人の一人である上野の宮の子であったというのは意外な展開であり、実際、あて宮に仕える孫王の君は仲忠からの評価を気にして「面恥づかしけれ」(国譲・上　六六二)と言っている。これに対して女一宮に仕える孫王の君は、仲忠が「かの親王の御子にて、そこたち、いかで、かうだにあらむ」(国譲・上　六六二)と、上野の宮の子なのになぜお前たちはこれほどまともなのだろうと言ったことを伝えている。上野の宮という奇人を持ち出した笑い話のようになっているが、このように孫王の君姉妹によって情報がやりとりされていることに注目しておきたい。女房たち姉妹がそれぞれの主人の情報を交換することがあることが示されているのであり、あて宮と女一宮や仲忠との結びつきを示している。

さらに、仲忠があて宮の子である若宮に書の手本を贈った時に、双方の孫王の君が取次として気が利かず、仲忠もあて宮も「心地なき」(国譲・上　六五六・六六二)と偶然にも全く同じ言葉で叱ったという話もここで交わされている。このすぐ後に、仲忠は女一宮を迎えに来て、あて宮の琴を聞く。その奏法は仲忠のものと同じで、女一宮も仲忠もそれに気づく。琴の奏法でもって仲忠とあて宮のつながりを示すこの話の前に、ふたりの孫王の君の失敗談を載せるのは偶然ではあるまい。琴の奏法が同じであるように、仲忠とあて宮のもとでは同じように孫王の君が失敗をし、同じように叱られていたのである。孫王の君は、仲忠との関係だけでなく、姉妹でもって仲忠とあて宮の結びつきを強調する役割を果たしている。

なお、孫王の君姉妹にはさらに四女もいたことが楼の上・上巻で明かされる。この四女はいぬ宮の秘曲伝授の噂をあて宮にもたらす役割を果たす[20]。孫王の君姉妹の対話も含め、物語後半部には女房同士の親戚関係が明かされることが多く、そこから情報が伝わっていく様が描かれるようになる。それは、梨壺の生んだ皇子の立坊の噂に振り回される正頼をはじめとして、噂を多く行きかわせて立坊争いを描く国譲の巻々や、秘琴伝授の噂に人々が次々と期待をふくらませていく姿を描く楼の上の上下巻といった、噂話や情報を多く行きかわせた物語後半部のあり方と連動していよう。三田村雅子は「出来事そのものの面白さよりも、出来事の受け止め方を、その噂がひきおこす波紋そのものを、物語は描いていこうとしているようなのである[21]」としている。女房たちの親戚関係は情報の伝達のために張り巡らされたネットワークなのだ。兵衛の君の弟のこれはたが春宮の蔵人《くろうど》として登場したり(国譲・上巻)、実は在原忠保《ただやす》が兵衛の君の親代わりであったことが明かされたり(国譲・下巻)、宮の君の親族の少将の君と俊蔭の娘に仕える侍従の君が従姉妹であったり(楼の上・上巻)することは無意味な設定ではない。人物同士が近い関係にあることを示すことで、物語は情報の行きかうネットワークを暗示していくのである。これは物語がその進展とともに見出した、女房たちの新たな機能であったのだ。

身分の高い女房たち

最後にもう一つ、物語の最終盤、国譲・下巻から楼の上・下巻にかけての女房の特徴を指摘しておきたい。これらの巻々には、身分の高い特別扱いの女房が多いという特徴が挙げられる。

国譲・下巻には仲頼の妹が按察使《あぜち》の君という女房として女一宮に出仕することが語られる。仲忠の父である兼雅には多くの妻妾がいたが、俊蔭の娘（仲忠の母）を迎えてからは他の妻妾たちに見向きもしなくなっていた。梨壺の母である嵯峨院の女三宮もそうした妻のなかのひとりであり、仲忠は、梨壺懐妊をきっかけに、女三宮をはじめとする妻妾たちの引き取りを提案することになる。そのときに、妻妾のひとりでありながら兼雅に引き取られなかった仲頼の妹は、後に仲忠に引き取られて女房となっていた。このことから齋木泰孝は「昔の一条邸での彼女の地位は、むしろ召人に近いものであったのではなかろうか」(22)としている。主人と性的関係を持つ女房を「召人」ともいうが、仲頼の妹は妻妾と女房の中間的な存在であったのかもしれない。

似たような例が楼の上・下巻に登場するいぬ宮の乳母の侍従である。彼女は、

嵯峨院の親王の、兵部卿にておはせしが御娘なり。故源侍従の、童にて、忍び相手なりし、一の宮の御はらからの宮の、いと忍びて、かたちいみじくうつくしげなれば、通ひ給ひしに、乳をただしばし参りけれど、「乳母とすべき様ならず」とて、名はつきたれど、宮のいとらうたき者にし給へりけるなり。（楼の上・下　八八五）

と説明される。嵯峨院の孫で、仲澄の忍び相手で、女一宮の兄弟の宮の恋人でもあった。その身分の高さと縁で、女房としての名のついた身であるが別格であるという存在である。また、いぬ宮の乳母には「宮の君」、「源氏の君」という女房名としては珍しい名の者が見える。彼女たちの系譜は不明だが、その名からは皇族出身であることが想定できる。

他にも、源涼《すずし》のもとには「いとやむごとなく、大納言の御娘にて、心殊にして、『我だに、賄ひもせさせず』とのたまひしものを」（楼の上・下　八九六〜八九七）と説明される帥の君がいる。大納言の娘ということで、その高貴な身分のために、主である涼も給仕をさせていないという。やはり身分柄、特別扱いの女房である。(23)

物語の最終盤に至って、このように身分の高い例外的な女房が幾人も出てくることは注目される。その登場はわずかではあるが、他の女房たちと違う役割がみえるからである。『源氏物語』も蜻蛉巻において式部卿宮《しきぶきょうのみや》の娘が宮の君という女房になった悲哀を描いているが、『うつほ物語』に登場するこれら身分の高い女房にそのような悲壮さはない。むしろ、これら特別扱いの女房によって仲忠やいぬ宮は彩られ、賛美されているといえるだろう。涼のもとでは特別扱いをされていた帥の君が、仲忠の前ではその特別扱いを解かれて給仕をさせられたのも、その資格のある人物として仲忠を描きだすものとなっている。身分の高い女房たちの登場は、彼女たちが仕えるにふさわしい人物としての仲忠を示す役割を担っているのである。『うつほ物語』は最終盤に至るまで、女房たちに様々な機能を求め、可能性を広げ続けているようだ。

おわりに

このように『うつほ物語』において女房たちは物語の進展とともに役割を変えて様々に機能している。あて宮求婚譚においては、あて宮に仕える女房たちが求婚者たちの仲介に終始した。しかし、だからこそ、誰がどのような女房を仲介にするか、そして、仲介にされた女房がどのような動きを見せるかで、求婚者たちの位置づけが示されていた。女房たちの動向は、求婚譚における男たちのあり方そのものでもあったのだ。それが物語の後半部に入ると、求婚譚でも活躍した兵衛の君、孫王の君といった女房たちが、実忠・仲忠それぞれの物語の要請によって別の役割を果たすようになっていった。また、あて宮に仕える者以外にも多くの女房が登場し、その中で親類関係の示される者も現れ、情報のネットワークともいえるものが見えるようになった。これも噂話や情報を多く行きかわせた物語後半部のあり方によって成立したものである。『うつほ物語』の女房たちの果たす役割は、物語のあり方と深くかかわり、それを支えるものとなっているのである。全二〇巻にわたるこの現存最古の長編物語は、その長大な物語のなかで、女房たちに様々な機能を求め、その可能性を存分に広げ続けていったのだ。

次章では、本章で充分に触れることができなかった立坊争いに焦点を定めて、さらに詳しく見ていきたい。噂話や情報を多く行きかわせる後半部で、女房たちを中心とするネットワークは物語に何をもたらしているのだろうか。

第二章　「蔵開」「国譲」巻の脇役たち――情報過多の世界の媒介者

はじめに

前章では、『うつほ物語』の全体を見通す形での考察をしてきたが、本章では後半部に絞って見ていきたい。全体の一六巻目から一八巻目にあたる国譲《くにゆずり》（上・中・下）の巻々は藤壺（あて宮）(1)の生んだ皇子と梨壺の生んだ皇子を中心におこる立坊《りつぼう》争いを描いたものである。春宮《とうぐう》の母である后の宮の過激なまでの暗躍によって、藤壺の父である正頼《まさより》が塗籠《ぬりごめ》に籠るまでの事態になるが、結果として藤壺の生んだ皇子が立坊する。春宮は藤壺を寵愛していたのだから、藤壺の生んだ皇子の立坊は予想できた結末である。(2)にもかかわらず激化していく立坊争いの物語には、人物たちの思惑のすれ違いによる機能不全の会話や真実をとらえていない世間の噂によって「精神的喧噪に覆われた闇の祝祭世界」が立ち現れているとされている。(3)

立坊争いを大きくしていくものとして国譲の巻々における噂の機能は非常に重要である。国譲の巻々には「人々」という曖昧な表現による出所不明の噂が多く描かれ、正頼らはそれに振り回されている。しかし、その一方で、固有名を持ち、確かな設定を与えられた女房や従者といった脇役たちが媒介となって情報をもたらす場面もある。特に藤壺は彼ら彼女らを使って情報収集に励んでいる。真実をとらえていない匿名の人々による世間の噂の一方で、これら固有名を持つ脇役たちがもたらす情報が存在すること。それは立坊争いの物語の中でどのように機能しているのだろうか。

前章で『うつほ物語』の後半部には人物たちの間に情報網ともいえるものが見えるということを指摘したが、本章ではそれを掘り下げてみたい。蔵開《くらびらき》から国譲にかけての巻々を、情報の媒介者たる脇役たちに注目して分析することで、立坊争いを描き出す『うつほ物語』後半部の方法を見出していく。

1　靫負の乳母――仁寿殿女御の戦略

前章で見たように、『うつほ物語』には情報の媒介者として重要な働きを見せる女房たちがいる。しかし、彼女たちは物語の最初からその機能を果たしていたわけではない。物語の前半部、いわゆるあて宮求婚譚においては、女房たちの活躍は限定され、藤壺（あて宮）と求婚者たちの仲介の役割に終始していた。その徹底ぶりたるや、藤壺に仕える者以外の女房が登場しないという有様であった。(4)しかし、藤壺が入内すると、典侍《ないしのすけ》のような内裏女房をはじめとする、藤壺に仕える者以外の女房たちが多く登場することになる。そして、その役割も男女の仲介にとどまらないものとなる。特に多く登場してくるのは乳母たちである。藤壺・女一宮といった主要な女性たちが次々と出産していく中で乳母の登場は必然ともいえようが、しかし、生まれた子供以外の乳母も多く登場し、重要な役割を果たすことになる。そのひとりが、蔵開・上巻に登場する靫負《ゆげい》の乳母である。

蔵開・上巻、正頼の長女で朱雀帝に入内していた仁寿殿《じじゅうでん》女御は、娘の女一宮の出産に際して里下がりした。やがていぬ宮が誕生すると出産祝いである産養《うぶやしない》が行われ、各所からの贈り物が届けられることになるが、その時の仁寿殿女御の行動に注目したい。彼女は、梨壺と藤壺からの贈り物をお裾分けのような形で朱雀帝に献上するのだが、その際、「心ざしありて仕うまつる靭負の乳母」（蔵開・上　五〇五）宛に文を書いている。その文では乳母の体調を気遣うとともに、藤壺からの贈り物のお裾分けである雉を朱雀帝に見せてほしいことを伝え、さらに彼女にも別に贈り物をしているのだ。

「乳母」とあるが、彼女は朱雀帝の乳母である。わざわざ「心ざしありて仕うまつる」と、好意を寄せて仕えていると語られる乳母に贈り物をしているあたりに、仁寿殿女御の宮中における処世術がうかがえるが、(5) これは見事に成功する。先に引用した箇所の直後にはこうある。

> 乳母たち、台盤所に候ふ折にて、見れば、異命婦たち、「いづこよりあるぞ。興ある物どもかな」と言ひ騒ぐ。乳母、「仁寿殿の女御の、『女一の宮の御産屋の残り物』とて賜へるぞや」とて、引き開けつつ見て、「いとをかしくしたりける物どもかな」、「ことわりぞや。左衛門督の君の御産屋の物、いかでかはかからざらむ」など言ひ合へり。　（蔵開・上　五〇五〜五〇六）

乳母たちは台盤所《だいばんどころ》にいる折であったようで、靭負がこの贈り物を見ると、そこにいた他の女房たちも一緒に見て騒いだ。どこからのものかと問われた靭負の乳母は、仁寿殿女御が送ってきた女一宮の産養のお裾分けであることを語り、開けて中を見て、皆であれこれと言い合っている。つまり、この贈り物は内裏に仕える女房たちの目にさらされ、彼女たちによって評価されているのだ。

さらにこの騒ぎは朱雀帝の耳にも届いていたようで、靭負の乳母が文を届けに来ると、朱雀帝は「靭負が語りつらむは、何ごとぞ」（蔵開・上　五〇六）と台盤所での先の会話に興味を示し、靭負の乳母は「この、鰹を押し寄せて切りて侍りつる物なんどぞ、これかれに賜ひつる」（蔵開・上　五〇六）と、贈り物のなかにあった作り物の切り身の鰹などを誰それに与えたなどと報告している。

ここに、仁寿殿女御の狙いがうかがえる。仁寿殿女御は内裏女房たちの世界がどのようなものか、後宮での生活の中でよく知っているはずだ。そのため、朱雀帝宛の贈り物のほかに靭負の乳母宛の贈り物も用意すれば、それは台盤所で他の女房たちの目にさらされ、分け与えられ、評価されるということも見越していたのだろう。『うつほ物語』の後半部において、女房たちは狭い貴族社会で噂を撒き散らしていく存在として機能している。そして、仁寿殿女御は帝の乳母という、女房たちのなかでも特に地位の高い者を味方につけることによって、宮中で高い評価を得続けようとしているのだ。そ

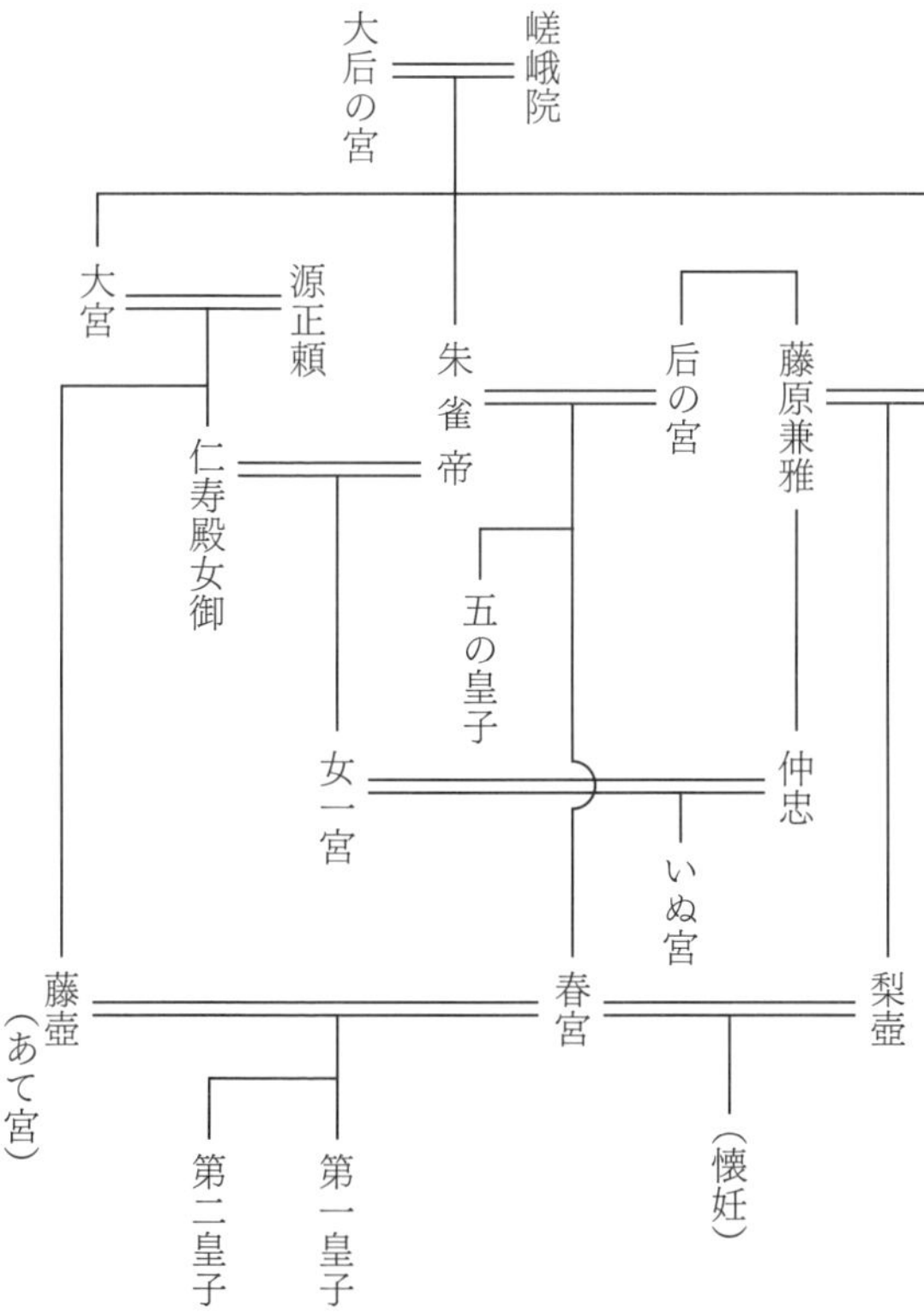

の上、靭負の乳母らが台盤所で騒いだことにより、仁寿殿女御が内裏女房たちへの配慮を怠らなかったことが朱雀帝の耳にまで入ることになった。朱雀帝の「靭負が語りつらむは、何ごとぞ」という問いも、仁寿殿女御の狙い通りのことだったのではないかと思われる。無論、「心ざしありて仕うまつる靭負の乳母」もそれを承知なのだろう。仁寿殿女御と靭負の乳母はある種の共犯関係にあるともいえる。靭負の乳母は朱雀帝からの返事を仁寿殿女御に送る際、自らも文を書き、「賜はせつる風邪薬なむ、欲しく侍るべき」（蔵開・上 五〇六）と贈り物の礼を伝えるとともに「御消息、『かくなむ』と奏し侍りつれば、御時よく御覧じて、御文侍り」（蔵開・上 五〇六）と朱雀帝の反応を報告するのだった。

ただし、ここでひとつ注意しなければならないことがある。確かに仁寿殿女御の評価は高いものとして内裏女房たちに共有されただろう。しかし、先に引用した場面で、この贈り物は「左衛門督の君の御産屋の物、いかでかはかからざらむ」と言われていた。「左衛門督の君」とは仲忠のことである。女房たちの中で、これは仁寿殿女御だけでなく仲忠への評価にもつながっているのだ。子供であるいぬ宮の産養の贈り物の再贈与なのであるから、仲忠の評価につながるのは当然のことだ。しかし、いずれ訪れる立坊争いを視野に入れたとき、娘婿ではあるが梨壺の異母兄である仲忠の高い評価は、仁寿殿女御（もしくは正頼一族）にとって諸刃の剣のはずだ。

この場面の時点では、まだ梨壺の懐妊は明らかになっていない。しかし、蔵開・中巻によれば、なぜか仲忠が知るより先に后腹の五の皇子が知っていた。とすれば、仁寿殿女御が知っているという可能性も捨てきれない。それでなくとも、ここで描かれる藤壺と梨壺からのいぬ宮の産養の贈り物は、両者の春宮をめぐる争いを象徴するものとして読み取れる。(6) 仁寿殿女御が藤壺からの贈り物であった雉を朱雀帝に献上してほしいとした指示は、西山登喜によれば「藤氏への牽制を込めた贈り物として再編成し、再贈与し」たものであるという。(7) とすれば、この贈り物が乳母たちに「左衛門督の君の御産屋の物、いかでかはかからざらむ」と評価されたということは、仁寿殿女御の行為が正頼一族にとって裏目に出たということになりはしないだろうか。

続く国譲の巻々で藤壺が里から様々に春宮の情報を得ようとしたように、ここではそれに先駆けて、仁寿殿女御による乳母を使った情報戦略が描かれている。そしてそれは、やがて訪れる立坊争いの構造を浮かびあがらせるものとなっているのである。

2 典侍——内幕を知る者

靭負の乳母以上に『うつほ物語』後半部で注目すべき女房といえば、典侍《ないしのすけ》であろう。女房としての名は示されず、「典侍」と職名があるのみの人物である。彼女は、

この典侍は、院の大后の宮の人、若くより、かく、よき人の御子生みに仕うまつり給ふ人なり。歳は、六十余ばかりなり。（蔵開・上 五〇七）

と紹介されている。嵯峨院の大后の宮の女房で、若くから多くの出産に立ち会い、今は六〇歳余りという人物だ。蔵開・上巻は嵯峨院の大后の宮の六十賀から五年が経過しているので、六〇歳余りという典侍は、嵯峨院の大后の宮とほぼ同世代ということになる。若くから多くの出産に立ち会ったというが、

随所にある典侍の発言を総合すると、彼女は藤壺（あて宮）・女一宮・師澄《もろずみ》の子・仁寿殿女御の子[8]の出産に立ち会っているようである。藤壺らの母親であり、大后の宮の娘である大宮との強い結びつきがうかがえる。おそらく大宮の出産にも立ち会っているのだろう。また、歴史上、乳母経験者が典侍に任じられることが慣例化されるのは後一条朝以降であるが、早い例を求めれば、円融《えんゆう》天皇の乳母の良岑美子が典侍になっていることや[9]、『枕草子』にも「御乳母は、内侍のすけ、三位などになりぬれば」（「一位こそ、なほめでたきものはあれ」段　二一八）とあることなど、『うつほ物語』の成立時期と近しいこの背景を考えると、この典侍は朱雀帝の乳母であった可能性もある。

この典侍は情報の媒介者としての役割をたびたび果たす。たとえば典侍が女たちの容姿を比較して「ただ今の人は、三条殿の北の方ぞ一、藤壺二、宮三にこそおはすめれ。男は、御前」（蔵開・上　五〇九）と言うところは、藤壺を第一としてきた物語の転換点として従来も注目されている[10]。

典侍は仲忠に「いみじうも、もの言ふものかな」（蔵開・上　五〇九）、女一宮に「いとよくもの言ふ姥」（蔵開・上　五〇九）と言われるおしゃべり老女だが、非常に重要な情報をもたらしている。

宮、おはしまして、何ごとにかありけむ、聞こえ給へりしかば、うちむつかりおはしまして、御髪を繰り出でて、御座のままにうち滑させ給へりしを見奉りしかば、瑩しかけたるごととして、筋も見えず、隙もなく、同じやうに見え給ひしかば、よろづのこと忘れ、齢延ばはる心地こそし侍りしか。さるは、この頃、御気色にやあらむ、例のやうにも思したらざめり。（蔵開・上　五〇八）

このように、典侍は、春宮の発言によって藤壺が機嫌を損ねたことがあったと言い、その時の髪がとても美しく、寿命が延びる思いがしたとか、藤壺の機嫌は懐妊による影響だろうかなどということを語っている。おそらく典侍は藤壺の髪の素晴らしさを伝えたかったのであろうが、藤壺が機嫌を損ねたことを語っていることに注目したい。典侍は懐妊による影響であると想像するが、春宮との夫婦仲に関しては、後に藤壺自身が同母兄である祐澄《すけずみ》に、「むつかしきままに、目も見合はせ奉り給はずむつかれば、『心よからず』とは思されためり」（蔵開・上　五一二）と、不機嫌なままに目も合わせないでいたから性格が悪いと思われただろうなどと語っていて、実際に衝突らしいことがあったことが分かる。

一方、朱雀帝の三の皇子（母は仁寿殿女御）は「先つ頃、召しありしかば、内裏に侍りしついでに、かの御局にまうでたりしにも、いと思ふやうにておはすめりき」（蔵開・上　五二二）と、宮中に行ったついでに藤壺を訪れたときは理想的な夫婦仲に見えたということを証言している。こうした人物による認識の違いが描かれるのは、会話文を多用する『うつほ物語』の方法だからこそなしえたことだろう。[11]この場合は、藤壺の発言から考えるに、典侍の方が三の皇子よりも藤壺の自覚している実情に近い認識ができていることが分かる。藤壺の自供だけでなく、三の皇子の誤認が描かれることで、典侍の情報は信頼性が高いものとして位置づけられている。

典侍は仲忠のもとにのみ情報をもたらすのではない。忠雅《ただまさ》の北の方（妻）である正頼の六の君にいぬ宮のことを問われると、「ただ、父おとど、今少し小さくて、気近きにこそおはすめれ。日に二度三度はありし御文に、『人に見せ奉り給ふな』とのみありしかばこそ侍りけめ。藤壺の御方よりも、生ひまさり給ひなむかし」（蔵開・下　五八四）と、いぬ宮が仲忠似であることや、仲忠からは日に二度三度と、他人にいぬ宮を見せないようにという内容の文があることを答えている。しかし、やはり仲忠に語るものとは情報の質も量も違う。正頼の六の君に対してはいぬ宮の美質しか語らなかった典侍は、仲忠のもとに帰るや、正頼の六の君・五の君・八の君について語り、さらに、以下の情報を語る。

いかなるにか侍らむ、大納言殿、御仲違ひにて、日ごろは、夜ごとにおはして、簀子になむ居明かし給ふめる。御格子は、とく下ろして、鎖し巡り、人、物聞こゆれば、いみじうさいなめば、ただ一所なむ。一夜は、いとほしがりて、中納言の君対面し給へりしかば、それも追ひ出でられてなむ。

(蔵開・下　五八六)

これによれば、仲忠の従兄弟の忠俊《ただとし》は妻である八の君(正頼の八女)と不仲で会うことができていないという。格子を閉めて鍵をかけているという状態になっていて、声をかけた女房は叱られるので、忠俊はひとりで過ごしている。実際、同情して忠俊に会った中納言の君という女房が追い出されてしまったという有様だ。こうした詳細な夫婦仲の話を、典侍は聞かれてもいないのに仲忠に語るのである。これに対して仲忠は、「この君の御かたちは、いかがおはする」(蔵開・下　五八六)や、「さて、源中納言殿は」(蔵開・下　五八六)と、八の君やさま宮といった女たちの容姿について聞くとともに「中納言と君との御仲は、いかなるぞ」(蔵開・下　五八六)と涼《すずし》とさま宮の夫婦仲についても問うている。春宮と藤壺、忠俊と八の君の夫婦仲を聞かれもしないのに語ってきた典侍は、他からは聞き出しえない夫婦仲についての情報をもたらす者として認められ、仲忠も典侍にそれを求めるようになったのだ。

『うつほ物語』の後半部において夫婦仲は非常に重要な問題となる。立坊争いで対立することになる源氏と藤原氏だが、藤原氏の男たちの多くが、源氏(正頼一族)の女を妻としているからである。ここで問題になっている忠俊と八の君の諍いは、後に兼雅によって、

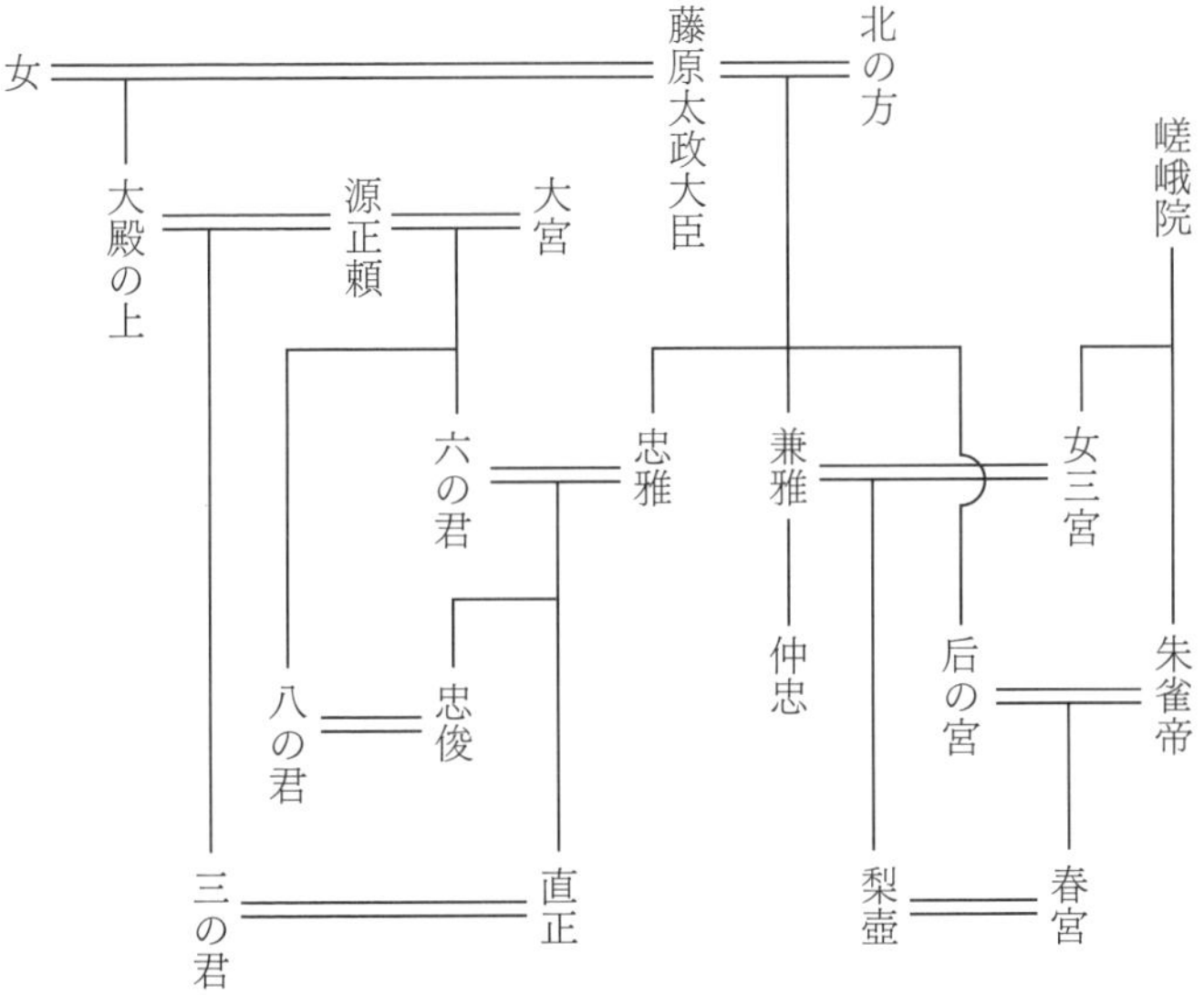

それ、去年の冬、『はかなき人に物言ひ触れて侍り』とてまかり去りて、親のもとに侍りければ、子の幼きを取り持てなむ、せむ方なくてもてわび給ひけるが、からうして、この頃なむ、『あからさまに』など言ひて、渡りて侍るなる。

（国譲・下　七四七）

と語られている。忠俊の浮気が原因で八の君が親のもとに帰り、忠俊は子供だけは取り戻したという状況だったが、最近やっと妻も戻ってきたというのだ。この発言があるのは、后の宮によって藤原氏の男たちが集められた場面で、梨壺の生んだ皇子を擁立しようと画策する后の宮に対して、兼雅が男たちと正頼一族との姻戚関係を理由に諫めようとしている箇所である。この国譲・下巻に至って夫婦仲というのは夫婦の間だけの問題ではなくなっているのだ。男たちは立坊争いの影響で妻を失うことを恐れているし、(12) 后の宮は梨壺の生んだ皇子の擁立のために男たちと正頼の娘とを離縁させようとすらする。実際、この後で后の宮は自分の産んだ女三宮と忠雅を結婚させようとし、それが原因で忠雅と正頼六の君との夫婦仲は危機的状況に陥ることになる。

とすれば、典侍のもたらした夫婦仲に関する情報は、きわめて政治的に価値のあるものであったことになる。


御方、「宮との御仲は、いかがある」と。典侍、「いかばかりめでたき仲ぞ。そは、先つ頃、こなたにおはしけるに、参りけれど、物聞こえ給はざりければ、五日六日、入り臥し給ひてこそは恨み奉り給ひしか……」（国譲・中　六九六）

引用したのは藤壺と典侍の会話である。藤壺に仲忠と女一宮の夫婦仲を問われ、典侍は詳細に答えている。国譲・中巻には、女一宮が藤壺を尋ね、そこに仲忠が迎えに来る場面があった。ここで典侍が話しているのはそのときのことだ。女一宮は仲忠に声もかけなかったが、帰邸後、仲忠は五、六日も寝室に入って恨み言を言ったという。藤壺が知りえなかった帰邸後の様子が、典侍の口から語られるのだ。この場面の時点で、既に梨壺の皇子は誕生している。いよいよ立坊争いが本格化してくるこの段階において、藤壺が仲忠と女一宮の夫婦仲を気にするのが、単なる興味であるはずがない。藤壺は立坊争いにおける仲忠の立場をさぐるために、典侍にこのような問いを発したのではなかろうか。

立坊争いの影響を受けるのは、無論、正頼一族の女と結婚した男たちである。彼らの情報をもたらす存在として、典侍にはこれ以上ない人物設定がされている。朱雀帝の乳母の可能性があり、大宮からの信任が厚いこと。正頼一族の様々な出産に立ち会い続けたことにより彼らの内部に深くかかわっていること。現職の典侍として宮中の事情にも明るいこと。さらに、もとは嵯峨院の大后の宮の女房であったということは、藤原太政大臣一族とも多少のつながりを残している可能性があること。こうした人物設定により、典侍は立坊争いにかかわる人物たちの内幕を知ることが可能になっている。これほどまでに各方面に食い込める設定を持つ女房は、他の物語にも登場しないのではないだろうか。物語はこのように典侍という人物を設定することにより、人間関係の中で情報網をはりめぐらせているのである。

3　蔵人これはた——情報戦の鍵を握る若者

藤壺（あて宮）が情報を得ようと利用した人物は、典侍だけではない。最も重要な人物は、里邸に退出した藤壺の文使いとして登場する蔵人これはたではないだろうか。彼は前章で見た重要な役割を果たす女房・兵衛の君の弟である。つまりは男性であり、本書のテーマである「女房」にはあたらないのだが、「重要な女房の弟」としてここで俎上にのせてみたい。これはたは、単なる文使いの役割を越えた働きを見せているのだ。以下、これはたに関係する場面は非常に多いため、叙述順に番号を付して引用していこう。

①かかるほどに、紫の色紙に書きて、桜の花につけたる文、宮より。御使、蔵人。（国譲・上　六三五）

〔こうしているうちに、紫の色紙に書いて、桜の花につけた文が、春宮からあった。お使いは、蔵人だ〕

②明くるつとめて、宮より、御文あり。（略）御使、兵衛の君の兄、蔵人の、内許されたる、御前に参りて、「今宵はただ一所御遊びし給ひつつ、大殿籠らずなりぬ」と聞こゆれば（略）
（国譲・上　六三九）

〔翌早朝、春宮から御文がある。（略）お使いは、兵衛の君の兄弟（弟）、春宮の蔵人で御前に来ることを許されている者が、御前に参上し、「今宵はただひとりで楽器を演奏され、お休みにならずじまいでした」と申し上げたので（略）〕

③藤の花につけて、兵衛の君の兄の、童なりしが、今は春宮の蔵人になし給へるを召して、「これ、太政大臣殿に持て参りて、人々あまたものし給へらむ、源宰相に定かに奉れ」とて、賜へば、喜びて持て参る。かの御方の人は、皆見知りたり。殿にうちはへものし給ひて、兵衛の君語らひ給ひし時は、これを使にてぞ、御文通はし給へる。
（国譲・上　六四四）

〔(文を) 藤の花につけて、兵衛の君の兄弟（弟）で、少年だったが今は春宮の蔵人になさった者を召して、「これを、太政大臣邸にお持ちして、人々がおおぜいお仕えしているだろうが、源宰相（実忠）に確実に差しあげなさい」といってお与えになるので、これはたは喜んで持って行く。向こうの人々は、皆これはたを見知っている。（実忠はあて宮に求婚するため）正頼邸にずっとおいでで、兵衛の君を口説いておいでのときは、この者を使いにして、御文をお送りしていたのだ〕

④「この御使は、誰ぞ」と問はせ給へば、「童名、これはたと召ししが、今は宮の蔵人に侍るなむ、

参り来たる」。君、『『昔、むつましかりし人』と思して、賜へるにこそありけれ。『ここに、忍びて立ち寄れ』と言へ」とのたまへば、簀子もなき、蔀に懸かれりける所なれば、そこにて、物越しにてのたまふ（略）（国譲・上　六四六）

〔「このお使いは、誰だ」とお尋ねになると、「童名は、これはたという名がついていたが、今は春宮の蔵人になった者が、参上しました」。実忠は、『『昔、親しかった人』とお思いになって遣わしてくださったのだな。『ここに、こっそり立ち寄れ』と言え」と仰るので、簀子もない、蔀に面した所だから、そこで、物越しにお話しになる（略）〕

⑤民部卿、「かう幸ひのものし給ふべき人なれば、さもし給はずなりにたるぞ」などのたまふほどに、春宮より、宮の進を使にて、御文あり。（国譲・上　六四七）

〔民部卿（実正）、「このように寵愛を受けるさだめがおありの人だから、(*) そんなこと（実忠が強引に藤壺を関係を結ぶこと）もなさらずじまいだったのだね」など仰っているうちに、春宮から、宮の進を使いにして、御文がある〕

⑥かくて、藤壺の御使は、帰り参りて、御返り奉らせて、人もなき折なりければ、侍りつるやう、のたまひつることを、くはしく申して、ありつる箱を見せ奉れば、開けて見給ひ、書きつけたる物を御覧じて、「これは見つや」とて賜ふ。（国譲・上　六四九）

＊「（実忠が）藤壺から文をもらうという幸せな目を見るさだめの人だから」と解する説もある。

〔こうして、藤壺からのお使いは帰参して、お返事をお渡しして、人もいない折だったので、そのときにあった様子、おっしゃったことを、詳しく申しあげて、先ほどの箱をお見せしたところ、開けてごらんになり、書きつけてある物をご覧になって、「これは見たか」と言って下さる〕

⑦「昨日、一昨日は、物忌みにてなむ。かの、『訪はむ』とものせられし人のもとに遣りたりしかば、かくなむ。殊に心地ありげなき人も、かうこそは思ひけれ。これにつけても、院の上なむ、いとほしく、行く先少なげに見え給ふを、『かくてあり』とのみ聞こし召すらむを、『この頃、ものせむ』と思へど、『「心あり」ともや』と思へば、慎ましうてなむ。のたまはむにを。（略）」とて、例の蔵人して奉れ給ふ。（国譲・上 六四九〜六五〇）

〔（春宮は）「昨日、一昨日は、物忌でね。あの『弔問しよう』と思っていた人（宮の君）のもとに文を送ったところ、こんなふうだ。特別に思慮があるようでもない人も、こんなふうに思うんだね。これにつけても、嵯峨の院が、気の毒で、老い先も短いようにお見えになるが、『こんな状態だ（＝小宮への寵愛が薄い）』とだけお聞きおよびだろうから、『近々、会おう』と思うけれど、『「小宮への想いがある」なんて貴女が……』と思うと、はばかられるわけだ。おおせの通りにするよ（略）」と書いて、いつもの蔵人を遣わして差しあげなさる〕

①に挙げたのは、退出した藤壺に春宮から文が送られてくる最初の場面である。ここでは「蔵人」とだけあり、どういった人物かは明らかにされていない。続く②の場面で、この蔵人が兵衛の君の兄弟であることが分かる。「兄」（底本「せうと」）とあるが、③・④に引用したように、かつて実忠との使いを

していたときに童であり「これはた」と呼ばれていたことが明かされているので、当時すでに大人の女房であった兵衛の君にとっては弟に当たるだろう。①の「蔵人」がこれはたと同一人物であるかは明記されていないが、これ以降に文使いとして登場する蔵人は全てこれはたであると考えられるので、①の蔵人もこれはたと解して構わないと考える。

兵衛の君は藤原の君巻から登場する藤壺の最側近の女房で、乳母子である。ということは、後に「乳母子にて」（国譲・中　七四二）と明記されるのを待つまでもなく、これはたも藤壺の乳母子ということになる。王朝物語において、女君に対して男の乳母子が登場するのは、彼の他には『源氏物語』の浮舟の乳母子の大徳などわずかに見られるだけで非常に珍しく[13]、その存在は注目に値する。

これはたの姉である兵衛の君が、物語前半部のあて宮求婚譚において実忠との仲介をしていたことは前章でみた。そして、実忠が社会復帰する国譲の巻々で兵衛の君は再び仲介役になることになるが[14]、まず使いになるのは兵衛の君ではなくこれはたであった。③に挙げた場面で、これはたは実忠宛の藤壺の文を持っていく。「殿にうちはへものし給ひて、兵衛の君語らひ給ひし時は、これを使にてぞ、御文通はし給へる」とあるが、そのようなことは求婚譚のなかで語られていなかった。かつての求婚譚では、藤壺のいる場所に男たちが文を寄越していたため、藤壺周辺の人物――実忠の場合であれば兵衛の君――をひとり仲介として登場させればよかったのであり、これはたのような人物が登場する必然性はなかった。しかし、今回出す使いは実忠から藤壺ではなく、藤壺から実忠にである。かつての因縁を考えれば兵衛の君が最も適任であるが、女の乳母子である兵衛の君は藤壺のそば近くにいるべきであり、使いに出すわけにはいかない。そこで、兵衛の君と同等でありながら自由に動かすことのできる人物として男の乳母子であるこれはたが必要とされ、過去にも文使いをしていたという設定がされたのだろう。

この後、実忠が藤壺のもとを訪れる場面では兵衛の君が対応することになる。藤壺のそば近くでの対応は兵衛の君が、遠くへの工作はこれはたがというように、姉弟で連携しているのだ。実忠の社会復帰は立坊争いの中で源氏の勢力を回復させる物語であり、藤壺主導で行われたものである。[15] 姉弟の乳母子の連携という特異な設定は、そのために必要なことであった。[16]

これはたが実忠のいる季明《すえあきら》邸に文を持っていった場面の考察に戻りたい。④に挙げたように、実忠とも物越しに対話することができている。注目すべきは、⑤の場面である。これはたが実忠と対面した直後の場面であるが、同じ季明邸に春宮から宮の君（季明の長女で春宮妃のひとりであり、特に藤壺の悪口を言っている人物である）への使いが来ているのだ。使いとなった人物は、ここにのみ登場する宮の進《じょう》（春宮坊の三等官）である。実忠とこれはたが言葉を交わしてから宮の進が来るまでの間には、実忠と実正のわずかな会話があるだけであり、宮の進とこれはたははち合わせていてもおかしくない。そもそも、春宮からの使いが宮の進であったのも、これはたが藤壺の使いのために不在だったからではないだろうか（これはたには藤壺への使いだけでなく梨壺や嵯峨院の小宮という他の妃たちとの使いとしても働いていることが示される場面があり、決して藤壺の使いのみをしているわけではない）。これはたは季明邸で、春宮から宮の君に使いが来た様子を目撃したかもしれない。とすれば、⑥の場面で、藤壺にわざわざ「人もなき折」に「くはしく申し」たことのなかには、その情報も含まれたのではなかろうか。

これはたは藤壺に報告した後、春宮のもとに戻った。⑦に挙げたように、翌日には再び春宮の使いで藤壺のもとを訪れている。そのとき春宮の藤壺宛の文の中には宮の君からの文が同封されていた。動きをまとめてみると、次のようになる。

これはたは藤壺からの使いで季明邸に行って実忠に会った。藤壺のもとに戻って報告を終えると、春宮のもとに参上した。これはたと同時か入れかわりに季明邸に来た春宮からの使いの宮の進は、宮の君からの返事を受け取ると春宮のもとに戻った。そして、春宮は自分の藤壺宛の文に、宮の進から受け取った宮の君の文を同封し、これはたに預けて藤壺のもとに届けた。

これはたと宮の進というふたりの春宮からの使いがニアミスする形で動いていることが分かる。それが丁寧に描かれることによって、これはたと宮の進との接触も想定できる。ここには、これはたが単なる使いとしての働きだけでなく、春宮をめぐる情報を様々に入手できる存在であることが示されているのである。

これはたが春宮の情報を藤壺にもたらす場面は、これ以降もたびたびあり、立坊争いのなかで非常に重要である。さらに引用してみよう。

⑧かかるほどに、宮より、御文、(略)。上、問はせ給ふ、「院の御方へは、いつか渡らせ給へりし。いく度ばかりか参上り給ひぬる」。蔵人、「ついたち、上になむ渡らせ給へりし。さては、夜、一夜なむ参上り給へりし。上は、この頃は、講師、日々に参り、御書遊ばす。夜は、夜更くるまで、御手習ひせさせ給ひなどなむ」と聞こゆ。(国譲・上　六五六)

〔こうしているうちに、春宮から、御文がある。(略)。上(藤壺)がお尋ねになるには、「院の御方(嵯峨院の小宮)のもとへは、いつお渡りになった? 何回ぐらい小宮は春宮のもとへ召された?」蔵人は、「ついたちに、小宮のもとへお渡りになりましたよ。それから夜は一晩、参上なさっていました。春宮は、近頃は、講師が毎日うかがって、学問をなさっています。夜は、夜が更けるまで、御手習いをなさっておいでなどですね」と申しあげる〕

⑨つとめて、春宮より、例の、蔵人して御文あり。（略）藤壺、蔵人に、「何わざか、この頃はし給ふ。誰々か、参上り給ふ。御文などは、人のもとに遣はすや」と問はせ給へば、「日ごろは、昼は、御書遊ばし、夜は、御手習ひ、飽くまでせさせ給ふ。院の御方なむ、この月となりて、三夜ばかり参上り給ひぬる。今日は、渡り給ひて日一日なむ。さては、上り給ふ人もなし。御文は、左の大殿の御方になむ、一度侍りし。左の大将殿になむ、この月に三度ばかり奉り給へる。一夜は参り侍りてき。おとど、かの御方におはします折にて、いとかしこく饗ぜさせ給ひき」

（国譲・上　六六五〜六六六）

〔早朝、春宮から、いつもの蔵人を遣わして御文がある。（略）藤壺は、蔵人に、「どんなことを、近頃はなさっている？　誰が春宮のもとに召されている？　御文などは、人のもとにおやりになっているの？」とお聞きになったので、「近頃は、昼は、御学問なさって、夜は御手習いを、心ゆくまでなさいます。院の御方（嵯峨院の小宮）が、今月になって三晩ほど召されておいででしたね。今日は、春宮がおいでになって一日中ですよ。他は、召されなさる人もありません。御文は、左の大殿の御方（忠雅の大君）のもとに、一度なさいました。左の大将殿（梨壺）に、今月は三回ほど差し上げなさっています。昨夜は私が参りました。殿（兼雅）が梨壺の方にいらっしゃる折でして、とても盛大にねぎらってくださいました」〕

⑩かかるほどに、御使にはあらで、蔵人まかでたり。上、御前に召して問はせ給ふ、「梨壺には、御使、いく度か遣はしし」。蔵人、「聞こし召さざりしに、『いたくわづらひ給ふことあり』とて、御消息申されたることありしになむ驚かせ給ひて、その夜、さては、今朝なむ参りて侍る。『男に

おはするなり』とて、『人は、さこそ言へ。つひにし給ひつめりかし。いかでか、おぼえぬ筋には』となむ申しののしる」。（国譲・上　六六九〜六七〇）

〔こうしているうちに、お使いではなくて、蔵人が参上した。上（藤壺）が、御前に召してお聞きになるには、「梨壺には、お使いは何度遣わしになられた?・」蔵人、「（出産を）ご存知なかったのですが、ひどく苦しんでおいでだといって、ご連絡申しあげることがあったというわけで、驚きになって、その夜、それから今朝に参上しました。男皇子でいらっしゃるようだということで、『世間ではそんなふう（藤壺の生んだ皇子が立坊する）に言うようだが。ついに男皇子出産をなさったようだ。どうして思えもしないこと（源氏の血筋からの立坊）になんか』と大騒ぎですよ」〕

⑪宮より、よきほどなる、白銀・黄金の橘一餌袋、黄ばみたる色紙一重覆ひて、龍胆の組して結ひて、八重山吹の作り花につけてあり。（略）大宮、御袋開けて見給へば、大いなる橘の皮を横さまに切りて、黄金を実に似せて包みつつ、一袋あり。大宮、「あなわづらはしや。いかで、こはせさせ給ひしぞ」と問はせたまへれば、例の蔵人、「兵衛殿・中納言殿の、仰せ言受け給ひて、御前にて、これかれなむ仕まつり給ひし」（国譲・中　六九〇〜六九一）

〔春宮から、立派な、白銀・黄金でできた橘を一餌袋分、黄色がかった色紙一重で覆い、龍胆色の組紐で結って、八重山吹の造花につけたものが贈り物としてある。（略）大宮が御袋を開けてご覧になると、大きな橘の皮を横に切って、黄金を実に似せて包んでいるものが、一袋ある。大宮は、「なんと凝ったものか。どうやって、これは手配なさったのか」とお聞きになるので、例の蔵人が、「兵衛殿（顕澄《あきずみ》）・中納言殿（涼）がご命令をお受けになって、御前で誰それが手配いたしました」〕

⑫「この頃は、誰々かものし給ふ。いづくにか、御使は、かく遣はす。内裏わたりには、何ごとかある」とのたまはすれば、「この頃は、例の御書遊ばしなどはせさせ給はで、『御心地悩まし』とて。参上り給ふことは、院の御方こそは。そこに候ふ、左衛門といふ人、忍びて申ししは、『五月ばかりより、御気色ありて悩ませ給ふ』となむ申しし。御使は、一夜参り侍りしかど。申すまじきことなれど、内裏わたりには、梨壺の御方の御勝事し給へることをなむ、やむごとなき所々喜ばせ給ふなる。ある所には、『物の筋といふもの絶えぬと見れど、つひには出で来ぬるものなりけり。かかる折に、し合はせ給へること』とて、常に、ある所には、御文通はせ給ふとなむ承る。かの御方も、『とく参り給へ』と侍るなる」と聞こゆ。（国譲・中　七〇三）

〔（藤壺が）「近頃は誰が召されておいでか？　どこに、お使いは、こんなふうに遣わしている？　内裏ではどんなことがある？」と仰せになるので、「近頃は、例のご学問などはなさらないで、『具合が悪い』と。召されなさるのは、院の御方（嵯峨院の小宮）が。そこにお仕えしている、左衛門という女房が、こっそり申していたのには、『五月ぐらいから、妊娠の様子があって具合が悪くていらっしゃる』と申していたのです。お使いとしては、一夜参りましたけれど。申しあげにくいことなのですが、内裏では、梨壺の御方のおめでたいことを、高貴な皆様方がお喜びのようです。ある所では、『ものの筋というものは絶えてしまったと思っていたが、ついにはうまくいくものなのだ。こんな時に、出産なさったこと』と言って、いつも、ある所には、御文を通わせておいでだと聞いております。あの御方（梨壺）にも、『はやく帰参なさい』とあるようで」と申しあげる〕

これらを見ても分かるように、これはたたは藤壺のもとに春宮の文を届ける際、必ずといってよいほど春宮の情報を伝えているのだ。[17] 先に引用した②でも、聞かれもしないのに春宮が何をしていたかを伝えていた。⑧では春宮が嵯峨院の小宮のもとをいつ訪れたかという藤壺の問いに答えるとともに、やはり聞かれもしない春宮の近況を伝えている。⑨では藤壺からの問いがより詳細なものになっているが、それに対してやはり詳細な返事をし、これはたた自身が梨壺のもとに使いに行ったことを伝えている。後宮の状況は藤壺にとって最大の関心事であるが、これはたたは藤壺の求める以上の情報を得ているのだ。さらに、⑪のように春宮の命を受けて贈り物の支度をした人物が誰であるかも、大宮に問われれば答えることができている。贈り物の支度をした人物を聞くということは、誰が藤壺側についているのかを尋ねているのに等しい。これはたたは、こういったことにも確認を怠らない。

そして、何より重要なのは⑩の場面である。これはたたはついに春宮からの使いではなく、自ら藤壺のもとに情報をもたらすのだ。梨壺が男皇子を出産したことを報告するのだが、春宮からの使いが何度あったかという藤壺の問いにも答えることができている。これには自らも使いに行き、梨壺側の様子を見聞きしてきた強みもあるのだろう。

なお、梨壺が出産したとき、仲忠にも兼雅からの使いがあったのだが、

「宮より、御使はありつや」と問はせ給ふ。「知らず。え見給へずなりぬ」と申して参りぬ。

(国譲・上　六六九)

というように、春宮から使いがあったかという仲忠の質問に、この使いは満足に答えることができてい

ない。春宮からの使いに関する似た質問があることで、二人の使いが鮮やかに対比されている。これはたが情報をもたらす存在としていかに優秀であるかが分かる。

これはたから情報を得ようとする藤壺やその母・大宮の姿勢も興味深いが、それ以上にその期待にこたえられるこれはたが注目される。⑨や⑩や⑫にあるように、これはたは梨壺や嵯峨院の小宮への使いにも出ている。⑫では嵯峨院の小宮のもとで、左衛門という女房から小宮が懐妊したということを聞き出している。「忍びて申しし」とあるからには、本来は聞き出しにくいことを聞き出せるだけの関係を築いていたのであろう。藤壺の乳母子であるこれはたを、藤壺のいわば政敵である梨壺や嵯峨院の小宮への使いにする春宮の真意は不明だが、これはたはその立場をいかして様々な場所に出入りし、つてを作り、情報収集に励んでいるのである。

さて、その後の展開にも注目していきたい。

⑬かくて、経給ふほどに、春宮より、「遅く参り給ふ」とて、ある時はあはれに心苦しげに、ある時は憎げに怨じ給ひつつ、日に従ひて、御使あり。その御使の蔵人申すやう、「『梨壺のなむ、坊には居給ふべき』と申しなりにためり。御前にも、しばしば参上り給ふ。昼は、殊に渡らせ給はず。日ごろは、殊に御遊びもし給はず」と聞こゆれば、ある時は一行二行と聞こえ給ひ、ある時は聞こえ給はず。（国譲・中　七二七）

〔こうして、時が経っていくうちに、春宮から、「なかなか参内なさらない」といって、ある時は同情を引くように辛そうに、ある時は憎らしげにお恨みになりながら、日ごとにお使いがある。そのお使いの蔵人が申すことには、「梨壺の皇子が、坊（春宮）には立つはずだ、という噂になっているようです。春宮の御前にも、しばしば召されていきます。昼は、特に春宮がお渡りにはなりません。近頃は、特に管絃のお遊びもなさいません」と申しあげたので、（藤壺は）ある時は一行二行を返事をお書きになり、ある時はなさらない」

⑭かくて、春宮は、藤壺の、参り給はず、御返りも聞こえ給はぬを思ほし嘆きて、院の御方・梨壺なども久しうなむ参上らせ給はず、御局へも渡らせ給はず、つれづれと物も聞こし召さず、（略）これはたの蔵人召して、御文賜ひて、「これ、前々のやうにならば、さらに、な参りそ。候はせじ」と仰せらるれば、いたう嘆きて、持て参りて奉る。（略）蔵人「『御返り持て参らずは、簡削らむ』と仰せられつるものを、特に労りなさせ給ひて、とどめられ侍りなば、いと効なく」など申す。孫王の君を始めて、兵衛、「『あこきを顧みさせ給ふ』と思ほして、しるしばかり聞こえ給へ。これがいたづらになりなば、いと悲しう」など、集まりて申す。君、「御返り聞こえずとて、御使を罪し給はば、わがためにぞあらむ。罪し給はば、『喜び』と思はむ。さばかりだに仰せられたらば、これにまさりたらむ職にも申しなしてむ」（国譲・中　七四〇〜七四一）

〔こうして、春宮は、藤壺が参内なさらず、お返事も差し上げなさらないことを思い嘆いておいでで、院の御方（嵯峨院の小宮）・梨壺なども久しくお召しにならず、そちらの御局にもお渡りにならず、思い沈んでものも召しあがらず、（略）これはたの蔵人を召して、御文をお渡しになって、「これが、今までと同じようならば、もう戻って来ないでいい。クビだ」と仰せになったので、ひどく嘆いて、持って参って差しあげる。（略）蔵人、「『お返事を持って参らなければ、除籍する』と仰せになったのですが、特に口利きをしてくださったのに、解任されてしまったら、お力添えの甲斐もないことに」などと申す。孫王の君をはじめ、兵衛も、『うちの子に情けをかけよう』とお思いになって、ほんの少しだけお返事なさってください。この子が解任されてしまったら、とても悲しくて」など、集まって申しあげる。藤壺は、「お返事を申しあげないからといって、お使いを罰せられたとしたら、私には好都合のようだ。罰しなさるなら、『嬉しい』と思おう。それほどまでのことを仰せならば、これにまさる職に口利きしてやろう」〕

⑮宮、「これは、乳母子とて、いとらうたくする者ぞ。これを解き捨てたらば、これがこと言ひに、文はおこせてむ」と思ほして、勘事に据ゑ給ひつ。（国譲・中　七四一）

〔春宮は、「この者は乳母子だからと、（藤壺が）とても可愛がっている者だぞ。この者を解任したら、この件の文句で、きっと文を寄越してくるだろう」とお思いになって、謹慎させなさった〕

藤壺は、⑬にあるようにこれはたの報告を受けて春宮への返事を減らし、その結果、春宮は⑭のように嵯峨院の小宮や梨壺を相手にしなくなる。これはたの報告が、春宮を藤壺にますます執着させる結果をもたらしたのである。

藤壺が春宮へ返事をしなくなったことにより、これはたの身も危なくなったのが⑭・⑮の場面である。これはたは春宮に、藤壺からの返事がもらえなければ除籍すると脅される。これには姉の兵衛の君も同じ側近女房の孫王《そんのう》の君も動揺するが、藤壺は除籍されたらそれ以上の官職に推挙しようと言って動じない。ここに、乳母子としてのこれはたの価値が発揮されている。⑮にあるように、春宮はこれはたが「乳母子にて、いとらうたくする者」であるからこそ、除籍するという脅しを使った。これはたが乳母子であるということには、互いの切り札として利用できるだけの価値があるのである。藤壺もそれを分

かった上で動じないという強気の対応をしているのだ。(18)

以上のこれはたの動きは、彼が男の乳母子として設定されているからこそ可能であったことである。そもそも乳母子であったからこそ藤壺の推挙によって春宮の蔵人になれた。そして春宮も藤壺の乳母子であったからこそ重用した。これはたはそれにより各所につてをつくり、情報収集に励むことができた。そして何より、乳母子でも男であったからこそ、藤壺の傍を離れて自由に動き回ることができた。女君の男の乳母子という特異な存在である彼は、自由に動くことができない女の乳母子＝姉・兵衛の君に代わって縦横に動く。最側近女房の役割を補完するかのように活躍する彼は、他の男性脇役とも違う、女房的な存在であるともいえるだろう。

おわりに

以上確認してきたように、靫負の乳母・典侍・蔵人これはたといった脇役たちは立坊争いの物語の中で情報の媒介者として重要な役割を果たしている。そして、彼らの役割は、他の人物でも構わないという類のものではない。靫負の乳母であれば朱雀帝の乳母であることが重要であった。典侍は正頼一族に深くかかわる現職の典侍であるからこそ、それぞれの夫婦仲を各所で語ることができた。これはたは藤壺(あて宮)にとって男の乳母子であり最側近女房の弟ということが重要であった。

『うつほ物語』の後半部は様々な情報が行き交い、それらに動かされて物語が展開する。媒介する脇役たちには詳細な設定が付され、情報網はきわめて効果的に機能しているのだ。本章で確認してきた他にも、物語は様々な情報網を用意している。藤壺に仕える孫王の君は、物語後半部に至って上野《かんづけ》の宮の娘だったことや、妹たちが女一宮やさま宮に仕えていることが明かされ、姉妹間の交流や上野の宮とのつながりが想定できるようになった。后の宮は自分の産んだ女三宮と忠雅《ただまさ》を結婚させようとしたが、そのことは女三宮の乳母から聞いたこととして正頼の七の君の女房たちの間で話題になっていた。祐澄《すけずみ》は女二宮を略奪しようとして女二宮の乳母の越後を買収するが、そのことを女一宮の乳母の左近が知り、仲忠や女一宮に告げた。『うつほ物語』の後半部は、情報過多とさえいえる世界なのだ。

しかし、情報過多の世界であるならば、求められるのはそれを使いこなすことである。立坊争いの中で藤壺はさかんに情報収集に励んでいたが、それは功を奏したのだろうか。先に確認したように、これはたは春宮に、藤壺からの返事がもらえなければ除籍すると脅された。それに対して藤壺は除籍されたらそれ以上の官職に推挙しようと言って動じなかった。その後、朱雀帝譲位の前日まで藤壺が何も言ってこなかったため、春宮はこれはたの謹慎を解いたが、春宮の藤壺への使いは「異蔵人」（国譲・下　七五二）が担当している。そして、朱雀帝の譲位後は、次のような状況になる。

帝は、かかることを、何とも思さで、ただ、藤壺の参り給はぬを、夜昼思し嘆けど、御使も久しう奉り給はず……　（国譲・下　七六二）

春宮（新帝）は迫る即位のことを何とも思わず、藤壺の参内がないことを嘆き続けているが、使いを送ることも久しくしていない。一方の藤壺はどうだろうか。

藤壺は、よろづに思ほせど、物ものたまはず、「帝の、御心を誤りにたればこそは、人は、かくは言ふらめ。かく言ふもしるく、御返し聞こえねど、立ち返り賜ひし御使も見えぬは、いかなるにかあらむ。このことは、げに、げに、さなりて、おとども、のたまふやうになり給はば、我も尼になりなむ。何か、世に交じらむ」と思ほす。

（国譲・下　七六七〜七六八）

藤壺は、梨壺の生んだ皇子が立坊するという噂を聞き、思うことはあるが口に出さない。春宮が正気をなくしたからこうした噂があるのだと考える。そして、それを裏づけるかのような、いままでずっと来ていた使いが見えないという状況に思い悩む。さらには尼になろうかとまで考える有様である。かなりの悲壮な思いが語られているわけだが、梨壺の生んだ皇子が立坊するのではないかという不審を抱く根拠に「御使も見えぬ」が挙げられていることに注意したい。正頼も同じで、「内裏よりも、久しく御消息も見えねば、おとど、「このこと実に定まりなば、またの日法師になりなむ」」（国譲・下　七六七）と、内裏からの音沙汰もないために、梨壺の生んだ皇子が立坊することに決まったら出家しようと考えていた。しかし、そもそも春宮からの使いがなくなったのは、これはたの一件がきっかけである。さらに、これはたの謹慎が解かれた後でも、春宮が使ったのは「異蔵人」であり、この蔵人はこれはたのように春宮の情報をもたらすことができていない。もし、変わらずこれはたが使いとして機能していれば、たとえ使いの回数が減ったとしても、「藤壺の参り給はぬを、夜昼思し嘆けど」という春宮の状態は報告されたはずであり、藤壺や正頼がここまで思いつめることはなかったはずである。

これはたは藤壺に春宮の情報をもたらすという極めて重要なはたらきをしていた。しかし、藤壺はそれを自ら断ち切ってしまったのだ。せっかく存在する情報網を、自ら使えなくしてしまった。これは藤壺の失策である。そして、これはたから情報を得ることができなくなった藤壺は、だからこそ「帝の、御心を誤りにたればこそは、人は、かくは言ふらめ」（蔵開・下　七六七、傍線は引用者）――帝が正気をなくしたから、人は、こんなふうに言うのだろう――と、匿名の、出所のはっきりしない噂に惑わされるのである。

『うつほ物語』の後半部は詳細な設定を持つ脇役たちによる情報網が存在し、情報過多ともいえる世界になっている。しかし、靫負の乳母を使ってしたことが裏目に出た仁寿殿女御のように、これはたを自ら使えなくした藤壺のように、立坊争いのいなかで情報網は必ずしも使いこなされているとはいえない。そして、それが機能しなくなった時にこそ、出所不明の噂が幅をきかせ、正頼や藤壺を疑心暗鬼に陥らせるのだ。(19)噂によって混迷をきわめた立坊争いの物語は、脇役たちの情報網が「使えない」ということによってネガティブに支えられていたのである。

以上二章にわたり『うつほ物語』の分析を行ってきた。『うつほ物語』がその物語の進展とともに様々に示してみせた女房たちの機能や、後半部で構築した脇役たちの情報網は、以降の王朝物語でも見られるものである。とはいえ、その意義は後に続く物語の分析をしないままに言うわけにはいかないだろう。『うつほ物語』より数十年の後、かの有名な『源氏物語』においては、どうなっているだろうか。

第Ⅱ部　『源氏物語』論

『源氏物語』は、寛弘《かんこう》五年（一〇〇八）ごろに成立した、全五四帖に及ぶ大長編である。構成は三部に分けてとらえられ、光源氏が主人公であり、「正篇」とされる第一部（「桐壺」〜「藤裏葉」の三三帖）・第二部（「若菜・上」〜「幻」の八帖）、光源氏の子孫たちが中心となり「続篇」とも呼ばれる第三部（「匂兵部卿」〜「夢浮橋」の一三帖）で構成される。続篇のなかでも最後の十帖は宇治の地で物語が展開するため、「宇治十帖」と呼ばれている。

宇治十帖のストーリーは序章でも触れたが、道心深く厭世的な薫（女三宮と柏木の子、表向きは光源氏の子）と、色好みだが薫に対抗意識を持っている匂宮（光源氏の孫）のふたりの貴公子と、宇治に住んでいた八の宮（光源氏の異母弟）の娘たちの恋が描かれていく。薫は姉の大君に魅かれるが、大君は自分ではなく妹の中の君を薫に勧める。そのため薫は中の君と匂宮を結ばせ、大君を自分のものにしようとする。しかし、中の君と結ばれた匂宮は、その後なかなか宇治を訪れることができず、妹を案じる大君はその心労で死んでしまう。ついに大君と関係を結ぶことなく終わってしまった薫は、その面影を求めていくことになる。大君の死後、中の君は匂宮の妻として都での生活を始めるが、薫は中の君に接近しようとする。しかし、中の君はそれを避けるかのように、異母妹である浮舟を紹介する。浮舟は八の宮が自らの子と認めていなかった娘であり、大君に生き写しであるという。薫は浮舟に逢い、宇治へ連れ去るが、匂宮もまた浮舟と関係を結ぶ。両者は一触即発の状態にまで至り、板挟みとなった浮舟は自ら死を選ぶ。結局、浮舟は死ぬことができず救出された後、出家して、再び接触を試みる薫のことを拒否することになる。

本部では、この宇治十帖、特に浮舟の物語を中心に論じていこうと思う。都から離れた宇治の地で展開する、「姫君」と呼ぶにはあまりに心もとないヒロインをめぐる恋の物語。それは都で栄耀栄華を手にしていった光源氏の物語たる正篇とは世界観が大きく異なる物語である。この物語はいったい何なのか、そして正篇の世界とどのように向き合っているのか。その問題にアプローチするためには、主要人物たちの周囲で活躍する脇役の存在が極めて重要なのだ。「正篇」と「宇治十帖」の物語の関係を、女房たちのあり方から浮かびあがらせてみたいと思う。

正篇

第一部

1 桐壺《きりつぼ》
2 帚木《ははきぎ》
3 空蝉《うつせみ》
4 夕顔《ゆうがお》
5 若紫《わかむらさき》
6 末摘花《すえつむはな》
7 紅葉賀《もみじのが》
8 花宴《はなのえん》
9 葵《あおい》
10 賢木《さかき》
11 花散里《はなちるさと》
12 須磨《すま》
13 明石《あかし》
14 澪標《みおつくし》

空蝉や夕顔との恋

＊若紫との出会い、藤壺宮との密通

＊光源氏、須磨へ退去

正篇

玉鬘十帖

30 藤袴《ふじばかま》
31 真木柱《まきばしら》
32 梅枝《うめがえ》
33 藤裏葉《ふじのうらば》

＊光源氏、准太上天皇になる

第二部

34 若菜《わかな》・上《じょう》
35 若菜《わかな》・下《げ》
36 柏木《かしわぎ》
37 横笛《よこぶえ》
38 鈴虫《すずむし》
39 夕霧《ゆうぎり》
40 御法《みのり》
41 幻《まぼろし》
— 雲隠《くもがくれ》

光源氏晩年
紫の上の発病と死去

柏木と女三宮の密通

＊薫の誕生

夕霧と落葉宮の恋

＊紫の上死去

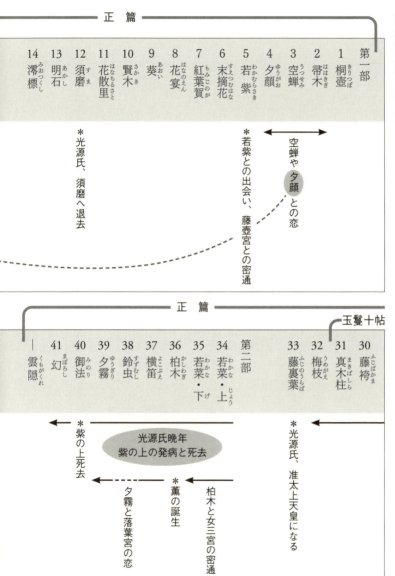

玉鬘十帖（22〜29）

15 蓬生《よもぎう》
16 関屋《せきや》
17 絵合《えあわせ》
18 松風《まつかぜ》
19 薄雲《うすぐも》
20 朝顔《あさがお》
21 少女《おとめ》
22 玉鬘《たまかずら》
23 初音《はつね》
24 胡蝶《こちょう》
25 蛍《ほたる》
26 常夏《とこなつ》
27 篝火《かがりび》
28 野分《のわき》
29 行幸《みゆき》

＊藤壺宮、死去

玉鬘（夕顔の娘）をめぐる求婚譚

続篇

第三部

匂宮三帖（42〜44）

42 匂兵部卿《におうひょうぶきょう》
43 紅梅《こうばい》
44 竹河《たけかわ》

宇治十帖（45〜54）

45 橋姫《はしひめ》
46 椎本《しいがもと》
47 総角《あげまき》
48 早蕨《さわらび》
49 宿木《やどりぎ》
50 東屋《あずまや》
51 浮舟《うきふね》
52 蜻蛉《かげろう》
53 手習《てならい》
54 夢浮橋《ゆめのうきはし》

薫・匂宮と大君・中の君の恋

＊大君、死去

薫・匂宮と浮舟の恋

＊浮舟失踪後の様子

小野にいる浮舟のその後

第一章　「中将」と浮舟の母君——物語の〝過去〟たる正篇

はじめに

先にみてきたように、『うつほ物語』には様々な女房たちが登場してきた。そのなかには、「孫王の君」という他の物語では見られない名を持つ女房もいた。述べたように、彼女はおそらく「あて宮の親類である」ということを示すために、「孫王」という皇族の血を引くことが分かる名である必要があったのだろう。王朝物語に登場する女房たちの名が、どのような意図をもってつけられているのか。『うつほ物語』の孫王の君のように見当がつく例はむしろ少なく、意図があるのかないのか、それはなかなか難しい問題であるように思われる。

そうしたなかで、『源氏物語』に登場する女房は、実は、その名によって一定の造形がなされている傾向にある。無論全ての女房にあてはまるわけではないが、特に侍従・右近[1]・中将といった女房にはこれが顕著で、明らかに似た造形になっている。しかも、これらの名を持つ女房らは、いずれも宇治十帖において重要な働きをしている者たちである。物語の進展と共に女房たちが次第に重要になっていくことは早くより指摘されているが[2]、その役割を担うのが正篇より一定の造形をなされている名の女房であることに注目すべきであろう。

なかでも「中将」という名の女房については先行研究も多い。なぜなら、その名を持つ女房の多くが召人《めしうど》（主と性的関係を持つ女房）あるいは男君に目をかけられる魅力的な存在として登場しているうえに、『源氏物語』の最後のヒロインである浮舟の母親が、かつて「中将」という名のお手つき女房だったからである。そのため、武者小路辰子(3)・平川直正(4)・三田村雅子(5)・原岡文子(6)らによって女房論・召人論として様々に論じられてきた。

『源氏物語』は確かに「中将」をお手つき女房として造形し、それを浮舟の母君に受け継がせている。浮舟の母君の物語は、正篇から受け継がれた「中将」の物語の続篇としてとらえることができるのではないか。とすれば、これは女房あるいは召人という問題だけにとどまるものではないだろう。なにしろ最後のヒロインの母親が、正篇から受け継がれた造形を持っているのだ。これは宇治十帖と正篇との関わりという極めて重要な問題を孕んでいることになりはしないか。

本章では、女房「中将」の造形を確認した後、浮舟の母君について考察していくが、女房・召人論あるいは単なる作中人物論のみを試みるのではなく、女房「中将」の問題から、宇治十帖と正篇との関わりを問い直してみたい。

1　正篇における「中将」

『源氏物語』には数多くの女房たちが登場するが、そのなかでも「中将」と呼ばれる女房は正篇に五人、続篇に三人の計八人で最も多く登場する。まずは正篇に登場する中将について考察しよう。

正篇に登場する五人の中将の主人は、空蝉《うつせみ》・六条御息所《ろくじょうのみやすどころ》・光源氏（後に紫の上に仕える）・朝顔斎院・

髭黒《ひげくろ》北の方である。そのうち、六条御息所に仕える中将は光源氏に目をかけられ、和歌の贈答があった。光源氏に仕える中将は彼と性的関係を結んでいる者であり、髭黒北の方に仕える中将は髭黒の「召人だちて」[7]（真木柱④二一二）とされる存在である。登場回数でいえば圧倒的に光源氏に仕える中将が多く、彼女の登場は葵・須磨・澪標《みおつくし》・薄雲・初音・若菜上・幻巻と長期にわたる。他の中将たちが一巻しか登場しないのに対して、あまりに多い。この光源氏に仕える中将が幾度も存在感を見せることによって、お手つき女房としての「中将」という造形がなされているのである。

『源氏物語』における中将という名の女房の初見は、帚木《ははきぎ》巻に登場する空蝉に仕える中将である。彼女は光源氏と関係こそ結ばないものの、その存在には示唆的なものがある。光源氏と空蝉の逢瀬のきっかけこそが「中将」という名であったからだ。空蝉は「中将の君はいづくにぞ」（帚木①八七）と女房の中将を呼ぶ。しかし、それを聞いた当時中将の光源氏は「中将召しつればなむ、人知れぬ思ひのしるしあるここちして」（帚木①八八）と侵入し、口説き、契るに至る。「中将」という名が恋の場面をつくるきっかけになったのである。そもそも、光源氏の官職「中将」からして在五《ざいご》中将——『伊勢物語』の主人公のモデルとして「色好み」のイメージで語り継がれる在原業平《ありわらのなりひら》——[8]を連想させる恋にふさわしいポジションである。柏木も玉鬘に文を贈っていた頃は中将であったし、薫が宇治の八の宮のもとに通い始めた頃も中将であった。恋の場面にふさわしい男性の官職名としての「中将」と、女房の名としての「中将」の取り違いは、今後の物語の中で性的魅力を持つ存在として登場してくる女房「中将」を早くも予感させている。

六条御息所に仕える中将は、女房としては珍しく容姿の描写が細かにされる。六条御息所の代わりに光源氏の見送りに出た中将には、「紫苑色のをりにあひたる、羅の裳あざやかに引き結ひたる腰つき、たをやかになまめきたり」（夕顔①一三二）と、季節に合わせた紫苑色の衣やすっきりと結った薄物の裳といった装束の描写がされ、その裳を結った腰つきのしなやかな美しさを光源氏に見られている。目をとめた光源氏は、廊下の欄干のもとでしばし眺めて歌を詠みかけるが、中将はすぐに機転を利かせて、自らではなく主である六条御息所のことであるようにかわして返歌する。さらに物語は、「まして、さりぬべきついでの御言の葉も、なつかしき御けしきを見たてまつる人の、すこしものの心思ひ知るは、いかがはおろかに思ひきこえけむ」（夕顔①一三四）と、言葉をかけられ人柄に接した者で、少しでも情趣の分かる者は、光源氏の扱いからも、また本人の心寄せからも、中将の光源氏に対する心寄せを語る。六条御息所に仕える中将は、光源氏をなおざりに思えないのだと、ほとんどお手つき女房に近いといってよい、美しくて知的な女房として描かれているのである。

　朝顔斎院に仕える中将も、空蝉や六条御息所に仕える中将と同じく、恋の場面を彩るかのように登場する。彼女と光源氏の関係に性的なものがあるかは判然としない。しかし賢木《さかき》巻において、光源氏は朝顔斎院へだけでなく、中将へも和歌を送り、贈答をしている。中将からの返事は「すこし心とどめて多かり」（賢木②一六二）と念の入ったもので、彼女もやはり心を寄せている女房として登場する。[9]

　しかし、最も注目すべきは、光源氏に仕える中将である。先に述べたように、彼女は葵・須磨・澪標・薄雲・初音・若菜上・幻巻と長期に渡って登場する。はじめは光源氏に仕えていたが、須磨退去に際して紫の上づきとなり、長く仕えることとなる。初音巻には「われはと思ひあがれる中将の君」（初音④一二）と自信に満ちた様子で登場し、お手つき女房としての存在感を見せている。もっとも、光源氏に仕える女房として登場する中将全てが同一人物であるかどうかは分からない。しかし、光源氏のもとには常に「中将」というお手つき女房がいたのである。三田村雅子は「中将の君という存在は、一人の女としての歴史的、時間的存在さえ、認められない召人の代名詞[10]」と指摘するが、物語がその代名詞に「中将」という名を選んでいることに注目すべきであろう。

　ところで、光源氏のお手つき女房は中将ひとりではない。いくつか例を挙げれば、末摘花巻には、左大臣邸で「たまさかなる御けしきのなつかしき」（末摘花①二五二）を頼みにしている中務《なかつかさ》という女房が、葵巻では葵の上に仕える者で「年ごろ忍びおぼし」（葵②一〇四）ている中納言という女房が確認できる。須磨巻では「つれなき御もてなし」（須磨②二一六）であった中務と中将が紫の上づきになり、帰京後も「ほどほどにつけつつ情」（澪標③一六）をかけられている。また、若菜上巻では、「昔は、ただならぬさまに使ひならしたまひし人ども」（若菜上⑤五八）として中将と共に中務の名が挙がっている。幻巻でも、亡き紫の上を忍ぶ女房として、中将と共に中納言が登場する（幻⑥一三〇）。中将の場合と同じように、中務・中納言の場合もそれぞれが同一人物であるかどうかという別問題はある。しかし、物語が光源氏のお手つき女房として中納言・中務・中将というように常に一定の名を挙げていることが重要なのである。

　中納言・中務・中将といった女房たちは光源氏のお手つきとしてたびたび登場する。しかし、それはただそれだけのことに過ぎない。彼女たちがどのような容姿であるかなどといったような、個性を持つ存在としての描写はない。

　こうして名を挙げられてきた中納言・中務・中将といった光源氏のお手つき女房たちであるが、紫の上の死後、幻巻の途中から登場するのは中将ただ一人になる。そして、そうなって初めて、今まで語られることのなかった細かな描写がなされるようになる。

中将の君とてさぶらふは、まだ小さくより見たまひ馴れにしを、いと忍びつつ見たまひ過ぐさずやありけむ、いとかたはらいたきことに思ひて、馴れもきこえざりけるを、かく亡せたまひてのちは、そのかたにはあらず、人よりことにらうたきものに心とどめおぼしたりしものをと、おぼし出づるにつけて、かの御形見の筋をぞあはれとおぼしたる。心ばせ容貌などもめやすくて、うなゐ松におぼえたるけはひ、ただならましよりは、らうらうじと思ほす。（幻⑥一三二）

ここでは、中将が幼いころより召し使っていた女房であり、密かに関係を結んでいたものの本人は心苦しく思って打ち解けなかったことや、紫の上の死後はそういった意味ではなく、紫の上が特に可愛がっていた女房として、「形見」として想っていることなどが語られている。彼女個人の情報は、ここで初めて明かされるのだ。その説明ではあくまで「かの御形見の筋」であり、紫の上を通して関係しているに過ぎない存在ではある。しかし、今まで個性を持つ存在としての描写が一切なかった女房が、女君を失った後に突如としてクローズアップされるという展開になっていることをおさえておきたい。

さらに、賀茂祭の日、転寝している中将を光源氏が起こしてしまう場面がある。そこには、「いとささやかにをかしきさま」（幻⑥一四三）という小柄で可愛らしい様子から、顔立ちや髪のかかる様、さらには喪に服している衣装の色まで細かな描写がされている。その詳細な描写は、かつての六条御息所に仕えた中将を彷彿とさせるものでもある。

光源氏はこの中将を「一人ばかりはおぼし放たぬけしき」（幻⑥一四四）とあり、ただひとり見捨てずにいるようだ。だからといって、中納言や中務が捨てられたというわけではなかろう。むしろ、彼女たちが登場しなくなったことにより、その役割が中将ひとりに集約されたのではないか。[11] それだけでなく、今までに登場した全ての中将のイメージもここに集約されているといっていい。紫の上の代わりとして寵愛を受ける中将の姿は、『源氏物語』において、お手つき女房としての「中将」という造形が確立したことを表しているのである。

見てきたように、『源氏物語』は正篇において「中将＝お手つきの女房」という造形を確立させた。しかし、宇治十帖ではそれを継承しつつも新たな側面に光をあてることになる。いよいよ宇治十帖に登場する「中将」――浮舟の母君をみていこう。

2　続篇における「中将」

続篇に入ると、宇治十帖の直前、竹河巻にも玉鬘《たまかずら》の大君に仕える中将という女房が登場している。その出番はわずかであるが、夕霧の子息蔵人少将の「例かたらふ中将のおもと」（竹河⑥二二三）とあり、やはり正篇からの造形を受け継いでいるといえるだろう。

そして、宇治十帖にはかつて中将であったという人物が登場する。浮舟の母親である。彼女が八の宮の女房であったころの名は中将であった。そして彼女は、『源氏物語』に登場するお手つき女房の中で、唯一、主人の子を生んだ人物なのである。

浮舟の母親の中将が八の宮と関係を結んだ経緯は、宿木巻で弁の尼によって語られる。弁の尼は薫に、「故北の方の亡せたまへりけるほど近かりけるころ、中将の君とてさぶらひける上臈の、心ばせなどもけしうはあらざりけるを、いと忍びて、はかなきほどにもののたまはせける」（宿木⑦二三一）と説明する。

八の宮の故北の方が死んで間もないころ、中将の君という上臈《じょうろう》女房とひそかに関係を結んだのだという。中将が八の宮のお手つきになったのが、北の方の死後であったことに注目したい。正篇で光源氏が最後に寵愛した中将も、その存在が細かに描写されたのは紫の上が死んだ後であったではないか。幻巻の光源氏は、

> 年ごろ、まめやかに御心とどめてなどはあらざりしかど、時々は見放たぬやうにおぼしたりつる人々も、なかなか、かかるさびしき御ひとり寝になりては、いとおほぞうにもてなしたまひて、夜の御宿直などにも、これかれとあまたを、御座のあたり引きさけつつ、さぶらはせたまふ。（幻⑥一二八）

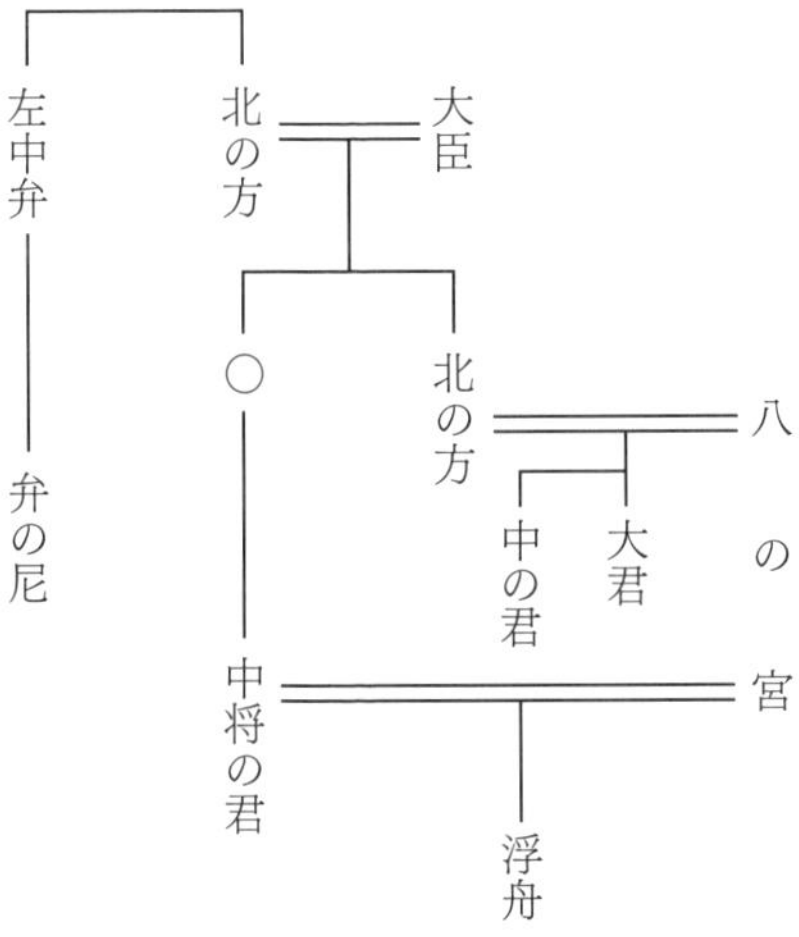

と描写されたものであった。時々は寵愛を受けていた女房たちも、紫の上の死後、寂しい独り寝となってからは、むしろ寝所から遠ざけていたというわけだ。一方の八の宮も、

> 心ばかりは聖になり果てたまひて、故君の亡せたまひにしこなたは、例の人のさまなる心ばへなど、たはぶれにてもおぼし出でたまはざりけり。（橋姫⑥二五九）

とされている。心ばかりはすっかり聖《ひじり》となって、故北の方

が死んでからは人並みの色事などは冗談でも考えなかったというのだ。この両者の状況はよく似ている。光源氏には関係を結んでいた女房が多くいたが、紫の上が死んでからは、そのような扱いをしなかった。八の宮も、北の方が亡くなってからは女を寄せつけなかった。しかしそれでも、光源氏は中将「一人ばかりはおぼし放たぬけしき」（幻⑥一四四）であった。八の宮の中将も同じであったことが推測される。[12] 妻の死後、女を寄せつけない中で妻の形見として唯一寵愛した女房、そういう存在として「中将」の造形が継承されたのである。

しかし光源氏に仕えた中将は、子を生まなかった。少なくとも物語はそれを描かない。対して八の宮に仕えた中将は子を生んでしまった。木村朗子は、召人を「たとえ子供を生もうが、〈生まない性〉であり続けることが要請された」[13] と指摘する。たしかに、『源氏物語』の正篇には子を生むお手つき女房は登場しない。しかも、『源氏物語』全篇を通しても子を生むお手つき女房の唯一の例である浮舟の母親は、浮舟を生んだことによって八の宮のもとにいられなくなった。このことからも、少なくとも『源氏物語』がお手つき女房をそういうものとして扱っていることは明らかである。しかし、木村が「女性としての生むことの潜在能力《ポテンシャリティ》とはまったく関係がない」[14] とも指摘するように、いくら要請されようとも現実的にはお手つき女房が全く子を生まないというのは不可能だ。正篇が扱わなかった「子を生んだお手つき女房」という問題を初めて取りあげたのが、続篇における八の宮の中将の物語なのである。

正篇の中将たちがまだ現役で寵愛を受けている女房であったのに対し、八の宮の中将はそこから外れた存在である。いわば、正篇では決して描かれることのなかった中将たちの続篇的存在だ。中将は子を生むことによって、中将という女房ではなくなった。以降の物語に登場するのはもはや中将ではなく常陸介《ひたちのすけ》の北の方である。浮舟という、中将であったころのまぎれもない遺物を抱えつつ、しかし、もはや中将ではない存在なのである。

確かに、浮舟の母君は正篇からの「中将」の造形を継承した。しかし、継承しつつも、物語は「子を生んだお手つき女房」という全く新たな問題を取りあげている。正篇が扱わなかったものを取りあげるということは、逆に正篇の世界と向き合うことになろう。それでは、浮舟の母君は、いったいどのような形で正篇の世界を抱えているのだろうか。

3　浮舟の母君――「中将」の物語の続篇

ここからは浮舟の物語が本格的に展開を始める東屋巻以降の中将について論じていく。ただし、「中将」というのは女房としての名であり、既に常陸介の北の方となっている者にはふさわしくない。そのため、ここからは本文での呼称に従って「母君」と呼ぶことにしよう。

母君は常陸介《ひたちのすけ》と再婚している。そのため常陸介のもとには、常陸介の連れ子である先妻の子、常陸介と母君の子、母君の連れ子である浮舟がいる。母君の腹を痛めた子は、常陸介の子の中にもいるわけだが、彼女はその子供たちと浮舟とを区別する。母君の方では浮舟との縁談を一人で決めようとしたり、調度品を浮舟のものだけ良いものにしたりと、その様が具体的に描かれる。一方、常陸介にも浮舟を「異人と思ひ隔てたる心」（東屋⑦二六九）があるとされるも、苛めたという具体的な描写はない。そもそも、常陸介にとって浮舟は継子であるが、母君が浮舟と区別する常陸介の子供たちの中にも母君の腹を痛めた実子がいる。母君が浮舟だけを大切にするのは、常陸介が浮舟に対して冷たい云々とは次元が違う。どちらが先に始めたことかははっきりしないが、常陸介の継子苛めに対して母君は実子苛めで対抗しているという事態なのである。

ともかく、同じ実子でありながら、母君は浮舟一人を大切にし、他の子供たちとは区別する。そして、左近少将との縁談を一人で勝手に進めていく。同時期には弁の尼を通じて薫からも文が来ているが、それには踏み切れない。浮舟の身の程を考えるからである。

母君の思いは「数ならましかば、などぞよろづに思ひける」（東屋⑦二六九）、「親に知られたてまつりて生ひ立ちたまはましかば、おはせずなりにたれども、大将殿ののたまふらむさまに、おほけなくとも、などかは思ひ立たざらまし」（東屋⑦二八三）と語られている。浮舟が人の数に入るような身であったら、八の宮に認知されて育っていれば、と常に仮想のなかだ。そしてもしそうであったなら、薫と結婚できたであろうと考えるのだ。母君の悩みは、そもそも浮舟が八の宮の子であるというところに起因する。認知されていない以上どうしようもないのだが、母君はそれを割り切ることができずにいる。

やがて左近少将と浮舟との縁組が破談になった後、乳母は浮舟の相手として薫をすすめる。しかし、母君は「あな恐ろしや」（東屋⑦二八六）とこれに反論を始める。八の宮に認知されていない娘である上、薫にはすでに女二宮がいるからだ。これでは浮舟は薫と結婚したとしても女房格である。そして、かつての自身の体験から、そうした立場がどのようなものかをよく知っている母君は、「わが身にても知りにき。故宮の御ありさまは、いと情々しく、めでたくをかしくおはせしかど、人数にもおぼさざりしかば、いかばかりかは心憂くつらかりし」（東屋⑦二八六）と言うのである。故八の宮は素晴らしい人だったが、自分を人並みに思ってくれなかったから、どれほど辛かったか――確かに武者小路辰子の指摘するように、「召人の後身として最大公約数とも言うべき感情の表明」[15]だ。だが、それは続篇世界に至って初めて露呈された感情であり、正篇から受け継がれた「中将」の造形が、「中将」自身の物語としてさらなる展開を見せていることを示している。

　では母君は常陸介北の方となっている現在の境遇を嘆いているばかりかというと、そんなことはない。それなりに満足もしている。なぜなら、先の発言の直後、続けて母君は言うのである。

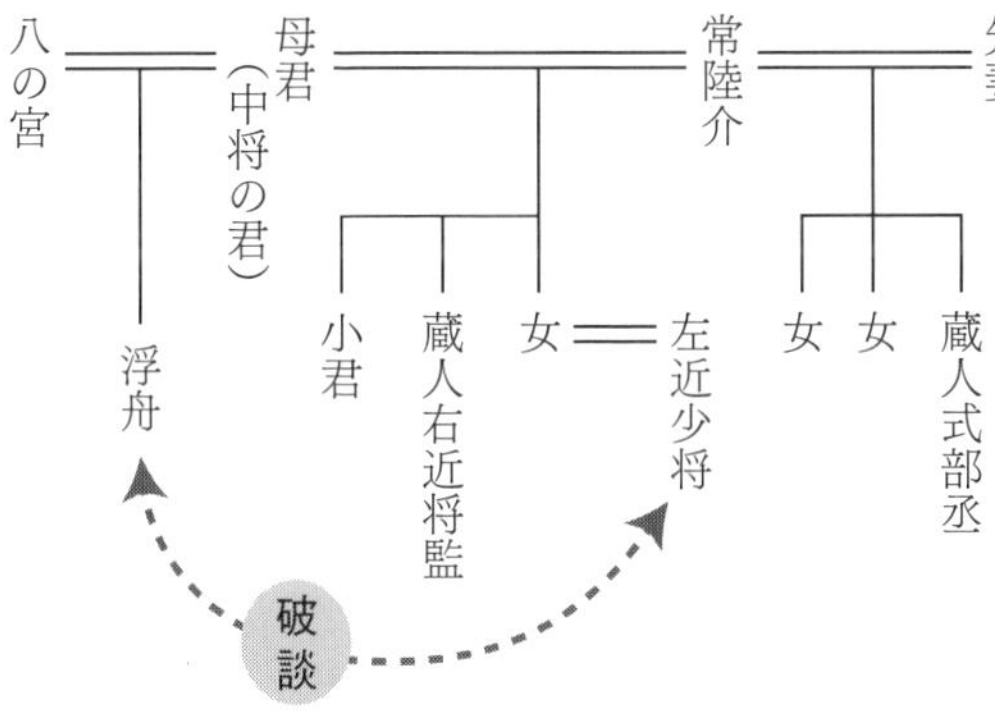

このいと言ふかひなく、情なく、さまあしき人なれど、ひたおもむきに二心なきを見れば、心やすくて年ごろをも過ぐしつるなり。をりふしの心ばへの、かやうに愛敬なく用意なきことこそ憎けれ、嘆かしくうらめしきこともなく、かたみにうちいさかひても、心にあはぬことをばあきらめつ。（東屋⑦二八六～二八七）

　今の夫は話にもならない、思いやりもないみっともない男だが、一途で不実なところがないから心穏やかに過ごしてきたのだ。何かと気遣いがないのが憎いが、嘆かわしく恨みに思うこともなく、喧嘩をしてでも白黒つけてきた。これは随分と肯定的な発言と取れないか。母君が常陸介に対してこのような発言をしていることを見逃してはならないだろう。八の宮の上臈の女房でありお手つきであった過去と、受領《ずりょう》の北の方である現在。過去の世界は「中将」という名でつながる正篇的世界そのものでもあった。一方の現在は、子を生んだために八の宮の女房でもなくなり、受領の北の方となった続篇的世界である。二つの世界には大きな隔たりがある。一方の世界から、もう一方の世界に移るのは容易なことではない。しかしそれでも、母君は過去の世界をひきずりつつも、現在の世界にそれなりに満足を覚えているのである。いや、むしろある唯一のものを除いては、ほとんど現在の世界に満足しているといっていい。そうした現在に影を落とす、その唯一のもの、過去の世界への未練を呼び起こすものこそが、浮舟なのである。

母君は中の君を頼って二条院へ行く。匂宮の妻となっている中の君（浮舟にとっては異母姉）を見た母君は、「われも、故北の方には離れたてまつるべき人かは、つかうまつるといひしばかりに、かずまへられたてまつらず、くちをしくてかく人にはあなづらるる」（東屋⑦二九一〜二九二）と思う。自分も八の宮の故北の方から縁遠い身だろうか、女房として仕える身分だったばっかりに、人並みの扱いをされず、悔しくもこう人に侮られるのだ、というわけだ。確かに母君は八の宮の故北の方の姪であり、血筋からいえば劣らない身分であった。そのため、母君は自分が中将という女房ではなく八の宮の妻であれば、浮舟を薫に縁づかせることができたはずだと思っている。自分が故北の方の姪であるばかりに、そして、浮舟がなまじ八の宮の血を引いているばかりに、母君は浮舟を常陸介の子として扱うことができないでいる。

母君は常陸介北の方としての現在にそれなりに満足していた。この中の君を頼る場面でも「いたく肥え過ぎにたるなむ、常陸殿とは見えける」（東屋⑦二九八）と描写され、外見的にもすっかり受領の妻である。その母君を唯一悩ませるのが、浮舟という過去の遺物なのである。浮舟の存在ゆえに、母君には中将であった過去が消せないのだ。神田龍身はこう指摘する。

浮舟の存在が、中将の君にかかる見果てぬ夢をあらためてみさせてしまったのであり、はやいはなし浮舟がいなければ、中将の君も苦い過去をすっぱり断ち切り、受領の北の方におさまって常陸介との円満な夫婦関係を築くことができたかもしれないのだ。（中略）なまじ浮舟がいたばかりに、ふれたくもない八の宮との過去を思い出し、夫にわだかまりをもち、つまらぬ野心まで抱くようになってしまった。(16)

母君は既に常陸介北の方としてある程度満足している。その母君が不満を覚えるのは、浮舟に関することだけなのだ。浮舟の存在ゆえに、母君は中将であった過去の遺物に悩まされ続けているのである。母君の物語は正篇から受け継がれたお手つき女房としての「中将」の物語の続篇である。それは「子を生んだお手つき女房」という新たな問題を持ち込んだ続篇であった。子たる浮舟がいなければ、母君は常陸介北の方に過ぎず、正篇からの「中将」を引きずることもなかったはずである。

母君が中将という名で八の宮のお手つき女房であった世界は、幻巻に酷似した、極めて正篇的な世界であった。それは、宇治十帖の「現在」における常陸介家の世界とは大きく隔たっている。母君は、その「現在」に満足しつつも、浮舟という存在ゆえに、「中将」の物語たる「過去」の世界を継承し、また、束縛されているのである。浮舟の母君は、宇治十帖において正篇的世界に束縛された存在といえるのだ。

4　母君不在の物語――「過去」を捨てる「中将」

こうして浮舟によって頭を悩まされていた母君であったが、匂宮の妻である中の君のもとへ身を寄せて匂宮や薫を垣間見ると、ついに結論を出す。母君は中の君から薫を勧められ、揺れる心の内を語り出す。薫ならば下働きでも甲斐があろうとは思いつつ、それではそもそも人並みではない身に、ますますもの思いをさせることになる。そうした女の苦しみを語り、娘を可哀想に思うと言いながら、最後は「それもただ御心になむ。ともかくも、おぼし捨てずものせさせたまへ」（東屋⑦三〇五）と、それも中の君の考え次第なので、とにかく見捨てないで世話をしてほしいと頼むのだ。これは結局のところ、中の君に押しつけたに過ぎないのではないか。[17]そして「守の消息など、いと腹立たしげにおびやかしたれば」（同）と、腹を立てているらしい常陸介からの連絡があって帰ってしまう。母君が浮舟と薫との縁談に意欲を燃やすようになったことは確かであるが、同時に中の君に押しつけて帰ってしまったことを見逃してはならないはずである。

母君は中の君に浮舟のことを一任した後、常陸介邸に戻った。この母君が不在の間に、匂宮が浮舟を発見して口説こうとする事件が起こる。それを聞いた母君は動転し浮舟を強引に引き取ってしまうが、三条の家に移すと「かしこに腹立ち恨みらるるが、いと苦しければ」（東屋⑦三二五）と、またもや常陸介が怒っているのが心苦しいなどと言って常陸介邸に帰ってしまう。そして、母君は浮舟とは文を交わしつつも、常陸介邸で婿となった左近少将の世話をする。これ以降、母君の行動は一転し、常に常陸介家の事情を優先させていき、浮舟の物語は母君のいない間に展開していくことになる。

母君の不在の間に、薫は弁の尼の仲立ちで浮舟と契り、宇治に連れて行く。匂宮が浮舟と通じるのも母君の預かり知らぬことであった。匂宮が初めて浮舟と契った日は、母君が石山詣《いしやまもうで》に浮舟を連れて行こうという日でもあった。しかし、匂宮が来たということは全て浮舟の乳母子である右近一人の胸に収められ、右近は「夢見さわがしかりつ」(浮舟⑧三三)と母君に知らせようとしない。浮舟の物語は、右近や侍従といった若い女房に委ねられ、母君の預かり知らぬところで展開していくのである。

そして、次に母君が宇治を訪れた時には、事態は抜き差しならないことになっていた。しかも母君はそれを全く知らない。

悩む浮舟は京の母君のところへ行くことを望んだ。しかし、「少将の妻、子産むべきほど近くなりぬとて、修法読経など隙なく騒げば」(浮舟⑧六五~六六)と、常陸介との娘である左近少将の妻の出産が近く、修法や読経などで取り込んでいるとして、母君の方が宇治へ来ることになった。そして、この母君の訪れが、浮舟の運命を決めることになった。

宇治で母君は弁の尼と対面する。会話しているなかで匂宮の話題となり、何も知らない母君は次のように言ってしまう。

よからぬことをひき出でたまへらましかば、すべて身には悲しくいみじと思ひきこゆとも、また見たてまつらざらまし。(浮舟⑧六九)

匂宮と何かあったら、自分にとっては辛ろうが親子の縁を切る、というわけだ。母君としては中の君のことを気にしているわけだが、既に匂宮と関係を結んでいるどころか一触即発の事態になっている浮舟の前で、これを言ってしまったのだ。この発言が浮舟の「なほわが身を失ひてばや」(同)という覚悟につながったことは明らかである。しかし、母君はそんなことも知らず、またしても京に帰ってしまう。そしてここでも、母君は「かしこにわづらひはべる人もおぼつかなし」（浮舟⑧七〇）と、左近少将の妻の出産を理由にするのである。浮舟は心細さを感じて引きとどめようとするが、母君は重ねて、「さなむ思ひはべれど、かしこもいとものさわがしくはべり」（浮舟⑧七一）と、向こうも取り込んでいるからと浮舟よりも左近少将の妻を優先させた。

この後、浮舟が死んでしまおうとする間際に母君から文が来るが、そこにも、「参り来まほしきを、少将の方の、なほいと心もとなげに、もののけだちてなやみはべれば、片時も立ち去ること、といみじく言はれはべりてなむ」（浮舟⑧九五）と、宇治には来たいが、左近少将の妻が物の怪などで患っているため片時も離れるなと常陸介に言われている、とあった。そして、母君がこうして左近少将の妻の出産にかかわっている間に、浮舟は姿を消してしまう。

何も知らない母君は、当然、浮舟が死ぬ理由など分からない。「今参りの心知らぬやある」（蜻蛉⑧一〇八～一〇九）と女房を疑う。それを「いとほしきこと」（蜻蛉⑧一〇九）と思った侍従が右近と相談をして真相を告げる。さらに、右近と侍従は母君を無視して葬儀を済ませてしまう。母君は浮舟の死にあたって、ついに右近や侍従という女房たちから逆に排除されてしまったのである。

結局、母君は浮舟に対して何もしなかった。一時的に浮舟のもとを訪れてはすぐに去るということを繰り返していた。そしてその時に常に理由にされていたのは、常陸介家の事情、特に左近少将の妻、つまり、自分と常陸介との間に生まれた娘の世話であった。浮舟の結婚に高い理想を抱きながら、母君の行動はなぜ一転してしまったのであろうか。

さかのぼって考えてみれば、浮舟の物語の始まりは、左近少将と浮舟との縁談だったはずである。もともと母君は、浮舟を常陸介との子と区別して特別可愛がり、左近少将との縁談を進めていた。どちらも実子でありながら、八の宮の子である浮舟と、常陸介の子を区別していたはずである。しかし、それがいつの間にか逆転してしまっている。浮舟がいるはずだった左近少将の妻の座に別の実子が座った時、母君の優先順位もそのままそちらに移ったかのようである。(18)

なぜ母君はそうなったのか。確かに母君は匂宮や薫を見て、浮舟の結婚に高い理想を抱くようになった。しかし、それと同時に、左近少将に関する意識にも変遷があったことに注目すべきなのではないだろうか。

母君はもともと、浮舟と左近少将との縁談を、「これよりまさりてことことしき際の人はた、かかるあたりを、さいへど尋ね寄らじ」(東屋⑦二七二)と、これ以上の身分の相手は言い寄ってこないだろうと半ば妥協する形で受け入れていた。また、「少将などいふほどの人に見せむも、惜しくあたらしきさまを、あはれ、親に知られたてまつりて生ひ立ちたまはましかば……」(東屋⑦二八三)とあるように、少将程度の相手でも勿体ないと思うとともに、八の宮に知られて育っていればなどと考えていた。母君の妥協は、浮舟が八の宮の子として認知されないがゆえの妥協であった。それが、二条院で匂宮を垣間見た後、母君は、

わが娘も、かやうにてさし並べたらむには、かたはならじかし、勢を頼みて、父ぬしの、后にもなしてむと思ひたる人々、同じわが子ながら、けはひこよなきを思ふも、なほ今よりのちも、心は高くつかふべかりけり……

(東屋⑦二九三～二九四)

と思った。浮舟は匂宮のもとにいても不似合いではないのだと考え、財力で常陸介が后にでもしてやろうと思っている他の娘たちと、同じ娘ながら違うのだと思うともに、やはり理想は高く持つべきだったという結論に至るのだ。つまり母君は、八の宮の子としての浮舟に期待をかけるようになったのである。

そして、その翌朝、母君は匂宮の前に現れる左近少将を垣間見る。そこにいた左近少将は「御前にて何とも見えぬ」（東屋⑦二九四）男であった。しかも、女房たちが左近少将と浮舟の縁談が破れたという噂話をしているので、「少将をめやすきほどと思ひける心をもくちをしく、げにことなることなかるべかりけりと思ひて、いとどしくあなづらはしく」（東屋⑦二九五）と、左近少将を良いと思っていたことを後悔し、たいしたことのない相手として侮るようになる。二条院での体験から、母君は八の宮の子である浮舟の結婚に高い理想を抱くと同時に、浮舟と縁談のあった左近少将を全く侮るようになったのだ。しかし、この後の展開のなかで、物語はもうひとつ、母君に垣間見の場面を用意する。

それは、浮舟が匂宮に発見された後、母君が浮舟を三条の家に置いて常陸介邸に戻った後の場面である。物語はここで「かの宮の御前にていと人げなく見えしに、多く思ひおとしてければ、私ものに思ひかしづかましを、など思ひしことはやみにたり」（東屋⑦三二五）と語る。匂宮の前で人並み以下の男に見えたという二条院での体験から、母君は左近少将を見くびっているので、大事に世話をするつもりもなくなったと、あの垣間見の場面で自分が思ったことを再確認している。しかし、戻った常陸介邸で垣間見た左近少将はどうであったか。

白き綾のなつかしげなるに、今様色の擣目などもきよらなるを着て、端の方に前栽見るとてゐたるは、いづこかは劣る、いときよげなめるは、と見ゆ。娘いとまだかたなりに、何心もなきさまにて添ひ臥したり。宮の上の並びておはせし御さまどもの思ひ出づれば、くちをしのさまどもや、と見ゆ。前なる御達にものなど言ひたはぶれて、うちとけたるは、いと見しやうに、にほひなく人わろげにも見えぬを、かの宮なりしは、異少将なりけり、と思ふをりしも言ふことよ。（東屋⑦三二六）

洒落た装束を着こなして庭を見る左近少将を、母君は常陸介邸で見たのと全く違う、何も悪くはない美しい男として見たのである。その左近少将に、幼い娘が寄り添っている。それは中の君が匂宮と並んでいた姿に比べれば「くちをしのさまどもや」ではある。しかし、女房たちに冗談などを言う左近少将は、二条院で見たような風采のあがらない男などではなかった。母君は目の前にいる左近少将を、匂宮のもとで見た者と別人ではないかとさえ思うのだ。さらに、浮舟から乗り換えた心の根の悪さや匂宮の前での姿を思い出して悪態をつきつつも、「いとここちなげなるさまは、さすがにしたらねば」（東屋⑦三二七）と思いやりのない男には見えないと思って、心変わりをなじる和歌を詠みかけるのである。そしてこの場面以降、母君は左近少将夫妻の面倒を浮舟よりも優先させている。

この場面で母君が見たのは、常陸介邸において婿として何の不足もない左近少将の姿であった。その妻が寄り添う姿は中の君と比べれば「くちをしのさまどもや」ではあるが、もはや母君は浮舟を左近少将の相手にふさわしいとは考えていない。浮舟の結婚に高い理想を抱いた母君にとって、逆に、左近少将は浮舟の相手としてはふさわしくなくなった。とすれば、この場面で母君が目にしている左近少将とその妻の姿は、常陸介邸にいる夫婦として全く違和感のない、むしろお似合いの二人なのではないだろうか。そして今、この邸に浮舟はいない。浮舟がいなくなった常陸介邸は、何の矛盾も違和もない受領の家として母君の前に存在することとなったのではないだろうか。こうして、母君は浮舟のいなくなった常陸介邸で、左近少将の妻の面倒を見て、常陸介北の方としての役割を全うすることになったのである。

浮舟は、母君にとって、かつて八の宮のお手つき女房の中将だった過去の遺物であった。浮舟の物語が始まったとき、母君はその過去の遺物に悩まされていた。しかし、母君は現在の全てが不満であったわけではない。先に確認したように、母君は常陸介北の方としてある程度満足していた。ただ、浮舟という存在があったがために、中将という女房であった過去に悩まされていたにすぎない。そして、母君は二条院に行き、浮舟の結婚に高い理想を抱き、過去の世界への憧憬をつのらせた。しかし、浮舟を二条院に預けたり、三条の家へ置いたりした後に浮舟のいない常陸介邸に戻ってみれば、そこには何の違和もない現在の世界があった。そして、常陸介北の方として動くようになった。それは、かつて中将であったときの遺物たる浮舟を捨てることによって初めて可能になったのである。宮家の上﨟の女房と、受領の北の方。大きな隔たりのある二つの世界の一方を解消してもう一方に移るのは容易なことではなく、これだけの行程が必要だったのである。その紆余曲折が、ここに描かれていたのだ。

浮舟を切り捨てることによって、母君は常陸介北の方という現在の立場におさまることができた。母君の物語は正篇から受け継がれたお手つき女房としての「中将」の物語の続篇であり、「子を生んだお手つき女房」という新たな問題を持ち込んだものであった。それは、子を切り捨てることによって「中将」であった過去を捨てるという終着点を見たのである。

そして、それは浮舟の母君というひとりの作中人物だけの問題ではない。母君が切り捨てた過去は、母君一人だけの過去ではない。母君が中将という名で八の宮のお手つき女房であった世界は、幻巻に酷似した世界であった。そして、彼女の名である「中将」は、正篇において確立されたお手つき女房としての造形を継承したものであった。母君の過去は母君だけのものではなく、宇治十帖としての「過去」、つまり、正篇の世界なのである。母君が「現在」存在している宇治十帖の常陸介家の世界は、お手つき女房として宮に仕えるという「過去」——正篇の世界——とは大きく隔たっていた。母君は、その「現在」に満足しつつも、浮舟という存在ゆえに、「中将」の物語たる「過去」の世界を継承し、また、束縛されていた。そして母君は、実際に二条院に行くことで、浮舟をそこに置きたいと望み、もう一度「過去」の世界に憧れを募らせた。しかし、その浮舟を置きざりにして、母君自身は「現在」の世界である常陸介邸に戻ってくることで、その束縛を解き、「過去」の世界を捨てた。「中将」の物語は、もはやお手つき女房であった過去を切り捨てたのである。それは、かつて「中将」であった浮舟の母君が「過去」たる正篇世界を呼び起こす二条院と、「現在」の常陸介邸の両方を、その目で垣間見たことによって成立した。「もと中将」の目を通して、物語は宇治十帖において正篇世界を相対化する視点を得たのではなかろうか。

おわりに

浮舟の母君による「中将」の物語は、宇治十帖が正篇世界を相対化していくひとつの方法を示した。正篇世界の一部はその続きが描かれる中で確かに相対化されたのである。それが「中将」の物語であった。しかし、物語は最後にもう一人、中将という名の女房を登場させる。蜻蛉巻に登場する女一宮づきの中将である。

女一宮に仕える中将は薫と和歌の贈答をし、その筆跡が「よしづきて、おほかためやすければ、誰ならむ」（蜻蛉⑧一六三）と、風情があって難もないとして目をつけられる。その後匂宮にも目をつけられ、匂宮に名を聞かれた他の女房が「中将の君」であると伝える。それを聞いた薫は、すぐに名前を教えてしまった女房たちに不快感を抱くとともに、中将に同情する。ここから、この中将に間もなく匂宮の手がつくことが予想される。このようにここで登場する中将もやはり受け継がれてきた造形の中にある。しかもこの中将は、この場面で初めて中将という名が明かされる女房である。今まで登場してきた中将たちは既に中将という名が知られている女房であり、このように名を聞かれて初めて知られる中将の登場は最後にして最初のことである。最後にこの中将を登場させることによって、お手つきとしての「中将」の一貫性は改めて強調される。

しかし、ここに登場する中将からは、もはや新しい物語は生まれない。匂宮の手がつくことを予想させつつも、それがこの先の物語で語られることはない。「中将」という魅力的な女房に男たちが欲望するという一貫した展開の先にあるものを、もはや物語は引き受けないのである。物語は浮舟の母君によって宇治十帖が正篇を相対化する方法を示した。そしてひとたび相対化した過去には、もう戻ることはない。女一宮に仕える中将を登場させることによって、物語は過去を過去のものとして確認したのである。(19)

以上、女房「中将」の造形と浮舟の母君について考察してきたが、そこには宇治十帖が正篇世界を相対化する一つの方法が示されていることが明らかとなった。それは他の女房あるいは他の人物からも考察の余地があろう。浮舟には右近や侍従というふたりの女房が仕えていたが、この「右近」「侍従」といった名にも正篇においては一定の造形があり、彼女たちがそれを継承した形で浮舟の物語に登場しているのは明らかだ。とすれば中将と同様に、やはり宇治十帖と正篇との関わりという点から考察する必要がある。また、女房だけでなく、横川の僧都一族や大内記道定なども正篇に登場した者たちを思わせる存在であり、やはり正篇世界との関わりを指摘した論もある。[20] 別の角度からいえば、弁の尼と柏木の関係や八の宮の没落など宇治十帖になって初めて登場する、いわば「正篇に後付けした過去」という問題もある。宇治十帖にとって、「過去」とは、正篇とは何なのだろうか。今後なお考えるべき問題は多い。

第二章　「侍従」「右近」とふたりの女房──女房が示す遠い正篇

はじめに

前章では、『源氏物語』における女房「中将」について論じてきた。『源氏物語』において「中将」と名のつく女房は、貴人の手がつく、あるいは目をかけられる魅力的な女房として造形されている。それは正篇において確立された造形であったが、その造形を引き継ぎつつも、正篇が扱わなかった問題を背負う者として、浮舟の母君という存在があった。

それでは、他の女房たちはどうなのか。「中将」と同じように、「侍従」「右近」も、正篇において一定の造形がなされているようである。しかも「侍従」「右近」といえば、浮舟に仕え、重要な役割を担う女房たちである。彼女たちもやはり、正篇における同名の女房を利用して造形されているようだ。本章では「侍従」と「右近」(1)から、正篇世界を利用しながら展開させる浮舟物語の方法を考えていこう。

1　「右近」から「侍従」へ──夕顔物語と浮舟物語

浮舟物語は、夕顔物語との類似性が古くより指摘されてきた。(2)ふたりの主要な男君に思いを寄せられた女君であり、男君に邸から車で連れ出されて人目につかぬ場所で過ごすことになり、やがては死へと向かっていく。身分をはじめとする人物設定や和歌など、その類似性には様々な角度からの指摘がなされてきた。

しかし、そのなかでも、浮舟と夕顔の類似は「ある設定にもとづいた一定の場面」にあるとして、夕顔巻で光源氏が夕顔を某院に連れ出す場面と、東屋巻で薫が浮舟を連れ出す場面および浮舟巻で匂宮が浮舟を宇治川対岸の家へ連れ出す場面の類似を検討し、「夕顔巻の場面という枠組みが、浮舟を死へと導きつつ同時に浮舟の孤絶した状況を浮き彫りにしていくという機能を果たす「装置」として捉えられるのではないか」とした吉井美弥子の論(3)が注目される。吉井論では夕顔物語と浮舟物語にともに登場する「右近」の存在も指摘し、従来論争となっている東屋巻の中の君づき「右近」との矛盾(4)も「それだけ浮舟の侍女に夕顔の侍女が重なり合うように思わせてしまう物語の力がそこに潜んでいる」とする。

たしかに、浮舟物語における「右近」の存在は重要である。この浮舟に仕える右近は夕顔に仕える右近と明らかに重なるからだ。なにしろ、ともに乳母の子であるということまで共通している(5)。さらに、夕顔巻で光源氏が夕顔を某院に連れ出す場面と、浮舟巻で匂宮が浮舟を宇治川対岸の家へ連れ出す場面を比較してみると、女の方には乳母の子である「右近」がいるだけでなく、男の方にも乳母の子が登場している。光源氏には惟光《これみつ》が、匂宮には時方《ときかた》がいた。無論、主人の忍び歩きに腹心である乳母の子が従うことは当然なのであろうが、この惟光・時方はいずれも五位の位を持つ者として「大夫」(惟光は夕顔①一五五、時方は浮舟⑧五六など)と呼ばれ、呼称の面でも共通している。このふたつの場面の類似性は、ひと組の男女と、その乳母の子として「右近」「大夫」と呼ばれる人物が登場するという設定自体からも指摘できる(6)。

そのような共通性を持つ一方で、このふたつの場面には登場人物の設定に大きな違いがある。夕顔巻では光源氏が夕顔を車に「軽らかにうち乗せ」(夕顔①一四四)ると、それに続いて「右近ぞ乗りぬる」(同)とあった。しかし、浮舟巻では匂宮が浮舟を「かき抱きて出」(浮舟⑧五二)ると、「右近はこの後見にとまりて、侍従をぞたてまつる」(同)のだ。浮舟巻の場合、右近は同行しない。その代わりに侍従を行かせている。

「右近」ではなく「侍従」が行った。この違いは重要なのではないだろうか。先に述べたように、『源氏物語』において女房の名には意味がある。「右近」が夕顔物語を重ね合わせる役割を担っている女房の名ならば、その「右近」に代わって「侍従」を配したことは見落としてはならないことのはずだ。「侍従」という名の女房は『源氏物語』のなかで同名別人が多く登場し、しかも、その多くが特徴的な造形になっている女房である。『源氏物語』における「侍従」や「右近」の造形を確認した上で、浮舟物語における侍従と右近という、ふたりの女房についてみていきたい。

2 若く愚かな乳母子「侍従」

「侍従」という名の女房は正篇に四人、続篇に二人登場する。正篇に登場するのは、末摘花《すえつむはな》に仕える侍従、絵合巻に登場する内裏女房の侍従の内侍《ないし》、雲居雁《くもいのかり》に仕える小侍従、女三宮に仕える小侍従である。(7) 雲居雁と女三宮に仕えるのは「小侍従」であるが、女三宮に仕える小侍従には「侍従」とする例がある ため、「侍従」と「小侍従」は区別しなくてよいと考える。(8) また、絵合巻に登場する内裏女房の侍従の内侍は、絵合の場面において「梅壺の御方には、平典侍、侍従の内侍、少将の命婦、右には大弐の典侍、中将の命婦、兵衛の命婦」（絵合③一〇三、傍線は引用者）と名の見える女房である。「典侍」「内侍」「命婦」というのは、いずれも内裏女房であることを示す官職名だ。そういった内裏女房たちが列挙されている箇所であるという場面の特性上、「侍従の内侍」は「侍従」であることよりも「内侍」であることに意味があると考えられる。そのため、今回は考察の対象外とする。

末摘花に仕える侍従は、まず末摘花巻に登場する。彼女は「女君の御乳母子、侍従とて、はやりかなる若人」（末摘花①二六一）と紹介される。さらに、「若びたる声の、ことにおもりかならぬ」（同）、「斎院に参り通ふ若人」（末摘花①二六九）と若いということが繰り返し語られる。その後、光源氏が須磨に退去している間に末摘花の女房たちは次々と去っていくが、侍従だけは変わらず仕えていた。しかし、やがては末摘花の叔母の夫である大弐《だいに》の甥と結婚して、末摘花を見捨てて大宰府に下向してしまう。後に末摘花が光源氏と再会できたと知った後は、「侍従が、うれしきものの、今しばし待ちきこえざりける心浅さをはづかしう思へる」（蓬生③八二）とある。嬉しさを感じながらも、待つことをしなかった自らの「心浅さ」を恥じているのだ。侍従は、乳母子でありながら、結局は最後まで側にいることをしなかった思慮の浅い女房なのだ。

雲居雁に仕える小侍従は、少女巻で、夕霧が雲居雁に逢おうとしてかなわなかった場面で話題に出る。「「これあけさせたまへ。小侍従やさぶらふ」とのたまへど、音もせず。御乳母子なりけり」（少女③二四六）とあり、夕霧が小侍従を呼んで障子を開けさせようとしていることから、雲居雁と夕霧の幼い恋の仲介をしていたらしいことがわかる。しかし、この場面は内大臣が二人の関係に激怒した後であり、そのためか小侍従は夕霧・雲居雁の意に反して二人の仲介をしていない。それとともに、彼女が乳母子であろうことも示されている。

女三宮に仕える小侍従は正篇で最も印象的に登場する侍従であろう。彼女は「小侍従といふ御乳主」(若菜上⑤一二三)、「小侍従といふかたらひ人は、宮の御侍従の乳母の娘なりけり、その乳母の姉ぞ、かの督の君の御乳母なりければ、早くより気近く聞きたてまつりて」(若菜下⑤一九九〜二〇〇)とある。柏木が懇意にする小侍従は、女三宮の乳母である侍従の娘で、その乳母の姉が柏木の乳母という関係で、柏木は女三宮の様子を早くから聞いていたのだという。つまりこの小侍従も、末摘花や雲居雁に仕える侍従と同じく主人の乳母の娘である。末摘花や雲居雁に仕える侍従のように「乳母子」という語は使用されていないが、吉海直人は、小侍従に使われている「乳主《ちぬし》」という語を「女三の宮と同年齢の最も信頼されている乳母子」と定義している。(9) 小侍従も他の侍従たち同様に乳母子であると考えてよいだろう。

彼女は柏木に対して「いふかひなくはやりかなる口ごはさ」(若菜下⑤二〇二)という、荒々しい口調で話す女である。「はやりか」という語は末摘花づきの侍従にも使われていた。また、柏木を手引きしたことは、「しばしこそ、いとあるまじきことに言ひ返しけれ、もの深からぬ若人は、人のかく身にかへていみじく思ひのたまふを、え否び果てで」(若菜下⑤二〇三〜二〇四)とある。手引きを断りはしていたものの、「もの深からぬ若人」——思慮の浅い若人——であったために、柏木の懇願を断り切れなかったというのだ。さらには密通が露見した後に女三宮を「憚りもなく」(若菜下⑤二三二)叱る様は「心やすく若くおはすれば、馴れきこえたるなめり」(同)とされ、若いがゆえに主にも気安い態度を取る、思慮の浅い人物として造形されている。

以上のように、正篇に登場する三人の(10)「侍従」には共通した造形がなされていることが分かる。いずれも恋の場面に登場する乳母子であるということに加え、若く、それゆえに思慮が浅い女房であることが注目される。末摘花に仕える侍従は他の女房たちが去っても変わらず仕えていたが、最後には「心浅さ」によって末摘花のもとを去り、末摘花が光源氏と再会するのを見ることはなかった。雲居雁に仕える小侍従は夕霧と雲居雁の恋の仲立ちをしていたが、内大臣に気づかれてからはそれをやめてしまった。女三宮に仕える小侍従も、柏木に屈し、彼を女三宮の寝所へ導いてしまった。この「侍従」たちは、若さや若いゆえの思慮の浅さでもって、乳母子でありながら主人の意に反する行動も取る女房となっている。

3　堅実な側近「右近」

では、一方の「右近」はどうであろうか。「右近」という女房は、夕顔巻と浮舟巻に登場するふたりの「右近」と、浮舟に仕える「右近」と同一人物であるかのような表現があって問題となっている[11]中の君づきの「右近」の他には登場しない。それだけに浮舟に仕える「右近」が直接的に夕顔づきの「右近」を想起させるようになっているのだが、中の君に仕える「右近」も含めて、人物造形からも共通点が見出せないか考えたい。

　夕顔に仕える右近は惟光の発言の中に登場するのが最初である。そこで右近は、童女に「右近の君こそ、まずもの見たまへ」（夕顔①一三四）と呼ばれて出てきた「よろしき大人」（夕顔①一三四）として語られている。また、夕顔が死ぬ直前の場面では、後から合流した惟光が「右近が言はむこと、さすがにいとほしければ、近くもえさぶらひ寄らず」（夕顔①一四七）と右近に文句を言われることを恐れて光源氏の傍に行こうとしない様が描かれ、そこから彼女がしっかりとした女房であることが察せられる。そして、某院で夕顔が死んでしまった後は光源氏に引き取られるが、そこでは「容貌などよからねど、かたはに見苦しからぬ若人なり」（夕顔①一六六）とあり、容貌などは良くないが、特に悪いところもない者とされている。また、光源氏との会話のなかで、「右近は、亡くなりにける御乳母の捨て置きてはべりければ」（夕顔①一七二）と語っていて、夕顔の亡き乳母の娘であったことが分かる。

それからおよそ一八年後、右近は玉鬘《たまかずら》巻で再び登場する。光源氏の須磨退去の時に紫の上づきとなり、「右近は、何の人数ならねど、なほその形見と見たまひて、らうたきものにおぼしたれば、古人の数につかうまつり馴れたり」（玉鬘③二八一）と、人数にも入らない身だが夕顔の形見として光源氏に目をかけられ、古参の女房の一員になっていたことがわかる。そして、長谷寺《はせでら》に参詣した折に夕顔の遺児である玉鬘と再会し、彼女を六条院に迎えることに成功することになる。後に玉鬘が髭黒《ひげくろ》大将の妻になったときにもついて行っている。「右近」は乳母の娘で、容姿こそ良くないものの、堅実で主人によく仕える女房として造形されている。

中の君に仕える右近は、二条院で匂宮が浮舟を発見する場面に登場し、「右近とて、大輔が娘のさぶらふ」（東屋⑦三一〇）と紹介される。浮舟に添い臥す匂宮を見て、すぐに「例のけしからぬ御さま」（東屋⑦三一一）であると判断して、中の君に告げようかと半ば脅すかのような強気の対処をしている。また、後に出てくる弁の尼の言葉の中にも右近の匂宮に対する以下のような評価がある。

この宮の、いとさわがしきまで色におはしますなれば、心ばせあらむ若き人、さぶらひにくげになむ。おほかたは、いとめでたき御ありさまなれど、さる筋のことにて、上のなめしとおぼさむなむ

わりなき、と大輔が娘の語りはべりし。（浮舟⑧六八）

匂宮は色好みが過ぎるので、気立てのしっかりした若い女房は働きにくい。他のことはいいが、匂宮の手がつくようなことで中の君の機嫌を損ねるのが困る。そういったことを、この「大輔が娘」＝右近が語ったとあるのだ。彼女は匂宮が女房たちに手をつけることに手を焼いているのだ。先に匂宮の色好みを「例のけしからぬ御さま」と評していたことと対応する。このように右近はお手つき女房とは縁遠い、あくまで実務に優れた女房として造形されている。夕顔に仕えた右近は夕顔の形見として光源氏と性的関係にあったことが察せられるが、[12]もともと「容姿などよからねど」（夕顔①一六六）である彼女は「いとさわがしきまで色におはします」ことによる匂宮のお手つき女房とは位相が異なる。「右近」という名の女房は、堅実に仕える女房として造形されていると考えてよいだろう。思慮の浅い「侍従」とは対照的になっているのだ。

なお、中の君の周辺には乳母と思われる女房がいない。橋姫巻には、乳母が中の君を「見捨てたてまつりにければ」（橋姫⑥二五八）とある。とすれば、中の君の最側近として登場する大輔は実質的には乳母の役割を果たしていたのではないか。そして、その娘である右近は乳母子に準ずるような位置にあると考えられるのではないだろうか。[13]もしそうであったとしたら、「右近」という名の女房の造形として、夕顔の乳母の娘であった「右近」との共通点がここにも見出せる。

4　浮舟づきの侍従と右近

検討してきた通り、「侍従」と「右近」という名の女房には一定の造形がある。では、浮舟に仕える「侍従」と「右近」はどうであろうか。

最初に登場するのは侍従である。東屋巻で薫は浮舟を宇治に連れ出す。夕顔巻との類似が指摘される場面のひとつであるが、ここでも同行したのは右近ではなく侍従であった。侍従は「この君に添ひたる侍従」（東屋⑦三三九）とあり、浮舟の側近の女房とされている。また、「若き人は」（同）とあり、正篇に登場した「侍従」たち同様、若いということが示されている。勿論、ここは同行している「老いたる者」（東屋⑦三四〇）である弁の尼と対比する表現としての「若き人」であるが、それが「侍従」という名の女房であることに意味があろう。そして、涙を流している弁の尼を「侍従はいと憎く」（東屋⑦三四〇）思い、結婚の始まりに尼姿で同乗しているだけでも縁起が悪いのに、なぜこうも涙目かと「憎くをこにも」（東屋⑦三四〇）とさらに不快感を示している。さらに、

琴は押しやりて、「楚王の台の上の夜の琴の声」と誦じたまへるも、かの弓をのみ引くあたりにならひて、いとめでたく、思ふやうなりと、侍従も聞きゐたりけり。さるは、扇の色も心おきつべき閨のいにしへをば知らねば、ひとへにめできこゆるぞ、後れたるなめるかし。（東屋⑦三四五）

と、薫がくちずさんだ「楚王の台の上の夜の琴の声」に聞きほれているものの、実はこの朗詠の第一句に詠われているのは寵愛を失った班女の故事という、この場にとっては不吉なものであったということ

に、無知ゆえに気づくことができなかったという姿が描かれている。浮舟づきの侍従も若く、思慮の浅い女房として正篇の造形を継承しているといえる。

一方の右近は、匂宮が薫を装って宇治に来る場面に登場する。そこにいる女が浮舟であることを、匂宮は「童のをかしげなる、糸をぞよる。これが顔、まづかの火影に見たまひしそれなり。うちつけ目かと、なほうたがはしきに、右近と名のりし若き人もあり」（浮舟⑧二四）と確認していく。糸を縒っている童には見覚えがあるものの、見間違いかもしれないとさらに疑ってかかっているところに、「右近」と名乗った若い女房がいることに気づき、ここに浮舟がいることを確信するという流れだ。前述した、矛盾として論争になっている箇所である。深入りすることは避けるが、中の君の側近である右近がここにいるはずはなく、別人と取るのが妥当であろう。

右近は「若き人」とありながら、この場を取り仕切っている。それは女房たちが右近の一言で寝始めたことからも分かる。この後、右近は匂宮を浮舟のもとへと導いてしまう。これは「いとらうらうじき御心」（浮舟⑧二八）で薫を装った匂宮に騙されてしまったためで、匂宮と知っていて手引きしたわけではないということも「右近」にふさわしい。

そして、翌朝になって事態に気付いた右近は一人で偽装工作にかかる。このとき、匂宮は右近に対して、乳母子である時方に京へ戻ってアリバイ工作をするよう伝えることを頼んでいる。右近は時方を探して叱りつけ、時方は「勘へたまふことどもの恐ろしければ、さらずとも逃げてまかでぬべし」（浮舟⑧三二）と答える。叱られることが怖いから、匂宮の命令がなくても京へ逃げようという軽口だ。夕顔巻では、惟光は右近に叱られるのを恐れて光源氏の傍に行こうとしなかった。ここで右近を恐れる時方には、あの時の惟光を彷彿とさせるものがある。光源氏・惟光・右近の関係と、匂宮・時方・右近の関係は類似している。また、偽装工作にかかる右近は「初瀬の観音、今日事なくて暮らしたまへ」（浮舟⑧三三）と念じているが、これも夕顔に仕えた右近が、夕顔の遺児である玉鬘と長谷寺で邂逅したことを思い起こさせる。

このように、この浮舟に仕える侍従・右近はそれ以前に登場した「侍従」「右近」の造形を継承している。しかも、他の「侍従」「右近」がそうであったように、浮舟に仕えるふたりはふたりとも、浮舟の最側近の女房であるかのように登場する。(14) 物語は夕顔物語の右近を彷彿とさせる「右近」を登場させながらも、正篇において全く対照的な女房として造形した「侍従」をもう一人の側近女房として登場させ、正篇から継承したふたりの女房像を利用して物語を動かそうとしているのだ。そして、彼女たちはいよいよ、浮舟巻で同時に登場することになる。

5　侍従と右近の動かす物語

浮舟巻、匂宮が浮舟を宇治川対岸へと誘う場面で、侍従と右近は初めて同時に登場する。夕顔巻と重ねながら「右近」ではなく「侍従」を配した場面である。侍従は、右近の「同じやうにむつましくおぼいたる若き人の、心ざまも奥なからぬ」（浮舟⑧五一〜五二）者、つまり浮舟にとって右近と同じぐらいに親しく思っている若い女房で、浅はかではない者として登場する。「侍従」はここでも「侍従も、いとめやすき若人なりけり」（浮舟⑧五五）や、「侍従、色めかしき若人のここちに、いとをかしと思ひて、この大夫とぞ物語して暮らしける」（浮舟⑧五六）と、若いことが繰り返し語られる。そして夕顔巻で「大夫」である惟光を恐れさせた「右近」と異なり、この「侍従」は「大夫」である時方と楽しく過ごす。夕顔巻に似せながら、「右近」ではなく「侍従」を配したことによって、ここは愛欲にまみれた場面に転換されたのだ。浮舟もここでは死なず、その死（死のうとした、ではあるが）は物の怪によるものなどではなく、薫と匂宮の間で揺れてのものとなる。そしてその浮舟を追い詰めたに等しいのは、対照的なふたりの女房であった(15)。

侍従と右近の見解の違いははっきりとしている。ふたりは浮舟の様子を見ながら「見合はせて、「なほ移りにけり」など、言はぬやうにて言ふ」（浮舟⑧六一）と、アイコンタクトをして浮舟が匂宮に心を移したようだということを確認し合う。それに対して侍従は、それも無理もないと言って匂宮を褒めちぎる。侍従は匂宮に魅せられたのだ。さらには、「まろならば、かばかりの御思ひを見る見る、えかくてあらじ。后の宮にも参りて、常に見たてまつりてむ」（同）などと言う。ここでの侍従の見解は、「自分ならば」これほどの匂宮からの想いを見ていて、こうしてはいられないとか、后の宮（匂宮の母である明石中宮）のもとに出仕して常に見たいとかいう、あくまで侍従自身の願望によるものだということに気をつけておきたい。この後も侍従は「宮をいみじくめできこゆる心なれば、ひたみちに言ふ」（浮舟⑧八二）と、自身が匂宮びいきであるために、浮舟にもひたすら匂宮を勧め、その見解はぶれることがない。

一方の右近は、薫を擁護しながら今後を憂うが、積極的に薫を勧めようとはしない。それどころか、その後は状況が変わるに従って「宮も御心ざしまさりて、まめやかにだに聞こえさせたまはば、そなたざまにもなびかせたまひて、ものないたく嘆かせたまひそ」（浮舟⑧八一）と、匂宮も気持ちがまさっていて本気で言ってくれさえするならば、匂宮の方になびいて、嘆くのはやめにしたらいいなどと、匂宮でも構わないという姿勢すら見せるようになる。

右近は浮舟のことを思い、浮舟が匂宮に心を移したと思ったからこそ、このように言った。しかし、これが浮舟の思いとは異なっていた。浮舟は、「なほわれを、宮に心寄せたてまつりたる、と思ひて、この人々の言ふ、いとはづかしく」（浮舟⑧八二）と、右近や侍従が、浮舟が匂宮に心を移したと思って匂宮のことを勧めることに引け目を感じているのだ。浮舟の思いとしてはどちらに決めることもできず揺れるもので、右近の配慮はむしろ裏目に出てすらいるのである。

このような箇所は他にもあり、匂宮から上京を促す文が来ると右近は「右近はべらば、おほけなきこともたばかり出だしはべらば、かばかりちひさき御身ひとつは、空より率てたてまつらせたまひなむ」（浮舟⑧八八）と、自分が奇策を立てるので、そうしたら匂宮は浮舟の小さな体など空から連れ出してくれるだろう、と大げさに励ますが、浮舟は「かくのみ言ふこそいと心憂けれ」（同）と言う。浮舟は匂宮になびいてはいけないと思い、頼りにされていると思い込んだ匂宮が何をしでかすかと案じていて、ここでの右近の配慮も逆効果だったことがわかる。

「侍従」と「右近」はいずれも『源氏物語』が正篇から作り上げてきた一貫した造形を継承したものだ。そして堅実によく仕える女房である「右近」は、浮舟を思うあまりに判断を誤り、結果的に浮舟を追い詰めることになった。一方、若く思慮が浅く必ずしも主人の思うようには動かない「侍従」は、一貫して自身の欲望のままに匂宮を勧め続けた。夕顔物語を彷彿とさせる「右近」に対して、「侍従」を導入した浮舟物語は、正篇から継承された「侍従」と「右近」という女房の対照的な造形を動力にして展開し、浮舟を追いつめていったのだ。「侍従」と「右近」の存在とその造形こそが、ついにヒロインの生死をも握る物語展開の大きな動力となったのである。

6　侍従と右近のその後

「侍従」と「右近」は正篇からの造形を継承した女房たちであるが、それだけではない。実は続篇では正篇と大きく違う設定の上にあったということが、浮舟も失踪した後の蜻蛉巻で暴露されている。浮舟の失踪後、侍従は匂宮に引き取られて明石中宮の女房になる。匂宮に呼ばれて最初に上京する場面では、「侍従ぞ、ありし御様もいと恋しく思ひきこゆるに、いかならむ世にかは見たてまつらむ、かかるをりに」（蜻蛉⑧一二五〜一二六）とあり、匂宮恋しさのために、こんなことでもなければ二度と匂宮に会えないと思って上京を決意している。侍従自身が匂宮に会いたいということが強い動機となっているのだ。さらに、浮舟が生きていたらこの同じ道でひそかに匂宮に連れ出されていただろうと思いをはせ、「人知れず心寄せきこえしものを」（蜻蛉⑧一二六）と、自身が密かに匂宮に心を寄せていたということも再び語られている。

結局、侍従は匂宮に仕えることを打診されるも、本人の希望で明石中宮に仕えることになる。匂宮ではなく明石中宮の女房を希望したのは「人々の言はむことも、さる筋のことまじりぬるあたりは、聞きにくきこともあらむ」（蜻蛉⑧一五八）と、女房たちの言うことにも今回の色恋の件がからんで聞き苦しいだろうという、噂を憚ってのこととされている。しかし、先に確認したように、初めて匂宮を目にした、あの宇治川対岸の家から帰ってきたとき、侍従はすでに明石中宮に仕えたいという願望を口にしていた。その念願をかなえたことになる。

ところで、浮舟失踪後、匂宮は二度にわたって時方らを宇治に行かせている。この時、時方は侍従に会う前に、必ず右近に会おうとしている。一度目は浮舟が失踪した翌日のことで、時方は匂宮から「例の、心知れる侍従などに会ひて」(蜻蛉⑧一〇四)と、浮舟の死の真相を、いつもの事情を知っている「侍従など」に聞けと命じられた。それにもかかわらず、時方は「右近に消息したれども、え会はず」(蜻蛉⑧一〇四)と、まず右近に会おうとしたものの会うことができず、「今一所にだに」(蜻蛉⑧一〇五)と、せめてもうひとりにだけでも、と懇願したために侍従と会うことができたという流れになっている。「侍従など」の「など」には右近も含まれるのだろうが、匂宮が名を挙げた侍従ではなくまず右近に会おうとしたことが気になる。

二度目は侍従を都に連れて帰った時であるが、この時も最初は右近に会い、右近を都に迎えようとしていた。しかし、やはり右近は動こうとしなかった。そこで、「今一所にても参りたまへ」(蜻蛉⑧一二五)と、時方は侍従の上京を提案し、右近からも勧められて侍従が行くこととなった。

実は、このようなことは浮舟巻にもあった。薫側の厳重な警備の中で匂宮が浮舟に会おうとする場面であるが、まず、「右近が従者の名を呼びて会ひたり」(浮舟⑧八九)と右近の従者に会って右近との接触を試みている。しかし右近が断ったため、匂宮は「まづ時方入りて、侍従に会ひて、さるべきさまにたばかれ」(浮舟⑧〜九〇)と、時方が中に入り侍従に会ってどうにかせよと命じている。時方は宇治川対岸の家で侍従と語り暮らしたのだから、もとより侍従の方が会いやすいはずであるし、実際、侍従は求めに応じて必ず対面している。それにもかかわらず、匂宮側は侍従に会う前に必ず一度は右近に会おうとし、断られるという段階を踏んでいるのだ。これはいったい、どういうわけなのだろうか。

それが明らかになるのが、侍従が明石中宮へ出仕することになった顛末が語られる箇所であると考えられる。浮舟の失踪後、宇治の女房たちは邸を去って散り散りになっていた。しかし、乳母と右近と侍従だけが、しばらくは変わらずにいた。そのことが、「取り分きておぼしたりしも忘れがたくて、侍従はよそ人なれど、なほかたらひてあり経るに」（蜻蛉⑧一五七～一五八）と語られているのだ。浮舟が目をかけてくれていたことが忘れがたく、侍従は「よそ人」だが、右近や乳母と語り合って過ごしていた。侍従は実は、浮舟の乳母子や親戚などといった立場ではなかったのだ。確かに、「取り分きておぼしたりし」と、目をかけられていたことは確かのようだ。しかし、所詮は「よそ人」だったのだ。そして、浮舟が京に迎えられることも叶わなくなった後の宇治川の音は「心憂くいみじくものおそろしくのみ」（蜻蛉⑧一五八）感じられるものとして、しばらく経つと京に引っ越していた。

さらに、手習巻で浮舟が離れた人々を思いやる場面には、「よろづ隔つることなくかたらひ見馴れたりし右近なども、をりをりは思ひ出でらる」（手習⑧一九五）と、何事も隔てなく親しんでいた右近なども時々に思い出されると、右近の名が出されるにもかかわらず、侍従の名は出ない。「右近など」の「など」に含まれるのかもしれないが、あくまで名前を出して回想されるのは「右近」だけなのだ。

右近の方は乳母の娘であることが浮舟巻で明らかになっている。浮舟に聞かせた話の中で、二人の男の争いのもととなった姉のことを「ままも今に恋ひ泣きはべる」（浮舟⑧八〇）と言っていて、ここから「まま」（＝乳母）が右近の母であることが分かる。一方の侍従は、どういった立場か明かされないまま側近であるかのように登場していたことになる。

『源氏物語』は正篇から「侍従」という女房に一貫した造形を与えていた。若く思慮が浅く、時に主人に反するというものだが、加えて、正篇に登場した「侍従」は全て乳母子であった。そもそも、「侍り従う」という「侍従」の名そのものに、側近のイメージがある。[16] そのイメージと、『源氏物語』がつくりあげた乳母子としての「侍従」の造形によって、物語は、この侍従を浮舟の側近女房として読むように誘導している。

それが最後に、実はこの侍従は「よそ人」であったと明かされた。自身の願望のままに匂宮を勧める侍従の姿は、乳母子でありながらも思慮の浅い女房であるという正篇からの「侍従」の造形を継承したものとして読めた。しかし、「よそ人」であると明かされた後、もう一度立ち帰って読めば、これに新たな説得力が加わることになる。「よそ人」であるからこそ侍従は浮舟の思いはさておきで匂宮に惹かれ、明石中宮に仕えたいなどと願えたのだ。つまり、物語は侍従を「よそ人」として設定しながら、正篇の「侍従」たちと共通する人物造形にすることによって、浮舟の侍従も正篇の「侍従」たちと同じ側近女房であるかのように見せかけていたのではないだろうか。

浮舟物語には多くの脇役・端役が登場し、自身の欲望のままに動く。(17) 浮舟物語の始まり、東屋巻に登場した仲人は、左近少将との縁談を持ってきておきながら、浮舟が常陸介の実子でないことも知らない男であった。彼は「妹のこの西の御方にあるたよりに、かかる御文なども取り伝へはじめけれど、守にはくはしくも見え知られぬ者」(東屋⑦二七六)とあり、妹が浮舟に仕えていることで文の取次を始めたが、常陸介にはさほど見知られていない者と設定されている。そんな男が左近少将と浮舟の縁談の仲人になり、破談になれば即座に常陸介実子との縁談に切り替え、これを成功させているのだ。また、匂宮に浮舟のことを話して宇治へ導くことになる道定《みちさだ》という男は、薫の家司《けいし》である仲信《なかのぶ》の婿であることを利用して薫の情報を匂宮に流す。そこには匂宮に取り入って昇進しようする目論見があった。(18) 無論、この道定は匂宮の乳母子でも何でもない。浮舟物語は、このように本来無関係である人物たちが、まるで側近であるかのように踏み込み、物語を動かしている。しかも道定は正篇では夕霧の師として登場した「大内記《だいないき》」の職にあり、そこには正篇世界の据えなおしが試みられているといわれている。(19)

そして、この「よそ人」の侍従はその最たるものであろう。(20) 侍従は自身の欲望のために浮舟に匂宮を勧め続け、最終的には明石中宮の女房になった。それを物語は「侍従」の造形によって側近であるかのように描き続け、最後に実は「よそ人」であったという真相を明かすという、「大内記」道定の場合よりも一層手の込んだ方法で描き出してみせたのだ。

おわりに

明石中宮に出仕した侍従は「きたなげならでよろしき下臈なり」（蜻蛉⑧一五八）とされている。こぎれいなまずまずの下臈《げろう》女房、といった評価である。浮舟に仕えていた侍従は、明石中宮のもとに出れば所詮は「下臈」の女房なのだ。匂宮との取次をしていたことで京に迎えられたのであり、本来ならそれが可能な身ではない。とすれば宇治に残る右近も同様のはずで、出仕したとしても夕顔に仕えた右近の「局など近くたまひて」（夕顔①一六六）というような待遇は期待できない。三位中将の娘である夕顔と、八の宮の娘として認知されず常陸介の娘として扱われる浮舟とでは、もとより身分が違うのであり、同じ「右近」でもまるで違うのだ。侍従が「下臈」の女房にしかなれなかったことは、浮舟の右近が夕顔の右近のようにはなれないことを暗に示す。浮舟の右近は、高貴な家に出仕することも、浮舟と再会することもないだろう。「侍従」「右近」と名のつくふたりの女房だが、身分という点からも正篇の「侍従」や「右近」とは大きく違うことが蜻蛉巻で明確に示されているのだ。

正篇から積み上げてきた「侍従」「右近」像を利用することによって浮舟物語は動かされてきたが、宇治を離れて再び都の世界が語られる蜻蛉巻の世界では、浮舟物語が実はいかに正篇世界から異質なものであったかが位置づけ直されている。逆にいえば、正篇世界から遠い浮舟物語において、いかにも正篇の「侍従」や「右近」と同じであるかのように見せかけられていた浮舟づきの侍従や右近は、『源氏物語』がつくりだした「侍従」像・「右近」像の集大成であったともいえようか。侍従が「侍従」らしく、右近が「右近」らしくふるまえばふるまうほど、蜻蛉巻で明かされる落差も大きくなる。物語はこうして、「侍従」や「右近」を利用して、浮舟物語と正篇との距離をはかってみせた。「侍従」「右近」という女房の存在こそが、浮舟物語の世界を正篇世界との関係において位置づけるものであり、『源氏物語』の物語空間のありようを示すものとなっているのである。

第三章 「弁」と弁の尼――克服できなかった〝過去〟

はじめに

第一章では「中将」、第二章では「侍従」「右近」という女房名から、宇治十帖あるいは浮舟物語と正篇世界との関わりを論じてきた。繰り返しになるが、『源氏物語』において同名の女房は似た造形になる傾向にある。特に宇治十帖の重要人物となる「中将」「侍従」「右近」においてはそれが顕著であった。『源氏物語』の分析の最後に、本章では「弁」について論じていきたい。薫に出生の秘密を告げ、後に出家して「弁の尼」と呼ばれることになる老女房のことである。彼女は宇治十帖において最も重要な働きをする女房といっても過言ではないだろう。正篇に登場しないにもかかわらず、彼女は正篇の世界に「いた」ことになっている。弁が実は柏木の乳母子であり、薫の出生の秘密を知っているということは、後づけされた物語の「過去」であり、弁という人物自身の前史でもある。しかし、突如として明かされる「後づけされた過去」は、ご都合主義めいたものとして済ませてよいのだろうか。ここにも、宇治十帖が正篇と向き合うための何かがあるのではないか。女房「弁」の物語とはいかなるものなのか、それをみていこう。

1 「弁」と弁の尼

本章でも、まずは「弁」という名の女房について考えてみたい。『源氏物語』のなかで「弁」という名を持つ女房は正篇に三人、続篇に二人の五人である。正篇に登場するのは、藤壺の乳母子、紫の上の乳母である少納言の娘、それに、髭黒《ひげくろ》を玉鬘《たまかずら》のもとに手引きした者である。続篇に登場するのは、薫に出生の秘密を語った柏木の乳母子と、今上帝の女一宮に仕える者がいる。五人中の三人が乳母子であるというのが注目されるが、(1)まずは正篇に登場する三人の「弁」について確認したい。

藤壺の乳母子である弁は、藤壺の懐妊に気づく場面に登場する。そのとき弁は、「御湯殿などにも親しくつかうまつりて、何ごとの御けしきをもしるく見たてまつり知れる、御乳母子の弁、命婦などぞ……」（若紫①二一四）と紹介され、入浴などにも親しく仕えるために全てをはっきりと知る者であり、乳母子であることが示される。命婦すなわち光源氏の手引きをした王命婦《おうのみょうぶ》とともに、妊娠に気づくのも当然の最側近として登場するのだ。しかし、腹の子の父親が光源氏であることは王命婦しか知らない。そのため、藤壺の懐妊に気づいて、光源氏との逃れがたい宿世を「命婦はあさましと思ふ」（若紫①二一五）と、戦慄するのは王命婦だけとなっている。(2)弁が側近であることを示し、何もかも知っているように語っておきながら、密通のことを知らないというのはなんとも皮肉なものである。王命婦は吉海直人が指摘するように、乳母に比肩する「親類の女房」なのであろうが、(3)彼女と並べて語られたとき、弁には「知っていて当然であるが知らなかった」という感が否めない。しかし、光源氏の側にしてみれば、乳母子として藤壺のそば近くにある弁よりも命婦として内裏に勤めている王命婦の方が接触しやすかったのであろう。(4)そして、王命婦は乳母子たる弁にすら知られぬように手引きをしたことになる。(5)王命婦の手引きは「いかがたばかりけむ」（若紫①二一二）と語られるが、かなり難しい状況のなかで成功させたといえよう。そのため弁は、乳母子でありながら藤壺の密通を知らなかったことになる。

この後、賢木巻には、光源氏が藤壺に近づこうとする場面がある。桐壺院の崩御後、藤壺は里邸である三条宮に退出していたが、思いを遂げようとした光源氏がそこに侵入するのだ。近づく際は「心深くたばかりたまひけむことを、知る人なかりければ」（賢木②一五〇）と、用心深く計画したため誰にも知られないという単独行動であるが、胸の痛みを訴える藤壺に「近うさぶらひつる命婦、弁などぞ、あさましう見たてまつりあつかふ」（同）と、近くに控えていた王命婦と弁が唖然としつつも対応にあたる。そして光源氏を塗籠《ぬりごめ》に押し込めるが、このとき、「御衣ども隠し持ちたる人のここちども」（同、傍線は引用者）と、光源氏の衣装を隠して持っている女房は複数いることになっている。王命婦と弁としか考えられないが、こういった対応をした以上、弁は少なくとも光源氏と藤壺との間に関係があることを知っているのだろう。弁がいつ光源氏と藤壺との関係を知ったか、物語には一切語られていない。しかし少なくとも、賢木巻のこの場面までに知ったことは確かである。[6] とすれば、冷泉帝の出生にも気づいている可能性がある。

藤壺の密通は後に夜居の僧都によって「さらに、なにがしと王命婦とよりほかの人、このことのけしき見たるはべらず」（薄雲③一七二）と、僧都と王命婦以外に知る者はないと語られる。ここから、やはり弁は冷泉帝の出生の秘密にまでは気づいていないと取ることもできる。しかし、これはあくまで僧都の台詞であり、彼の認識である。弁は密通の現場にいなかったはずだから、僧都にとって「このことのけしき見たる」人の数に入らないのも無理はない。とはいえ弁は、藤壺のそば近くに仕え、不審な時期であった藤壺の妊娠に王命婦とともに気づき、賢木巻では光源氏の侵入に対応した。冷泉帝の出生の秘密を当初は知らなかったとしても、事後的に気づいた可能性は高い。ただし、物語が描くのはここまでだ。弁は若紫巻と賢木巻にしか登場しない。あくまで秘密露見の可能性が示されるのみなのだ。

若紫に仕える弁は、葵巻で光源氏と若紫の結婚が成立する三日夜の場面に登場する。彼女は若紫巻に登場する童女・いぬきと同一人物かともいわれている。(7) 藤壺に仕える弁が乳母子であったように、ここの弁も少納言乳母の娘として登場する。惟光《これみつ》に三日夜餅を渡されるが、「若き人にて、けしきもえ深く思ひ寄らねば」(葵②一一八)とあり、若いために事情を察することができていない。ここでも「弁」は、秘密の男女関係に関わるのである。藤壺との関係と違って若紫との場合は密通とまではいえないが、内密に行われたものであることに変わりはない。そして、この弁は、その関係に思い至ることができないにもかかわらず加担させられる女房として登場する。藤壺づきの弁を微笑ましくしたような形で、似た役割を担っているのである。(8)

正篇最後に登場する弁は、玉鬘に仕える者である。(9) 彼女は何者なのか判然としない。ただ、髭黒が「この弁のおもとにもせためたまふ」(藤袴④一九八)と仲介に使い、やがて玉鬘と通じた後には、

石山の仏をも、弁のおもとをも、並べて頂かまほしう思へど、女君の、深くものしとおぼしうとみにければ、えまじらはで籠りゐにけり。(真木柱④二〇三)

とある。髭黒は石山の観音と弁と並べて崇めたいという思いになっていて、ここから髭黒が石山の観音に祈願するとともに、弁に手引きを頼んだことが推測できる。無論、玉鬘は不快感を示しているため、弁は出仕せず引きこもっているようだ。やはりこの弁も、秘密の男女関係に関わる者として登場したの

である。藤壺づきや若紫づきの弁が乳母子という最側近の女房でありながら、女君にもたらされる秘密の関係に当初は関われなかったり気づけなかったりしたのと対照的に、玉鬘との関係が明かされないこの弁は、ついに自ら手引きをする女房として登場したのである。ただし、髭黒と玉鬘の関係は、光源氏によって事後承認されるのであり、密通と呼べるほどのものではない。結局この「弁」も秘密に加担しきれないのだ。

「弁」という女房は、秘密の関係に関わる側近女房として登場する（玉鬘づきの弁がどの程度の女房なのかは分からないが、女君とそれなりに近しくなければ寝所への手引きなどできまい）[10]。しかし、その秘密を抱えながらも実は加担しきれない女房として存在したのである。

2　秘密を語る「弁」

正篇の弁たちは、男女の秘密の関係に関わる女房として登場した。しかし、それぞれの登場回数は少なく、その後の彼女たちを追うことはできない。藤壺に仕える弁は乳母子でありながら若紫巻と賢木巻にしか登場せず、冷泉帝の出生は夜居の僧都によって語られる。若紫に仕える弁も三日夜餅を運んだだけであるし、玉鬘の弁も密通の手引きをしただけである。藤壺・若紫・玉鬘といったヒロインたちはこの後も長く登場し続けるが、その傍に弁たちの姿はない。男女の秘密の関係に関わった彼女たちがどうなったのか、正篇は語らないのだ。

しかし、彼女たちの「その後」こそが、宇治十帖に登場する弁なのではないか。薫の前に現れ、出生の秘密を語った老女房の名が「弁」であったのは、正篇の「弁」たちを継承する者としてあったからなのではないだろうか。弁は薫にこう語る。

小侍従と弁と放ちて、また知る人はべらじ。一言にても、また異人にうちまねびはべらず。（橋姫⑥二九五）

小侍従と弁以外には、他に知る者はいない、一言でも他人に語ってはいないというのだ。薄雲巻でかの夜居の僧都が、自分と王命婦以外は知らないと主張した「さらに、なにがしと王命婦よりほかの人、このことのけしき見たるはべらず」（薄雲③一七二）を彷彿とさせる発言ではないか。藤壺の密通のとき、「弁」は乳母子でありながらそれに関わることができなかった。賢木巻での行動により事後的に知った可能性は示されているが、夜居の僧都には秘密を共有する人物としての認識がされていない。「弁」という名を負う女房の物語は、密通の秘密を共有できないところから始まった。しかし、三日夜餅を持って知らず知らずに秘密の関係に加担する若紫の「弁」を経て、髭黒を玉鬘の寝所に手引きする「弁」が登場し、そして続篇に至って、ついに「弁」は密通に加担し、その秘密を語る者となったのである。

この弁は、「かの権大納言の御乳母にはべりしは、弁が母になむはべりし」（橋姫⑥二八二）と柏木の乳母は弁の母だったと語り、「この人は、かの大納言の御乳母子にて、父は、この姫君たちの母北の方の、母方の叔父、左中弁にて亡せにけるが子なりけり」（椎本⑥三三四）と、柏木の乳母で、その父親は宇治の八の宮の姫君たちの母北の方の母方の叔父で、左中弁で死んだ者の子であるとも語られている。柏木の乳母子で、八の宮の北の方の従姉妹であるというわけだ。正篇に登場する「弁」も、藤壺と若紫に仕える弁が乳母子であった。この老女房の弁もやはり「弁」を特徴づける性質を持っているわけだが、彼女の場合は女君ではなく男君の乳母子である。そのためであろうか、密通にどこまで加担していたかは、実は疑わしい。そもそもこの弁自身は正篇には登場せず、柏木の手引きはもっぱら女三宮の乳母子である小侍従が行っていたわけだが、弁自身の証言からもそれが裏付けられる。

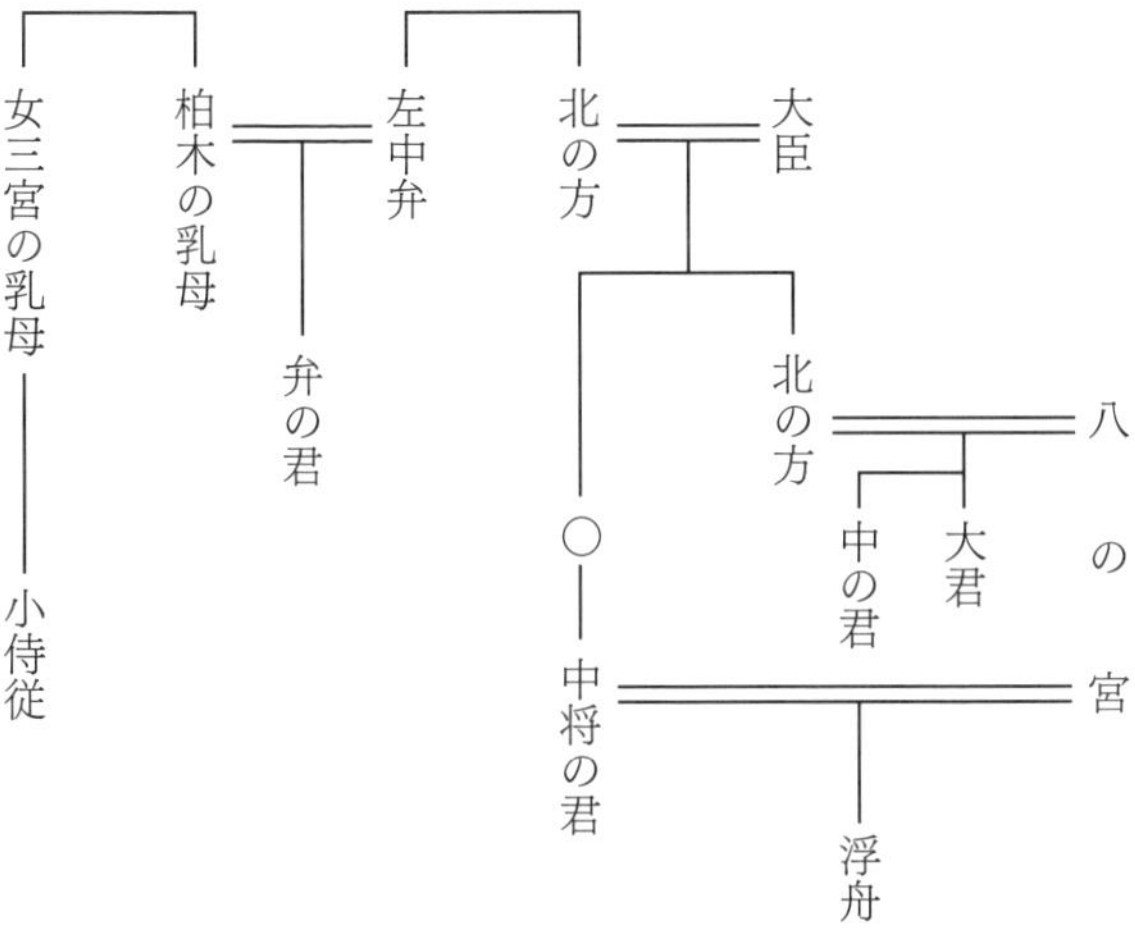

薫との初対面の場面で、弁は泣きながら柏木のことを語る。それによれば、柏木は弁に対して女三宮への思いを「をりをりうちかすめのたまひし」（橋姫⑥二八二）と、ときどきほのめかして言っていて、「今は限りになりたまひし御病の末つかた」（橋姫⑥二八二）という、もはやこれまでという病床の末期になって遺言したという。つまりはその程度なのだ。

また後に弁は、次のようにも語っている。

> 夜昼かの御影につきたてまつりてはべりしかば、おのづからもののけしきをも見たてまつりそめしに、御心よりあまりておぼしける時々、ただ二人のなかになむ、たまさかの御消息の通ひもはべりし。（椎本⑥二九五）

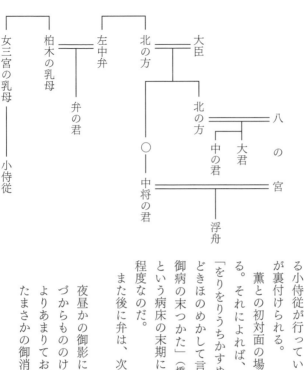

夜昼と傍で仕えていたので、自然と柏木の事情も知るようになったが、思いあまった時は、弁と小侍従を介してたまに文も通ったとある。ここでの新しい情報は、柏木が弁と小侍従を通して女三宮へ文を送っていたということである。弁と小侍従は従姉妹であり、うまく連携していたのであろう。

さらに弁は「かたはらいたければ、くはしく聞こえさせず」（椎本⑥二九五）と多くを語らない。たしかに、ここで薫に対して柏木と女三宮とのことを赤裸々に語ってしまうのは出過ぎた真似というものである。柏木の乳母子として、控え目に語るというのは不自然なことではない。しかし、それを差し引いたとしても、弁に一体どこまでのことが語れたであろうか。本人の証言を信じるなら、弁は折々に柏木が漏らす女三宮への思いを知っていた。また、小侍従と連携して文の取次をした。そして、最後には遺言も受け取った。しかし、それだけではないか。乳母子として傍にいたとしても、ひとたび柏木が太政大臣邸を出てしまえば、その先のことなど弁の知り得るものではなかったのではないか。

正篇で描かれていたのは、柏木が小侍従を籠絡し女三宮のもとへ手引きをさせた姿であった。宇治十帖になって初めて弁という存在が登場するのは、何か後出しのような、ご都合主義のような感を受けるかもしれない。しかし、男がわの乳母子に何ができたというのであろうか。結局、柏木と女三宮の密通には、女がわの乳母子である小侍従の力が何より必要だったのである。そういった意味で、弁は小侍従ほどの当事者にはなれないのだ(11)。

薫に秘密を語る弁は、正篇が作りあげてきた「弁」の「その後」であり、正篇の「弁」たちがなり得なかった姿である。しかし同時に、正篇の「弁」たちのように、やはり秘密を当事者として共有しきれないのであった。そしてそれは、宇治十帖でも続くことになる。

3　加担しきれない「弁」

弁は柏木の乳母子として、薫に秘密を告げる者として登場した。同時に、弁の父親は八の宮の北の方の叔父で、左中弁で死んだ者であると示されたように、宇治の姉妹の親戚でもある。そのため「姫君たちの御後見だつ人」（椎本⑥三三四）と、姫君たちの後見人のような人とされている。「乳母子としては過去（柏木）にかかわり、血縁者としては現在（宇治の姉妹）にかかわっていた[12]」のである。しかし実のところ、物語に後者としてのそれらしき様子はほとんど描かれていない。確かに、薫が姉妹の結婚に関して意中を話す場面では、「例の、わろびたる女ばらなどは、かかることには、憎きさかしらも言ひまぜて、言よがりなどもすめるを、いとさはあらず」（総角⑦一五）と、よくない女房たちは差し出がましいことも言うが弁はそうではないと、他の女房たちと一線を画すように語られていた。しかし、やがて「この君をのみ頼みきこえたる人々なれば、思ひにかなひたまひて、世の常の住処にうつろひなどしたまはむを、いとめでたかるべきことに言ひあはせて、ただ入れたてまつらむと、皆かたらひあはせけり」（総角⑦三〇）と、薫を頼りにしている人々だから、思い通りに大君が薫と結婚して都に移り住んだらよいと話し合って、薫を大君の部屋に入れようと図ったと語られ、弁は他の女房たちと区別ない「人々」となって薫を手引きしようとすることになる。その動きを警戒する大君は、弁のことを「かく取り分きて人めかしなつけたまふめるに」（総角⑦三〇）と、薫が特別に一人前に扱って手なずけている者だととらえている。大君は弁を薫がわの女房として認識しているのだ。

さらにいえば、弁が個性ある人物として物語に登場するのは、薫に関わる場面がほとんどであり、こと大君生前はそれが顕著である。弁は薫に柏木のことを語り、薫もまた身の上話をすることで、ふたりは互いに主従の結びつきを強めていく。やがて弁にとって薫は柏木に等しい存在になり、その恋のために尽力する。藤壺や若紫の乳母子と同じ名を負う弁は、どこまでも「過去」にとらわれた「柏木の乳母子」なのだ。(13)

しかし、「柏木の乳母子」であるがゆえに、この弁は薫の側にばかり立ち、他の人物の動きに驚くほど疎い。総角《あげまき》巻で薫が中の君と一夜を過ごす場面はどうであっただろうか。弁は薫に大君の寝ているところに手引きしてほしいと言われ、その通りに動いた。しかし、大君に逃げられた薫が中の君と契らぬ一夜を過ごしたということに全く気づくことができず、翌朝に至っても状況を理解できないまま「いとあやしく、中の宮はいづくにかおはしますらむ」(総角⑥四一)と、おかしい、中の君はどこにいるのだろうなどと言っている有様であった。

また、匂宮と中の君が契る場面も同様である。薫に先夜通りの手引きを求められた弁は、匂宮の合図を薫のものと思い込み、中の君のもとに導いた。この時は、「ねび人ども」(総角⑥五三)と、もはや個性のない老女の群れとして、状況が把握できない姿が描かれている。

弁は薫の意のままに動いたが、誰と誰との関係を手引きしたのか、結局のところ自身では全く把握できていなかったのである。一度目は「後見」をしているはずの大君の動きを察することができず、二度目は薫にさえ謀られた。男女関係に加担しきれない存在としての「弁」の物語は、まだ続いていたのである。そして、その最たるものが、匂宮と浮舟との関係であったといえよう。

浮舟の話題は中の君からもたらされたものであったが、素性や細かい近況を薫に語ったのは弁であった。ここで弁は浮舟の話題に入る前に、薫に再び「故権大納言の君の御ありさまも、聞く人なきに心やすくて、いとこまやかに聞こゆ」(宿木⑦二二九~二三〇)と、故権大納言の君＝柏木の思い出話を、誰にも聞かれない安心感から詳細に語っている。橋姫巻の「反復であり、その忠実な再現」(14)とも言われる場面だが、ここで弁は柏木を通して薫との主従の結びつきを確認した。「柏木の乳母子」である弁に、もう一度、主人の恋を叶える機会が与えられたのだ。

弁は薫を浮舟のもとに導く。宿木巻の垣間見場面を含め、弁はかなり積極的に動いている。(15)東屋巻では自ら「かの宮にだに参りはべらぬを、この大将殿の、あやしきまでのたまはせしかば、思うたまへおこしてなむ」(東屋⑦三三五)と言うように、中の君に求められてもしなかった上京を、薫が不思議なまでに求めるからといって思い切ってするのである。そして、薫に協力し、「乳母、尼君の供なりし童などもおくれて」(東屋⑦三三九)と、浮舟の乳母も、自身が連れてきた供までも置いて、浮舟を宇治まで連れて行ってしまうのである。

しかし、弁にできたのはここまでである。浮舟を抱きしめる薫を見て、弁は「故姫君の御供にこそ、かやうにても見たてまつりつべかりしか」(東屋⑦三三九)と、故大君の供でこのような姿を見たかったと思いを馳せる。しかし、浮舟を完全に大君の代わりにすることはできない。確かに宇治行きにあたって弁は母君や乳母の排除に成功したが、(16)それだけで浮舟を手中に収めることなどできはしない。なぜなら感慨にむせび泣く弁の横には、尼姿で同乗する弁を「いと憎く」(東屋⑦三四〇)思っている侍従がいるからである。

先の章で見たように、この侍従は後に「よそ人」(蜻蛉⑧一五八)であったことが明かされるのであるが、この時点では「この君に添ひたる侍従」(東屋⑦三三九)と紹介され、その後も浮舟の側近女房として活躍していく。「侍従」という名の女房は、正篇において、若く思慮が浅く、時に主人の意に反することもある側近女房として登場してきた。この浮舟の侍従も、その造形を継承して「この君に添ひたる」側近として登場している。[17]実は、宇治十帖の前半、大君の物語において名を持つ女房は弁のほかに登場していなかった。[18]中の君の側近である大輔の君ですら、初登場は早蕨《さわらび》巻の上京場面においてであった。しかし、浮舟には侍従というれっきとした側近女房がいて、宇治にも同行するのだ。東屋巻は弁と薫の和歌の贈答で終わるが、それは「侍従なむ伝へけるとぞ」（東屋⑦三四六）と、侍従が語り伝えたことだとされる。語りのレヴェルにおいても、いよいよ弁に主導権はない。

さらに、浮舟の側近は侍従ひとりではなかった。誤って匂宮を浮舟のもとに導いてしまったのは、後に乳母子であることが分かる右近であった。当初、その秘密は右近ひとりの胸に収めて処理される。この日はちょうど浮舟の母君が石山詣を計画していた日だったが、「尼君にも、「今日は物忌にて、わたりたまはぬ」と言はせたり」（浮舟⑧三五）と、右近は弁の尼にも浮舟は物忌のために出かけられないと伝えるのだ。やがて右近が侍従を共犯に引き入れてからも、弁はそこに登場しない。浮舟と匂宮の関係は、先の章で見たように、右近と侍従というふたりの側近女房の秘密として進められていく。[19]

実のところ弁が匂宮と浮舟との関係を全く知らなかったのかといえば、それは定かではない。右近も後に「尼君なども、けしきは見てければ」（蜻蛉⑧二二九）と、弁も事情は見知っていたからと思っていることから、どこかの段階で知ったようだ。[20]しかし、はじめからというわけではないだろう。何より、知っていたとしても、弁はこのことに関して一切動くことがなかった。いや、動けなかったのではないか。右近が仲間に引き入れたのは侍従であり、ふたりはあくまで秘密裏に処理をしようとしていたのだから。

「色めかしき若人」（浮舟⑧五六）である侍従は、宇治川対岸の隠れ家に同行し、すっかり匂宮に魅せられた。匂宮に心を寄せる女房が「侍従」の名を負うことは、若く思慮の浅い女房としての正篇の造形を継承したものといえようが、「弁」との関係を思えばなんとも皮肉なものではないか。かつて柏木に乳母子として仕えていた弁は、柏木から女三宮への想いを聞かされ、また、文のやり取りの一端を担った。しかし、柏木を女三宮のもとに手引きした実質的な共犯者は、女三宮の乳母子たる小「侍従」だった。それでも、小侍従亡きあと、弁は薫に秘密を告げる者として物語に現れることができた。そして、柏木を通して薫と主従関係を結び、その恋を叶えるために何度でも動いた。しかし薫と浮舟とを結ぼうとしたとき、再び「侍従」の名を負う女房が、女君がわの側近として登場したのだ。そして弁のあずかり知らぬところで匂宮が現れ、今度は「侍従」がその秘密の共犯として匂宮と浮舟を積極的に結ぼうとしていく。秘密の関係に加担するのは「弁」ではなく、結局は女君の側近たる「侍従」だったのである。

おわりに

弁は柏木の乳母子であり、宇治の姉妹の後見であった。とはいえ、「現在」の役割である姉妹の後見としての動きはほとんど見られず、「過去」を語り、かつての主に等しい薫に仕え、どこまでも「柏木の乳母子」として動いていた。それは、弁と同じく八の宮に仕えていた浮舟の母君とも通じる設定である。既に見たように浮舟の母君は、中将というお手つき女房であった過去を持ち、常陸介北の方である現在の境遇を嘆いていた。母君が「中将」であるという過去は、正篇から作りあげられた「中将」の名が持つ、物語自身の過去でもあった。[21] では、「弁」はどうだろうか。「弁」は男女の秘密にかかわりながら共犯になりきれない乳母子の名であった。その名を負った柏木の弁も、やはり密通に加担しきれなかった過去を持つ。弁は薫に過去を語り、再び主従の絆を結び、主の恋を叶えようとした。しかし、それでも弁は、薫と大君を結ぶことができなかったばかりか、自身が誰と誰の手引きをしているかすら把握できていなかった。弁は現在の「姉妹の後見」ではなく過去の「柏木の乳母子」として動いたが、いずれの役割も全うできなかったのだ。

浮舟の登場は大君の再来のようであって、そうではない。浮舟は「弁が後見できない大君」なのであり、「後見」という「現在」の役割の絶ち切られた大君であった。[22]弁は再び「過去」の「柏木の乳母子」として薫と浮舟を結びつけようとしたが叶わなかった。そのとき弁の前に立ちはだかったのは、かつて自身のできなかった「秘密の共有」をした者と同じ名を持つ「侍従」であった。「弁」の名を負う老女房は、自身の過去も、物語の過去も、ついに克服することができなかったのである。

＊

宇治十帖は、正篇という過去を背負っている。重要な役割を果たす中将・侍従・右近・弁という四人の名は、正篇で一定の造形がなされた女房の名であった。その名に正篇という過去を負い、彼女たちの存在と動向こそが、宇治十帖がいかに正篇と向き合っているかという『源氏物語』の物語空間そのものを作りあげているのだ。

『うつほ物語』でも『源氏物語』でも、女房たちこそがその物語空間を作りあげ、展開の原動力となっていた。彼女たちは、政治的な情報も、男女の秘密も、物語の過去も、何もかもを握って動く重要な役割を果たしている。では、平安時代後期成立、『狭衣物語』ではどうであろうか。様々な物語を豊かに引用することでも知られるこの物語でも、やはり女房たちは同様の役割を担うのか。答えは否である。『うつほ物語』や『源氏物語』が示してみせた女房たちのあり方を、『狭衣物語』は覆す。

第Ⅲ部　『狭衣物語』論

『狭衣物語』は、兄妹同然に育った従妹である源氏の宮への恋心に苦しむ貴公子（狭衣）を主人公に、全四巻の各巻に新たなヒロインが登場して展開する、一一世紀後半に成立した物語である。

巻一では飛鳥井女君と呼ばれる女君が登場する。両親を失っている彼女は、乳母からの依頼で仁和寺《にんなじ》の威儀師《いぎし》の世話を受けていた。しかし、この威儀師が僧でありながら女君に下心を出して誘拐しようとしてしまう。そこに偶然通りかかった狭衣が彼女を助けたところから、ふたりの恋が始まることになる。しかし、最愛の女性である源氏の宮を想う狭衣は女君に自分の素性を偽り、女君もまた自分の身の上を言おうとしない。その後、威儀師の援助が求められないことで生計に不安を抱いた乳母は、女君に求婚してきた道成《みちなり》という男に彼女を預けることにしてしまう。この道成は狭衣の乳母の子であったのだが、ふたりの関係を知らなかったのだ。だまされるような形で道成に連れ去られた飛鳥井女君は、道成が狭衣の乳母の子と知り、自ら死を選ぶ。

狭衣は巻一のなかで笛の演奏で奇瑞を起こし、嵯峨帝から女二宮の降嫁を打診されていた。巻二ではその女二宮の物語が展開する。ふとしたきっかけで狭衣は女二宮と関係を結び、女二宮は妊娠してしまう。しかし、女二宮の乳母は腹の子の父親が誰であるか知らないため、苦肉の策で女二宮ではなくその母親である大宮が妊娠したのだという偽装工作をする。女二宮は無事に男子を出産するが、大宮は心労で死に、女二宮は出家してしまう。女二宮の出産を狭衣が知ったのは全てが終わった後であった。また、嵯峨帝の譲位と新帝の父院の崩御があり、源氏の宮は賀茂斎院になることになる。出家を願う狭衣は粉河詣《こかわもうで》に出かけるが、旅先で偶然に飛鳥井女君が助け出されていたことを知る。

巻三に入ると、狭衣は飛鳥井女君が姫君を出産した後に死んだことを知る。その姫君は新帝の姉である一品宮《いっぽんのみや》に引き取られていた。狭衣は娘に会いたい思いから一品宮のいる一条院に忍び込むようになるが、その姿を目撃されてしまったことから一品宮との関係を噂され、結婚することになる。しかし、もとより意に染まぬ結婚であり、夫婦生活は冷え切るばかりである。さらに、一品宮は、狭衣の目的が飛鳥井姫君にあったことを知ってますます心を閉ざしていく。

巻三の後半では、宰相中将が狭衣に妹を紹介しようとするという展開がもたらされる。興味を示した狭衣は、巻四でその妹君に会うことになるが、彼女は源氏の宮に生き写しであった。狭衣は妹君を引き取って妻とすることで、一応の充足を得ることになる。

その後、帝は譲位をしようとするが、新春宮には嵯峨院の若宮——嵯峨院と大宮の子ということになっているが、狭衣と女二宮の子である——を立てようと考える。しかし、天照大神のお告げがあり、狭衣が即位することになる。狭衣は帝となるが、源氏の宮への想いと女二宮への未練は消えない。

この物語は、後朱雀天皇の皇女である禖子《ばいし》内親王のもとで、宣旨《せんじ》という名の女房によって書かれたとされている。禖子内親王のサロンは、新しく物語を作り、それに関係する和歌で歌合を行うという物語歌合が行われたことでも有名だ。『狭衣物語』の作者とされる宣旨も、この物語歌合に参加している。多くの和歌や物語に触れ、また新たな作品を生み出していった禖子内親王周辺の気風を示すかのように、『狭衣物語』は先行作品を豊かに取り込んでいる。登場人物の設定や物語の展開に先行作品の影響がうかがえるところもあれば、漢詩や和歌を引用したり先行物語の登場人物の名前を引き合いに出したりして直接に示すこともある。では、これまで『うつほ物語』や『源氏物語』で見てきたような、女房たちのあり方は、『狭衣物語』ではどうなっているだろうか。

『狭衣物語』巻名とストーリー

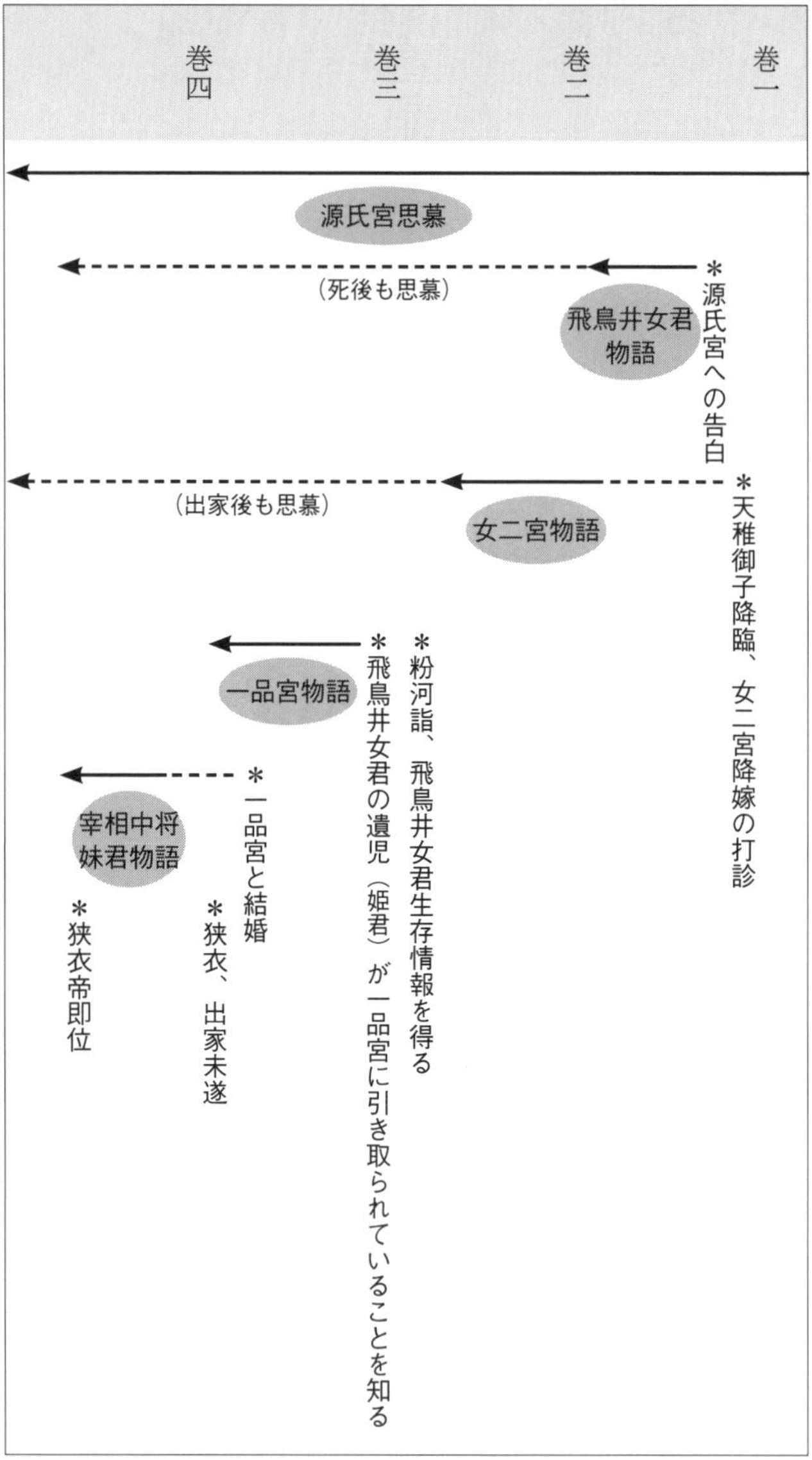

第一章　飛鳥井女君物語の〈文目《あやめ》〉をなす脇役たち

はじめに

　これまでみてきたように、王朝物語においては、女房や従者たちのつながりが重要な役割を果たすことがあった。たとえば、『うつほ物語』には「孫王の君」という名の三姉妹がそれぞれ別の主に仕え、国譲《くにゆずり》・上巻で長女と次女が噂話に興じる姿が描かれていた。さらに、楼《ろう》の上・上巻には異腹の四女が登場し、長女との接触によって秘曲伝授の噂が藤壺（あて宮）に伝わるという展開があった。(1) また、藤壺の乳母子に兵衛《ひょうえ》の君という女房がいるが、彼女の弟であるこれはたは春宮の蔵人になり、国譲・中巻では春宮との仲介となって藤壺に情報をもたらすという重要な役割を果たした。ここには女房・従者たちの横のつながりによって情報が伝達されていく様が示されているといえるだろう。

　また、『源氏物語』宇治十帖では、中の君が都に迎えられてからも、中の君についていった大輔の君と宇治に残った弁の尼との間での交流が描かれ、浮舟巻では大輔の君の娘である右近がもらした匂宮に対する愚痴を、弁の尼が浮舟とその母君に話す場面があり、浮舟に入水を決意させる重要な出来事になっている。さらに、浮舟が入水したことは宇治に仕える下童から明石中宮に仕える小宰相の君に伝わり、大納言の君を経由して明石中宮にまで伝わる。その後、浮舟が生きていることは横川僧都から明石中宮と小宰相の君に伝わるが、それは浮舟のことをあらかじめ知っていたからこそ、僧都の話したことが浮舟のことだと思い当たることができたという展開になっている。このように人物と人物とのつながりが作りあげるネットワークが時に重要な役割を果たすのだ。(2)

しかし、『狭衣物語』の場合はいささか様相が異なる。『狭衣物語』では、近いところに仕えている女房たち同士ですら情報を共有していないことがあり、むしろ、情報を持たないことが重要なポイントになる。たとえば、女二宮の物語に登場する中納言典侍と出雲の乳母は互いに情報を交換しない。中納言典侍は女二宮と通じたのが狭衣であることを知っていたが、女二宮の妊娠は知らなかった。出雲の乳母は女二宮と通じたのが誰か知らなかったが、女二宮の妊娠を知り、大宮が妊娠したと偽装した。こうして、狭衣には何も知らされないままに、女二宮は密かに出産し、その子は嵯峨帝と大宮の子として処理されてしまうことになる。(3)

人物同士が近いところにいるにもかかわらず、情報の交換が適切になされない。ネットワークは存在しているのに、機能していない。このことは女二宮の物語だけでなく、飛鳥井女君の物語にもみられるのではないか。

本章では、人物同士があやなすネットワークを仮に〈文目《あやめ》〉と呼び、『狭衣物語』の飛鳥井女君をめぐる物語にはどのような〈文目〉が見出され、物語をどう動かしているのか考察していきたい。脇役たちのつながりが重要な情報を交換していく——そういった〝常識〟めいたものを『狭衣物語』がいかに裏切り、独自の方法を見せているかを明らかにすることができるはずだ。

1　情報操作する者――飛鳥井女君の乳母の場合

狭衣と飛鳥井女君との関係は、互いに素性を隠したまま始まった。[4] 仁和寺威儀師に誘拐された飛鳥井女君を助けた狭衣は、彼女を家まで送り届けるが、自分の素性を打ち明けようとしない。源氏の宮思慕の呪縛にとらわれる狭衣は、[5] その後も隠し続けるばかりか、素性を偽りすらした。しかし、飛鳥井側もそれに騙されていたわけではない。狭衣が通ってくるようになると、飛鳥井女君と乳母と女房との間では、通ってくる男の正体をめぐる会話が交わされている。[6]

乳母はまず、通ってくる男が誰かと飛鳥井女君に問うているが、それに対して飛鳥井女君は知らないと答えている。それに対して女房が、向こうが門を叩いてきたときに開ける者がいなかったために侮られているようだということを報告するとともに、「看督の翁率て来てこれ開けさせん、など言ひけるけしき、別当殿の御子の蔵人少将とぞ思はせたりし」[7]（巻一①八七）と言っている。狭衣がわの者たちが、検非違使《けびいし》庁の役人である看督《かど》の翁《おきな》を連れてきて開けさせようと言っているから、「別当殿の御子の蔵人少将」と思わせようとしているのだろうという判断だ。

つまり、この女房は、通う男が狭衣であるとは知らないものの、少なくとも「別当殿の御子の蔵人少将」というのが偽りであることに気づいていることになる。「別当殿の御子の蔵人少将」であると偽るからには、女房も乳母も飛鳥井女君も、通う男の正体は少なくともそれ以上の高貴な身分であろうということを理解したはずだ。ただし、飛鳥井女君には源氏の宮のもとへ出仕する話も出ているにもかかわらず、ここで狭衣の話題は出ておらず、通う男が狭衣であるとは思い当たれていない。「あてにやんごとなきこと、めでたうとも、この定にてはいかがはせん」と、高貴な身分の男であろうことは分かって

いるものの、乳母の第一の懸案は生計であって、その点において頼れそうにない男に不快感を示している。(8)

狭衣が飛鳥井女君と素性を隠して交際しているうちに、狭衣の乳母の子である道成《みちなり》が女君に求婚してくることになる。道成は狭衣よりも早く、飛鳥井女君が太秦に参籠している頃から既に目をつけ文を送っていたが、当時は仁和寺威儀師がいたため乳母に返事を保留にされていた。しかし、その後、道成は父親の大宰大弐《だざいのだいに》任官に従って九州に下向することになり、同行する女ほしさに飛鳥井女君のことを探すことになる。その頃には狭衣と飛鳥井女君の交際は始まっているのだが、このとき道成が仕入れた情報に注目したい。

ここで道成は、「太秦の人を尋ねけるに、「かくなん、別当少将の、時々通ひてあんなれば。乳母は承けずな」と言ふ人のありけるを、喜びながら消息したりける」（巻一①一一八）とある。太秦で見そめた女君を探し求めたところ、「別当少将」が時々通っているが、その関係を乳母は了承していないという情報を得て、道成は喜んで乳母に連絡をしたというわけだ。これはどういうことであろうか。先に確認したように、乳母は通う男が別当少将ではないことを知っていたはずではないか。それにもかかわらず、道成が得た情報では、飛鳥井女君のもとに別当少将が通っていることになっているのだ。そのため、道成は相手が狭衣であるとも知らず、「さやうの細君達の蔭妻にておはすらん、口惜しきことなり」（巻一①一一九）と、通う男を侮ることになる。

なお、乳母は通ってくる男に対して不快感を隠さなかった。

この人のおはする宵、暁のことをも心安からず、鍵失ひがちに、つぶやくけはひを、御供の人聞き

て、あさましうめざましき折々ありけり。（巻一①一一三〜一一四）

このように、狭衣が来る宵や暁に不快感を示し、鍵をなくしたような対応をしたり、なにかぶつぶつ言ったりしている様子を狭衣の供が聞いているのだ。狭衣がわの「看督の翁率て来てこれ開けさせん」という偽装と、乳母のこういった態度から、飛鳥井女君に通っている男は別当少将であるという噂が立っていたのだろう。その結果、道成は飛鳥井女君に通う男が狭衣であることなど知らずに言い寄ることになったのだ。(9)

そして、道成の得たこの誤った情報は、訂正されることがなかった。道成は乳母と謀って飛鳥井女君を九州行きの船に乗せてしまう。その船上で、道成は、「なにがし少将の蔭妻にて、道行き人ごとに心を尽し、胸をつぶしたまふ心もやは」（巻一①一三五）だとか、「我が殿のおはしまさん世には、なにがしらに、その君達まさらじ」（巻一①一三五〜一三六）などと言っている。「なにがし少将」の隠し妻として彼が通ってくるかどうかに気をもむ必要はないと口説き、「我が殿」がいる限り、少将が自分に勝てるはずもないという強気な発言である。道成は飛鳥井女君に通う男が少将であると信じている。もちろん少将と名乗っているのが、自分が威を借ろうとしている「我が殿」であるとは気づいていない。この段階でもなおそう信じているということは、謀をめぐらすなかで、乳母から通う男の正体が少将ではないということを知らされなかったということになる。

実は乳母も、飛鳥井女君に対して以下のような発言をしていた。

さてやがて、この蔵人少将の殿の御乳母の家に、しばし渡らせたまひて、おはしかし。年頃のいみ

じき知る人なり。この御事の後、なかなか恥づかしうて訪れはべらずなりぬる。（巻一①一二六）

乳母は飛鳥井女君を道成に連れ出させる口実として、井戸掘りによる土忌《つちいみ》をさせようとしていた。工事をするにあたって土の神のいる方角を避けるというものである。そこで乳母は、通ってきている男に車を貸してもらおうだとか、隣家の駿河守の妻に車を借りようなどと言った後に、先に挙げた発言をする。この発言での乳母の提案は、「蔵人少将の殿の御乳母の家」に行こうというものだ。蔵人少将の乳母は長年にわたる知り合いで、この交際のためにかえって交流がなくなっていたのだという。通う男が少将ではないと知っているはずの乳母であるのに、少将であると信じているような発言をしているのだ。ここの乳母の言葉は飛鳥井女君を謀ろうとするものであり、もとより車を借りたり、そこに身を寄せたりするべきなどとは微塵も思っていないはずである。(10) しかし、その謀の中で、乳母は、そもそも少将であるという偽りすら信じたふりをしているのである。

これに対しては飛鳥井女君も、「よろづよりも、かの少将と思ひて、いかなる僻事を言はんとすらむ」（巻一①一二七）と、乳母は男が少将であると思っているのだと考えるとともに、どんな謀をしてくるのかと案じている。飛鳥井女君と乳母は、通う男が少将であるというのが偽りであると了解していた。しかし、乳母は、少将であるという偽りを信じたふりをし、この時点では既に男が狭衣であることに気づいている女君も、乳母への不信からそれを訂正しないのだ。

こうした状況になってしまったのも、もとはといえば、狭衣が自らを少将であると偽装したのが原因である。しかし、飛鳥井女君も乳母も、それが偽装であることに気づいていた。それにもかかわらず、飛鳥井女君は正体が狭衣であると気づいた後も、それを乳母に告げなかった。乳母は少将であるという噂を放置し、信じたふりをし続けた。そして、それを信じた道成は、通う男が狭衣と知らずに、飛鳥井女君を奪ったのである。相手が「我が殿」＝狭衣であることを知ったら、道成は手を引いたかもしれない。しかし、乳母が誤った情報を放置したために、悲劇は起こったのだ。

乳母が男の正体が狭衣であると気づいていたかは明らかにされていない。[11] 少なくとも飛鳥井女君はそれを乳母に告げていない。しかし乳母は、少なくとも少将ではないということには気づいていたはずなのに、信じたふりをして放置した。ある種の情報操作をしているのである。

このように乳母が情報操作をするというのは、実は、『狭衣物語』の常套である。巻二で狭衣は誰にも知られることなく女二宮と通じ、宮は妊娠する。このとき、女二宮の乳母である出雲《いずも》は、相手の男が誰だか知らないまま、妊娠したのは女二宮の母である大宮だと偽装した。また、巻三で狭衣は権大納言によって一品宮《いっぽんのみや》（一条院女一宮）との間に噂を立てられてしまう。このとき、権大納言はまず一品宮の乳母子である中納言の君に狭衣のことを告げる。そして、中納言の君から話を聞いた内侍《ないし》の乳母は、狭衣が少将命婦に会いに来たところを誤解されたのだと考え、中納言の君には口止めをしたにもかかわらず、女院（一品宮の母）には「権大納言ののたまひけること」（巻三②八二）を報告し、それを聞いた女院は少将命婦が狭衣を一品宮のもとに手引きしたのだと考える。内侍の報告の詳細は語られないが、女院がそう思い込むような報告をしたことが想定されるのである。『狭衣物語』において乳母は正確な情報を握ることができず、それでいて情報操作することで物語を悲劇へと導く存在として機能するのである。

2　機能しなかった人間関係――道成・道季兄弟の場合

しかし、問題は乳母にだけあったわけではない。飛鳥井女君に通う男の正体を道成が知る機会は実はいくらでもあったことが、物語に幾度も示されている。

道成という人物は、次のように紹介されている。

この殿の御乳母の大弐の北の方にてあるありけり。子どもあまたある中に、式部大夫にて、来年、官得べき、かやうの人の中には、心ばへ、容貌などめやすくて、少々の上達部、殿上人などよりは、世の人も心ことに思ひたり。自らの心にも、また思ふことなく、いみじきすき者の色好みて、いかで、心、容貌よき、すぐれたらん人を見んと思ひて、婿にほしうする人々の辺りにも寄らず、君の御真似をのみして、夜中の御供にも後れず、私の里わたりをのみ尋ぬるわざのみして、この女君、太秦に籠りたまへりけるを、ほのかにのぞきて見けるより、異心なくなりて、消息などしけるを……

（巻一①一一七）

狭衣の乳母で大宰大弐の北の方となっている者がいる。その子供のひとりで、式部大夫で、来年に任官される者が道成だ。性格も見た目も悪くなくて、そこそこの上達部《かんだちめ》や殿上人《てんじょうびと》よりも評判がいい。本人も悩みとするようなこともなく、色好みで、良い妻を求めていて縁談には寄りつかず、狭衣の真似ばかりして、「夜中の御供」をしていたという。そして女房たちの住まいを尋ね歩いていたところ、太秦で飛鳥井女君を見そめたのだ。狭衣の「夜中の御供」をしていたのならば、狭衣が飛鳥井女君に通うときにもいそうなものであるが、そこにはいなかった。それは、巻二になってから明かされる次のような事情のためである。

かの下りし式部大夫、肥前守の弟ぞかし。三郎は蔵人にもならで、雑色にてぞありける。兄、蔵人になりて、暇なかりつるほどは、御身に添ふ影にて、この御しのびありきには、身を離れたてまつらねば、飛鳥井にも一人のみこそ御供には参りしに、忍びたまひしことなれば、兄にも「しかじかの心え」なども言はざりければ、彼も「そこなる人を率て下る」など語らざりけるなめり。

（巻二①一五七〜一五八）

巻二に入って明かされる道成の情報だ。彼は肥前守の弟であり、雑色をしている三男がいる。道成自身は蔵人になってから狭衣の供をする暇がなくなっていたという。そこで代わりに狭衣の供をしたのが雑色をしている三男の道季《みちすえ》であった。しかし、この兄弟の間で、情報交換がされていなかったのである。道季ひとりが供をしていて、「忍びたまひしことなれば」と、秘密のことだからと配慮して狭衣が飛鳥井女君のもとに通っていることを道成に告げず、何も知らなかった道成は九州下向に連れて行く相手のことを道季に告げることもしなかった。

ここで、道季が狭衣の供をしているのは「一人のみ」とあるが、実際は飛鳥井女君のことを知っているのは道季だけではない。

御供の人々は、「かかることはなかりつるを。いかばかりなる吉祥天女とならん。さるはいともののげなき男のけはひぞすめる」、あるはまた、「仁和寺の威儀師が盗みたりけむ女か」など、おのおの言ひ合せて、あやしがるべし。（巻一①八八）

というように、「御供の人々」とある。彼らは狭衣の通う相手の詳細を知らないようで、いつになく女に夢中になっている狭衣の様子に、相手はどんな吉祥天女かなどと言っている。狭衣は詳細を腹心にしか知らせていなかったとおぼしい。そういう意味で、道季は「一人のみ」の供といえるのだろう。しかし、それでも、供のなかには狭衣の通う相手が「仁和寺の威儀師が盗みたりけむ女か」と正体に勘づいている者もいた。道季が告げなくても、この者たちから道成に情報がいく可能性もあったはずだ。結局のところ道成は誰からも真相を知らされることはなかったようだが、その可能性自体は存在していたのだ。

さて、道成の正体を知って、飛鳥井女君は船上から身を投げた。道成は帰京後、狭衣にその折の事情を語っている。そのとき道成は、「蔵人少将時々通はれけるを、女はあひ思ひはべりければ」（巻二①二四九）と、時々通ってくる蔵人少将と相愛だったのだと言っている。さらに、

ただにもさぶらはで、七月八月ばかりにさぶらひけるは、なにがしの少将のにやはべりけん。その君たちにかけられたらんよりはと思ひしかど、いといみじう泣き焦がれて命に換へはべりしも、いかばかり思ひける中にか、少将はいかに思ひ出ではべらん。（巻二①二五〇）

と、七、八か月だったのは少将の子を身ごもっていたのだろうと言うとともに、飛鳥井女君が死を選ん

だことに対して、どれほど思いあっていたのか、また、少将はどれほど女君を思い出しているかなどと思いをはせている。つまり、この段階に至ってもなお、道成は相手の男が少将だったと信じ込んでいるのだ。狭衣は道成が飛鳥井女君を奪ったことを既に知っているが、それは道季の報告によるものだった。しかし道成は、この時点ではまだ道季から真相を聞かされていない。[12] 道成が真相を知るのは、物語も最終盤、飛鳥井女君の遺児が一品宮になってからであった。

一方、道季にも、気づく機会はあったことが示されている。巻二の冒頭近く、道季は自分の母親である大弐の乳母からの知らせに、飛鳥井女君を奪ったのが道成であったと気づき、狭衣に報告する。そのとき道季は、「いま思ひたまへあはすれば、太秦にて見し人をなん尋ね得たるなど、語り出で候ひしか」（巻二①一五九）と、いま思い合わせれば、道成は太秦で見そめた女を得たと言っていたと言うのだ。

道季は確かに道成が連れていく女のことを聞いていた。しかし、それが飛鳥井女君と結びつかなかっただけなのである。物語は、悲劇を防ぐことができたかもしれない可能性をいくつも示している。人物と人物が近い距離にいて、情報を交換する可能性を持っている。人間関係の〈文目〉は存在しているのだ。しかし、それが機能していない。もし、この〈文目〉のなかの誰かひとりでも誰かに情報を伝えていたのなら、飛鳥井女君の悲劇はなかったかもしれない。

そして、それを聞いた狭衣の反応はどうであろう。狭衣は道季の報告に、「さもやありけむ。知りながらもさやうの人はさこそあれ」（巻二①一五九）と言い、また心中でも「一夜二夜にもあらず、さは言へどもほど経にしを、さりとも誰と知らぬやうはあらじを」（巻二①一五九）とも思う。狭衣の想い人だと知っていても道成のようは男ならやりかねない、また、自分と飛鳥井女君の関係もそれなりに長かったわけであるし誰だと知らないはずはない、と考えるのだ。こうした可能性は、人間関係の〈文目〉が存在しているからこそ浮かびあがることだろう。道成が知らなかったということが、狭衣には信じられないのだ。

この「知らぬやうはあらじ」は、『狭衣物語』のなかでたびたび繰り返される表現でもある。先に、乳母の情報操作が女二宮や一品宮の物語でも行われていることを指摘したが、この「知らぬやうはあらじ」という表現も、やはり女二宮や一品宮の物語にも存在する。

たとえば、大宮が女二宮の妊娠を知って乳母たちを問いただす場面である。大宮は「この人々の中に知りたるもあらん」（巻二①一九八）と、女房たちのなかに知っている者もいるだろうと思い、出雲や大和という乳母たちを呼んで事情を聞く。嗚咽を漏らしながら大宮が放ったのは、「かかることのおはしましけるを、誰も知らぬやうあらじを、などかいままでまろには知らせざりける」（巻二①一九八、傍線は引用者）という言葉だった。女二宮が妊娠したということに関して、誰も知らないなどというはずもないのに、なぜ自分に報告しなかったのかという問いである。これに対して、乳母は「ことのありさま知る人はべらんかし」（巻二①一九九）と、事情を知っている者がいるはずだと言いつつも、大宮に対して妊娠は見間違いなのではないかと反論する。しかし、それに対して大宮は重ねて「むげに誰も知らぬやうもあらじ」（巻二①二〇〇）と言うのだ。実際のところ、狭衣と女二宮の逢瀬は誰にも見られず、本人たち以外に知る者などなかった。それなのに、大宮は乳母たちに対して、誰も知らないなどというはずがないと考えているのである。

さらに、若宮の誕生後、産湯からあがった若宮を見て、中納言典侍と出雲の乳母が会話をする場面があるが、そこにもこの「知らぬやうはあらじ」という表現が登場する。その時点では、中納言典侍も出雲の乳母も、若宮の父親が狭衣であることを既に知っている。しかし、二人がその事実を知ったのは別々の機会だった。そして、出雲の乳母は、狭衣を女二宮のもとに手引きしたのは中納言典侍であると考えている。中納言典侍は狭衣の乳母である大弐（道成・道季兄弟の母）の妹であり、狭衣と親しいからである。そのため、若宮が狭衣に似ていると言った中納言典侍に対して、出雲の乳母は「いでや、知らぬやうはあらじ」（巻二①二二二）と思う。出雲の乳母は、中納言典侍が全てを知った上で知らないふりをしていると考えているのだ。実際、中納言典侍は事情を知っているのであるが、出雲の乳母が考えているように手引きをしたわけではない。この「知らぬやうはあらじ」は微妙に真相とずれているのだ。

また、一品宮の場合も同様である。一品宮と狭衣との噂を聞いた女院は、内侍の乳母に事情を聞く。そのとき女院も、噂の真偽を問いつつ、やはり、「さりとも知らぬやうあらじ」（巻三②八二）と言うのだ。女院は一品宮と狭衣との噂は根拠のないことではないと考え、乳母が知らないはずがないとする。しかし、実のところ、一品宮と狭衣との噂は全くの濡れ衣であった。

以上のように、『狭衣物語』には様々な形で「知らぬやうはあらじ」という表現が繰り返されている。大宮や女院は、乳母が主の事情を知らないはずはないと考えている。また、出雲の乳母は、狭衣に親しい女房である中納言典侍が事情を知らないはずがないと考えている。

そして、同じように、狭衣も、道成が飛鳥井女君のことを「誰と知らぬやうはあらじ」と考えていた。女二宮の例も一品宮の例も、それぞれ状況や人物関係が異なってはいるが、しかし、「知らぬやうはあらじ」という推測が的を射ていなかったことだけは共通する。実際は欠けた情報しか持っていないにもかかわらず、知っているはずだと思い込む。それが、『狭衣物語』に頻出する「知らぬやうはあらじ」という表現なのである。

確かに「知らぬやうはあらじ」という推測は的を射ていなかった。しかし、全く根拠のないことではないからこそ、こういった誤解が起きる。大宮や女院が乳母に事情を聞くのも、乳母が女君の最もそば近くに仕えているのだから当然のことである。出雲の乳母が中納言典侍を疑うのも、中納言典侍が狭衣と親しいのだから妥当であろう。実際、中納言典侍は、狭衣と女二宮との関係を知った時、「もしさることもあらば、我がかごとなどこそ思しめさめ」（巻二①一八六）と、自分が疑われるに違いないと考えていた。

道成の場合も同様である。確認してきたように、物語は道成が情報を得たかもしれない可能性をいくつも示している。飛鳥井女君が乳母に男の正体を告げていたら。乳母が男が少将であるという噂を否定していたら。道季や他の従者たちが道成に飛鳥井女君のことを告げていたら。道季が道成の得た女が飛鳥井女君であると気づいていたら。人間関係の〈文目〉をつくりあげ、これら可能性をいくつも存在させながら、それを機能させないことで飛鳥井女君の悲劇が作りあげられているのである。そしてその余波は、物語の後半にまで及ぶことになる。

3 「少将」の子とされた遺児

そもそもの始まりは、源氏の宮への想いにとらわれる狭衣が、自らの素性を偽ったことであった。それが偽りであることは飛鳥井女君や乳母も気づいていたが、訂正されることはなかった。そのことは、どのような結末をもたらしたであろうか。

巻二末〜巻三の粉河詣《こかわもうで》で、狭衣は飛鳥井女君を救出した兄僧と出会う。しかし、ここでは女君にも、彼女が生んだ我が子にも会えず帰京する。その後、今姫君の母代《ははしろ》から情報がもたらされ、狭衣は常盤の里を訪ねることになる。今姫君の母代がどういうわけか狭衣と飛鳥井女君との交際を知っていて、狭衣に常盤の尼君のことを話したからである。女君は既に死んでしまった後であったが、狭衣は常盤の尼君と対面し、女君や遺児のことを尋ねた。しかし、尼君は遺児の父親が誰か知らなかった。尼君によれば、それは飛鳥井女君が事情を決して話さなかったからであるという。そして尼君は遺児のことを、次のように言う。

兵衛督の知るべきゆかりと、ほの聞きはべりしかど、この自らは、さらにことの外に思ひて、数ならぬ身のほどにたぐひたまはんも、いとかたじけなきことになんはべりしかば、かくにこそはべりけれ。（巻三②五九〜六〇）

尼君自身は、遺児の父親が兵衛督《ひょうえのかみ》(13)の縁者であるという噂を聞いていたのだという。しかし、その噂に関しては飛鳥井女君自身が否定していたという状況であった。とはいえ、時すでに遅しである。飛鳥井女君が真相を話さなかったこともあり、父親が狭衣であるとも知らずに、遺児は一品宮の養子に出されてしまっていた。

さらに、遺児を引き取った一品宮はどうだったであろうか。一品宮は狭衣と結婚することになるが、その後、遺児の父親が狭衣であったことを知る場面がある。狭衣が呟いた独り言の和歌を一品宮の乳母子の中将という女房が聞き、中将から告げられることによって一品宮は真相を知る。そのとき一品宮の心中は、次のように語られている。

さはこの児は、なにがしの少将のと聞きしは、あらざりけるにこそ、これによりて、このわたりにはあながちに尋ね寄りにけるにこそ、いみじう物思ひたるさまなるも、このことにこそと心得たまへば……（巻三②一二三）

「なにがしの少将」の子と聞いていたがそうではなかったこと、そして、狭衣が自分への接近をはかったのも、物思いにふけっている様子なのも、この子が原因であったということを、一品宮はここで知ったのである。逆にいえば、この時点まで一品宮は、この子の父親を「なにがしの少将」であると思っていたことになる。尼君は、飛鳥井女君が子の父親に関する噂を否定していたと語っていたはずだ。しかし、それでも、この子は養母の一品宮に「なにがしの少将」の子と信じられて養育されていたのである。

いつの間にか、飛鳥井女君は「少将」と交際していたことになってしまった。狭衣が少将と偽ったとき、飛鳥井女君も乳母もそれが偽りであることに気づいていた。しかし、訂正されないままに噂として流れ続け、遺児は少将の子として一品宮のもとにたどりついたのである。これは、女二宮の物語や一品宮の物語とも似た構造になる。女二宮の物語の場合、狭衣と女二宮という、あったはずの関係はなかったこととされ、生まれた若宮は嵯峨帝と大宮の子として処理された。その結果、後に若宮の父親が狭衣であることが明かされることによって、狭衣と大宮という、なかったはずの密通が創出された(14)。また、一品宮の物語の場合、狭衣と一品宮という、なかったはずの関係があったことにされ、婚姻が成立してしまった。これらと同じように、狭衣と飛鳥井女君の関係はなかったことにされ、「少将」と飛鳥井女君の関係があったことになってしまったのである(15)。

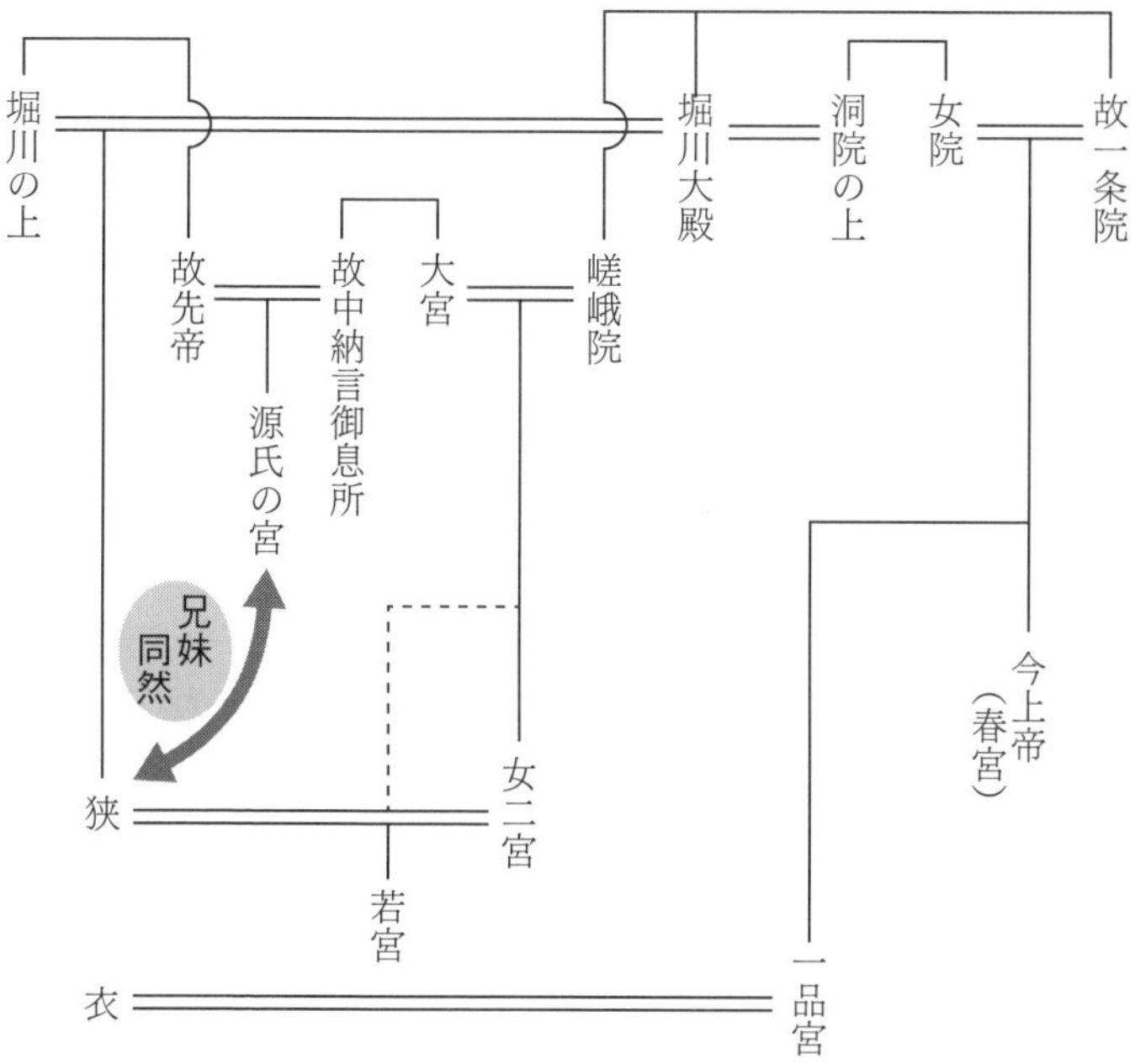

そして、それは、〈文目〉の中で情報が正確に行き交わなかったために起こったことである。誰かがどこかで情報を交換していたら、飛鳥井女君の悲劇はなかったかもしれないし、遺児が養子に出されることもなかったかもしれないのだ。

4　見えない〈文目〉

以上のように、張りめぐらされながらも、情報が交換されない〈文目〉が存在している飛鳥井女君の物語であるが、それだけでは説明できない人物がいる。それは、今姫君の母代である。先に述べたように、今姫君の母代はどういうわけか狭衣と飛鳥井女君の関係を知っていた。そして、彼女の持っている情報は奇妙なほどに詳細である。

狭衣に飛鳥井女君のことを切り出す場面において、母代はまず、「思ひかけぬ人の御文持ちてはべりし」（巻三②五〇）と、狭衣の文を見たと言う。狭衣は取りあわないようにしようとするが、母代は高らかに笑って「今日のひる間はなほぞ恋しき」（巻三②五〇）と口ずさむ。この一節は、巻一で狭衣が飛鳥井女君に送った文の通りであった。さらに母代は次のように語る。

「いで、さればこそ、ことの外にのたまはせつれど、この御前の母は、故平中納言の御妹ぞかし。その御姉は、女院に、中納言の君とてさぶらひたまひしを、筑前の前司なにがしの朝臣に盗まれて、遠きほどまでおはしたりしが、守失せて後、尼になりて、常盤といふ所におはする。中納言の女は、乳母のもとに心細げにてなど聞かせたまひて、常に召ししかど、乳母、心かしこくて、ものしたたかなるさまにしなさんとて、参らせざりしほどに、御覧ずるやうもはべりとかや。前の別当、左衛門督の子の少将と名のらせたまひけるを、いでや、さやうのなま公達の蔭妻にて、益なしとて、三河守なにがしが殿に親しくさぶらふらんを知らせざりけるとかや。あさましきことなりかし。女には知らせで盗ませて、筑紫へ具しはべりける道にて、女泣きこがれて、身を投げてんとて、せがい

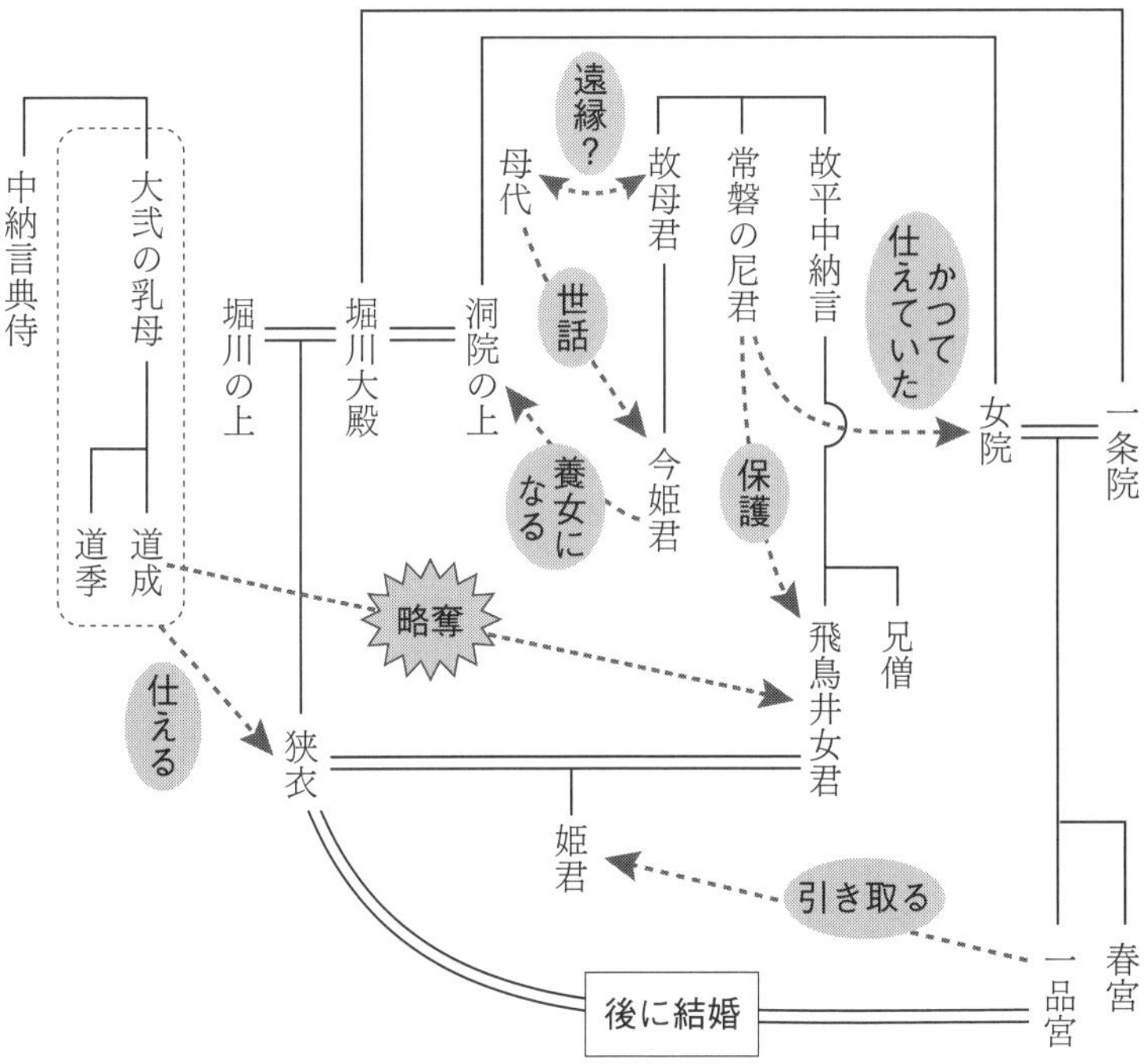

に出でてはべりけるを、兄の禅師の君、目あやしき法師、いみじき聖にてはべりける、伯母につきて筑前より上りけるに、見つけて常盤に置きたりける。世に知らずうつくしき子を生みたりけるは、いかにとかや、その案内は申さじ。明け暮れ物を思ひて、先つ頃、尼になりてこそ失せはべりにけれ。容貌など、御覧じけん。さばかりなる侍りなんや。ただ人ざまなどこそ、あやしうおしなべての人には似はべらざりしか」

（巻三②五一〜五二）

今姫君の亡き母親は、故平中納言の妹なのだという。彼女には姉もいて、その姉は女院に中納言の君という名で仕えていたが、筑前の前司に盗まれて遠くへ下り、前司の死後に出家をして常盤にいる。

この人物は先に確認した、この後で狭衣が会うことになる、常盤の尼君である。そして、中納言の娘、すなわち飛鳥井女君は女院のもとに召されることもあったが、乳母が暮らしを考えて出仕を断り、その頃に狭衣と会うことがあったという。これは狭衣が知らなかった、飛鳥井女君の事情である。さらに母代は、狭衣が少将と名乗っていたこと、乳母は道成が狭衣に仕えていることを知らせずに女君を略奪させたこと、死のうとした女君が兄僧に救出され常盤に保護されたこと、さらには出産の後に尼になり死んでしまったことなどを語る。

これほどまでに詳細な情報を、母代は一体どこから手に入れたというのであろうか。狭衣が飛鳥井女君に宛てた手紙を見たというのは、おそらく常盤の尼君のもとでのことだろう。しかし、先に述べたように、常盤の尼君は飛鳥井女君と狭衣の交際のことを知らなかった。ということは、常盤の尼君は手紙を書いたのが狭衣であるということも知らないことになる。そうなるとなぜ母代はこの手紙が狭衣のものであると分かったのかという疑問が生じるが、母代はおそらく筆跡から狭衣のものであると判断したのではないだろうか。狭衣は洞院《とういん》の上に言われてしばしば今姫君のもとに出入りしていたのだから、母代に筆跡を知られていても不思議ではない。それにしても、狭衣の筆跡と気づいた時点で母代がそれを常盤の尼君に告げていれば、遺児が一品宮のもとに渡ることは防げたと思われる。やはり、ここでも近しい者同士の情報の不伝達が起こっている。母代の発言により、人間関係がさらに複雑にあやなされていたことが明らかになったが、今までと同様、その〈文目〉は機能していないのだ。

それでは、母代が語る詳細な情報は、どこからもたらされたのであろう。狭衣の手紙であることが推測できたとしても、ここまでの経緯を推測だけで導き出すのは不可能である。何も知らなかった常盤の尼君ではなく、別の誰かから情報を得たことになる。しかし、それは物語のなかで語られない。母代がどういった人間関係のなかで誰からこの情報を手に入れたのか、一切は不明なのである。

ここにもうひとつ飛鳥井女君の物語を動かすものの存在を考えることができる。先に述べたように、物語に直接描かれている〈文目〉は、飛鳥井女君をめぐる情報を行き交わせる可能性を示していた。しかし、それは機能せず、姿を見せているのに切断された〈文目〉であった。一方、物語に直接に描かれない何らかの〈文目〉が確かに存在していて、そこでは飛鳥井女君に関する情報が詳細に流れているのである。決して姿を見せないのに、確かに機能している〈文目〉があったのだ。

この母代という人物は経歴がほとんど不詳である。「母のなま親族の、高きまじらひはせで、人数ならで若きまじらひわぶる人」（巻一①一〇二）で、「さすがにゆゑづき、物見知り顔にて、いとしも見ぬことも知り顔になどやうにて、かたはらいたき物好みなどさし過ぎたる者」（同）とされている。今姫君の母の遠縁で、高貴な人々との交際ができずにいるが、知ったかぶりをして趣味の悪さを差し出がましく発揮している者というわけだ。「母のなま親族」ということで常盤の尼君とのつながりは納得できるが、「なま親族」というのがどの程度の遠縁なのかは分からない。さらに、「高きまじらひはせで」には内閣文庫本「高きまじらひはしてあれど」という異同があり、問題のある箇所ではあるが、とにかく経歴も不詳である。そして、不詳でありつつも余所につながりを持っていそうな経歴がほのめかされていることによって、背後に見えない〈文目〉が想定できるのである。今姫君の乳母でもない「母代」という正体の知れない存在だからこそ持つことのできる見えない〈文目〉。それは飛鳥井女君や狭衣の「乳母」を中心にした見える〈文目〉とは全く対照的なものである。

おわりに

母代をめぐる、見えない〈文目〉の存在。物語はそれを示すことによって、母代の他にも狭衣と飛鳥井女君の恋の顛末を知る者がいる可能性を示している。春宮（後一条帝）が狭衣の源氏の宮恋慕を知っていたように。[16] しかし、この見えない〈文目〉は、狭衣を常盤に向かわせはしたが、それ以上に物語を展開する力を持たない。既に飛鳥井女君はなく、遺児も一品宮の養子になった後であった。そして、見えない〈文目〉の中では詳細な情報を得て狭衣に伝える役割を果たした母代も、常盤の尼君とつながる〈文目〉のなかでは、他の人物たちと同様に情報交換をしていない。

飛鳥井女君の物語には、ふたつの〈文目〉が存在している。表に見える〈文目〉は、情報を行き交わせる可能性を示しながらも機能せず、情報が行き交わないことによって人々を動かし、物語を展開させていた。一方、その裏の見えない〈文目〉では、情報が詳細に流れていた。このふたつが、織物の表と裏のように飛鳥井女君の物語をあやなしていたのである。

それは『うつほ物語』や『源氏物語』で確認してきたような脇役のあり方と大きく違う。情報が行き交わないこと、あるいは、思いもよらぬところで流れていくこと。これらは『狭衣物語』が作りあげた、物語を展開させるための独自の方法なのである。では、そうしたなかで、女房たちは何をしているだろうか。彼女たちのあり方も先行物語を大きく裏切るものとなるが、それを次章でみていこう。

第二章　女二宮周辺の女房・女官

はじめに

前章では、巻一を中心に展開する飛鳥井女君物語を扱い、『狭衣物語』における脇役たちのありようを分析してきた。近いところにいる人物同士が情報を交換する可能性を持ちつつも、しかし、それが機能することはない。それが飛鳥井女君物語を悲劇へと導く動力であった。では、巻二以降の他の女君の物語ではどうであろうか。そして、脇役の中でも本書のテーマである女房たちは、どうであろうか。

不思議なことに、『狭衣物語』において、男君と女君との関係が生じるとき、そこには女房が介在しない。手引きする女房もいなければ、その場に居合わせる女房も誰一人としていない。

狭衣が女二宮と関係を結んだときも、一品宮《いっぽんのみや》との噂が立ったときも、そこに女房は居合わせなかった。宰相中将妹君とも、関係を結ぶに至るときは狭衣は誰にも気づかれないように侵入している。これは主人公たる狭衣に限ったことではなく、宰相中将が今姫君と関係を結んだときも手引きの女房のない単独行動であった。

一方、女房に手引きを求める場合、その試みは必ず失敗に終わっている。女二宮の出家後に狭衣からたびたび取次を求められた中納言典侍や、権大納言に一品宮への仲介を求められた中納言の君といった女房たちは、これを頑なに拒んでいる。

このことは、『狭衣物語』の重大な特徴とはいえないか。[1] 男女関係の事件が起きたとき、誰も居合わせなかったとしても、自ら動くことのない女君に代わって動くのは他ならぬ女房たちである。『狭衣物語』では、真相を全て知る女房など誰一人としていないのに、いや、いないからこそ、女房たちによる誤解や思い込みで物語が展開していくことになる。本章では女二宮に関する場面から、女房たちが『狭衣物語』に何をしているかに迫っていこう。

1　示される情報の違い

笛の演奏で奇瑞を起こしたことがきっかけとなり、狭衣に嵯峨帝の娘である女二宮の降嫁の話が持ちあがる。まず、狭衣の両親（堀川大殿・堀川の上）がこの降嫁の話を進めるように狭衣に催促してくる場面から確認しよう。そのときに狭衣や両親が女二宮がわへの仲介としている女房や、双方からもたらされる情報に注目してみたい。

女二宮との縁談に関して狭衣は、堀川の上に向かって、「ただ大宮のめざましきことにむつかりたまひけるものを」（巻一①六八）と発言している。嵯峨帝の提案に対して、女二宮の母である大宮が不快感を示しているということを、狭衣はこの縁談を断る理由にしようとしているのだ。それに対して堀川の上は、

母宮のさのたまはんには、あるまじきことにこそあなれ。一日、藤三位の、上ののたまはせしさま

を、語られたるを聞きて、ことさらにごそ、申しし人見んと思ひしか、かくまで御けしきのあらんを聞き過さんもかひがひしからずや、とこそあなりしか。母宮の御こと、さも聞かぬにや……

（巻一①六九～七〇）

と答えた。堀川の上は、大宮が反対するならば無理だろうと言いつつも、「藤三位《とうさんみ》」という人物からの言葉を伝えている。この藤三位は、嵯峨帝の言っていたことをまた聞きしたうえで、この降嫁の話を聞き過ごすのはよくないと言ってきたようだ。堀川の上はさらに、藤三位は大宮の反対を聞いていないのだろうかと疑問を口にする。

堀川の上は、狭衣に同意しているようでいて、藤三位の伝聞を盾にとって、あくまで大宮の反対は知らないと主張していることになる。これを、大宮の反対を知っていながら知らないふりをして結婚をつきつけている、したたかな発言であると取る見方もある。(2) しかし、それにしては、狭衣と堀川の上の接触する人物が重ならないことが気にかかる。なにしろこの藤三位なる人物は、この先一度たりとも狭衣と接触しないのである。

また、堀川大殿が「よからん日して侍従内侍のもとにほのめかしたまへ」（巻一①六六）と言ったり、堀川の上も「かの侍従内侍のもとに、御けしきほのめかしたまへ」（巻一①九二）と言ったりと、両親は狭衣に何かと「侍従内侍」という人物に意向を伝えよと指示をする。両親は、侍従内侍に嵯峨帝（あるいは女二宮）との仲介をさせようとしているわけだ。しかし、この侍従内侍もこの先の物語に登場しない。物語は、狭衣と藤三位や侍従内侍との接触を決して描かないのである。

では、狭衣は大宮の反対を誰から聞いたのであろうか。それは、狭衣がたびたび接触する中納言典侍ではないかと考えられる。(3) 彼女は、「内裏にさぶらふ中納言典侍は、大弐の乳母の妹ぞかし。皇后宮も睦ましきゆかりにて、幼うより候へば、宮たちをも、ことのついでにも時々聞こえいでしかば……」(巻二①一六六)と紹介される人物だ。狭衣の乳母である大弐《だいに》の妹であり、典侍の職にあるが大宮にも縁あって仕え、姫宮たちの様子を何かと狭衣に話しているという。両親が藤三位や侍従内侍と接触しているのに対して、狭衣は乳母の妹というつながりから、この中納言典侍と接触しているのだ。

侍従内侍と中納言典侍は同じ内侍所《ないしどころ》の女官として近しいところにいる。一方、藤三位はどうであろうか。彼女はおそらく巻二で一度だけ示される「さるべき御乳母の三位たち」(巻二①二二三)に該当する人物で、嵯峨帝の乳母であると考えられる。平安時代中期以降、天皇の乳母が典侍になり、やがて三位に叙せられる例が多いとされるが、(4) この藤三位もそれに当たるのであろう。現職の典侍かは不明だが、侍従内侍や中納言典侍とは近しいはずである。

しかし、中納言典侍は、典侍の職にあるだけでなく、大宮にも仕えていた。だからこそ、大宮が反対しているという情報が得られたのであろう。そして、それは藤三位にまでは伝わらなかったのではないだろうか。もちろん狭い宮中の近しい女房たちの情報網を侮ってはならないと考える向きもあろう。しかし、たとえば、女二宮の妹である女三宮周辺の女房が、狭衣に女二宮の降嫁の話があがっているのを知らなかったことが示されている箇所もある。狭衣は、女三宮の女房が中務宮《なかつかさのみや》の姫君のことを噂し、「かの姫君こそ大将の具にはせまほしく見えたまへ」(巻二①一七〇)と、その中務宮の姫君を狭衣の結婚相手にしてみたく見えると言うのを立ち聞きしている。情報などたやすく行きかうように見える宮中だが、『狭衣物語』の、特に女二宮物語の世界においてはそうではない。誰にどのように仕える女房なのかという微妙な違いが、持っている情報の違いを生み出し、しかもそれを滞らせているのである。そして、接触する女房の違いから、狭衣と堀川の上の持つ情報の食い違いも生じたことなのではなかろうか。

2　存在しないはずの手引きの女房

狭衣は中納言典侍と接触しているが、大弐の乳母に言われて親しくしているのであり、女二宮との仲介を求めているわけではなかった。女二宮と関係を結ぶ事件が起こった日も、中納言典侍が大宮の供でその場にいなかったため、そこにたたずんでいるうちに女二宮らを垣間見た。そして、夜居の僧が妻戸の鍵をかけてしまったために出られなくなり、女三宮の乳母が持病で下がったのとともに女房たちが寝入ったところで、女二宮と関係を結ぶに至る。狭衣と女二宮との関係は、あくまで手引きのない狭衣の単独行動として行われた。

翌朝、狭衣は女二宮に向かって、「中納言典侍して、思ひあまらん折々は参らすべき」（巻二①一七五）と、思いあまるときは中納言典侍を仲介にして文を出そうと言っておきながら、その中納言典侍にも女二宮との関係を隠そうとする。女二宮への文を託すときも、その文からの発覚を恐れて「まめやかには、これいみじうしのびて参らせたまへ。あなかしこ。大宮などの御前に散らしたまふな。恥づかし」（巻二①一八四）や「一所に御覧ぜさせたまへ。やがて、破りたまへ」（同）と、女二宮に密かに見せるように、大宮の前に落とさないようにだとか、本人にだけ見せて破るようにだとか、細かい指示をしている。そのうえで、既に関係を結んでいることは「この人にもさやうのけしきを見せじ」（巻二①一八五）と中納言典侍の前でもおくびにも出さないようにする。

さらに、狭衣と女二宮の関係はすぐに中納言典侍の勘づくところとなってしまうが、それをほのめかされても、狭衣は中納言典侍を仲介にすることを控えている。狭衣は中納言典侍に女二宮との関係を隠そうとし、知られてからも決して仲介にしようとしないのだ。

一方、女二宮周辺はどうであろうか。真っ先に事態に気づいたのは女房たちではなく大宮であった。大宮は女二宮の足元に懐紙《ふところがみ》のようなものがあるのを見つけ、女二宮の様子を見て事態を悟った。そのとき、「こは、いかなることならん、さりとも、知りたる人あらんかし」（巻二①一七八）と思う。どういうことだと思うと同時に、そうはいっても事情を知っている人があるはずだと思うのだ。実際のところは「知りたる人」などいないのだが、そう思ったことに注目したい。

また、中納言典侍は、この間に狭衣から文を受け取っている。狭衣は女二宮とのことを中納言典侍には言わなかったが、帰る時に詠んだ独り言の和歌が彼女に不審を抱かせた。

「あなわりなのことや。なほさりぬべき隙あらば」など、のたまひて、
　逢坂をなほ行きかへりまどへとや関の戸ざしもかたからなくに
とくちずさみて立ちかへりたまひぬるを、あやしと心も得ねば、御返りも聞こえさせずなりぬ。
（巻二①一八五〜一八六）

狭衣は中納言典侍に、隙があったら女二宮を間近で見せてほしいと頼み、「逢坂を」の和歌を口ずさんで帰る。男女の隔てをいう「逢坂の関」を行き返りして惑えというのか、その関の戸も堅くはなかったのに、というこの和歌は、既に関係を結んだと言っているようなものである。そしてそれを、中納言

典侍は耳にしたが、どういうことか理解できなかったので返歌もしなかったという。これは『狭衣物語』に特徴的である独詠歌、すなわち独りで思いを詠んだつもりの和歌が立ち聞かれるという手法である。(5)この時は見当もつかなかった中納言典侍だが、女二宮のもとへ行き、大宮が懐紙を発見したのを見て、事態を的確に察した。そして、「もしさることもあらば、我がかごとなどこそ思しめさめ」(巻二①一八六)と考えた。狭衣が女二宮と通じたのならば、大宮は自分のせいだと思うだろうということだ。

さらに、大宮が去った後、中納言典侍は女二宮の様子を見ながら思い乱れる。そこで彼女はまず「むげにしるべなくては、さることのあらんや、またあるにては、この御文をかくせさせたまふべきことかは」(巻二①一八七)と思う。手引きする者なしでこんなことが起こるはずもないが、手引きの者がいるのなら狭衣がその者ではなく自分に手紙を託すだろうか、という疑問である。そしてさらに、「この御方人に思しのたまはするを、必ず思し疑ふらんかし」(巻二①一八七)と、大宮は自分を狭衣側の人間として扱っているから必ず自分を疑うだろう、という考えにたどりついている。中納言典侍の考えでは、誰かが手引きをしたことが前提になっているようだ。

つまり、大宮も中納言典侍も「誰かが知っているはずだ」という誤解をしているのである。大宮の方は知っている人がいるはずと思い、中納言典侍は「しるべ」があるはずと思うという違いはあるが、実際には誰も居合わせなかったはずの事件が、誰かが居合わせたはずだと誤解されているのである。しかし、彼女たちはなぜ、そういった思い込みをしているのだろうか。

3 「昔物語」という幻想

女二宮が狭衣の子を懐妊して、ようやく大宮は乳母たちを問いただす。大宮は、出雲・大和という乳母たちを密かに呼びつけて、「かかることのおはしましけるを、誰も知らぬやうあらじを、などかいままでまろには知らせざりける」（同）と言う。この懐妊に関して、誰も知らないなどというはずもないのに、なぜ自分に報告しなかったのかと問うているのだ。中納言典侍は自分が疑われるに違いないと思っていたが、大宮は乳母の中に知っている者がいるのだろうと疑っていたことが分かる。これに対して乳母は「さりとも、ことのありさま知る人はべらんかし。昔物語にも、心をさなきさぶらひ人につけてこそ、かかることもはべりけれ」（巻二①一九九）と答える。事情を知る者がいるだろうと答えたうえで、「昔物語」にも、幼稚な女房のせいでこういうことが起こるというのだ。

乳母も誰かの手引きがあると思っていることになるが、その根拠を「昔物語」に求めている。後の場面になるが、女二宮の出家後、狭衣に手引きを頼まれた中納言典侍が、

げにあさましきことと、強ひて省ききこえん御仲の契りとは見たてまつらねど、昔物語の姫君などのやうに、中の人の言ふに従ひて、しぶしぶにゐざり出でさせたまふべきにもあらず。

（巻三②九六）

と考えている箇所もある。狭衣と女二宮との関係は、もってのほかと引き裂くような仲ではないが、女二宮は「昔物語の姫君」などのように仲介の女房に従い仕方なく男の前に出てくるはずもない、と思う

のだ。つまり、乳母や中納言典侍には「昔物語」では姫君は女房のせいで男に逢ってしまうのだという認識があるのである。

それでは、ここでいう「昔物語」とは何であろうか。確かに、『源氏物語』における、光源氏と藤壺の密通の手引きをした王命婦《おうのみょうぶ》、柏木と女三宮の密通の手引きをした小侍従などが想起されるが(6)、女二宮の場合、設定は花宴《はなのえん》巻に酷似している(7)。花宴巻で光源氏が朧月夜と逢う場面では、舞台は女二宮の場合と同じ弘徽殿《こきでん》であり、弘徽殿女御は帝のもとへ上がっていて不在、女房たちは寝てしまい、光源氏の存在は誰にも気づかれなかったという設定となっている。ここに女房の手引きはない。『狭衣物語』は『源氏物語』の設定を利用しているが、女房たちの認識は「手引きがあるはず」と、『源氏物語』とは違ったものになっている。その上、『狭衣物語』は『源氏物語』の設定こそ利用するが、作中にはまるで光源氏が過去に実在した人物であるかのように扱う表現があり、『源氏物語』自体は作中人物たちの読むフィクションの物語として設定されていない(8)。「昔物語」は『源氏物語』を指すように見せながら、『狭衣物語』自身がそれを打ち消している。

また、『狭衣物語』中には「昔物語」とだけ示す例と、「「やくなきのばんさう」といひけん昔物語」(巻三②四二)などと具体的な作品名を挙げる例がある。ここはただ「昔物語」とあるのだから、具体的な作品を特定するのはふさわしくないようだ。女房たちの思う「昔物語」というのは、何を指すのか具体的ではない、曖昧なものなのである。

『狭衣物語』は『源氏物語』の設定を利用しながら、それとは違う認識を曖昧な「昔物語」として女房たちに与えている。『狭衣物語』は「昔物語」の何らかの「型」(9)を破ろうとしているのではなく、むしろ女房たちの認識の中に「型」のようなものを作りあげているのである。女二宮周辺の女房たちは、

「男女関係には女房の手引きがあるもの」という「昔物語」を幻想し、それに従って「誰かが手引きしたに違いない」あるいは「自分が手引きしたと疑われるに違いない」と思い込んで動いているのである。女房たちの「昔物語」幻想と、それによる誤解が、物語を展開させる原動力となる。そこにさらに、本章の最初でみたような情報の滞りも加わって、女二宮物語は結末へと向かっていく。

4　共有されない情報

女二宮の妊娠を知り、大宮は心痛のあまり病に伏してしまう。そこで「心かしこき人」（巻二①二〇八）とされる出雲の乳母たちは大宮が妊娠したと奏上した。この偽装工作をした乳母たちも、相手が誰かまでは知らない。一方、相手が狭衣であることを知っている中納言典侍はこの偽装工作を知らない。そのため、中納言典侍を介している狭衣も、この偽装工作を知らない。互いに欠けた情報のみを持っているなか、中納言典侍と出雲の乳母は立ち聞きによって半ば偶然に情報を得る。

出雲の乳母は、狭衣が女二宮の病と大宮の妊娠の見舞いに来たとき、立ち聞きによって事態を悟った。

人知れずおさふる袖もしぼるまでしぐれとともにふる涙かな

聞き分くべうもなく独りごちたまふを、中納言典侍の耳癖に、

心からいつも時雨のもる山に濡るるは人のさがとこそ聞け

と言ふを、出雲の乳母少し近く居よりて聞くに、耳とまりけり。

（巻二①二一五〜二一六）

女二宮を想い、傍目には何かわからない独り言のようにして和歌を詠んだ狭衣だが、中納言典侍は「耳癖」のために聞き分けることができ、涙は狭衣自身の性格のためだと返歌をした。このように、もとより贈答歌のつもりでないものが、聞き分けた者のせいで贈答歌になるのはこの物語に散見される趣向だが(10)、それだけではない。この中納言典侍の和歌を、近くに寄っていた出雲の乳母がさらに聞いていた。

そして、女二宮出産の後、出雲の乳母はこれを大宮に告げる。そのとき大宮がまず思ったことは、やはり「中納言がしわざにや」(巻二①二一九)であった。さらに大宮は「この御事をも知りたらんを、かかる心がまへなどいかに聞くらん」(巻二①二一九)と、狭衣は女二宮の出産を知っているだろうが、この偽装工作をどう聞いているだろうと思っている。しかし、それは誤解である。狭衣は女二宮が妊娠したことも、この偽装工作のことも知らない。それなのに、大宮は知っているはずだと誤解している。女房同士だけでなく、乳母と大宮の間でも情報が正しく交換されていなかったことがわかる。

また、大宮は真相を知る直前、若宮を見て「雲居まで生ひのぼらなん種まきし人もたづねぬ峰の若松」(巻二①二一九)と詠んでいた。種をまいた父親も訪ねない若松(＝若宮)に、雲居まで登って帝位についてほしいと願う和歌だが、今度はこれを、中納言典侍が聞いていた。そして中納言典侍は、そこでようやく真相に思い当たる。逆にいえば、中納言典侍は大宮の独り言を聞くまで、この若宮が大宮の子ではなく女二宮の子であることを知らなかったのだ。

さらに、産湯からあがった若宮を前に、中納言典侍と出雲の乳母が話す場面もある。中納言典侍は若宮を見て狭衣に似ていると言うが、それに対して出雲の乳母は「知らぬやうはあらじとつらければ」(巻二①二二）と、中納言典侍が知らないはずはないので憎く、似ていないと否定する。出雲の乳母は中納言典侍が全て知っていると思った上で、自分自身は知らぬふりをしているし、一方の中納言典侍は出雲の乳母が何も知らないのだと思っている。互いに誤解したまま、ついに情報を交換することなく終わる。

狭衣が女二宮と関係を結んだ時、そこには女房が誰も居合わせなかった。そして、誰も居合わせなかったはずであるのに、皆が「手引きの女房があったはずだ」と思いこんで動いた。特に女房たちの思い込みの根拠は「昔物語」という幻想であった。そして、乳母たちは相手の男が誰であるかという情報を握れないままに偽装工作し、早い段階で相手の男の情報をつかんだはずの中納言典侍は偽装工作の情報を握れなかった。互いに欠けた情報のみを持つ女房同士でありながら、それぞれの情報が交換されることはなく、ただ立ち聞きによってのみ情報が収集された。さらに、立ち聞きのみで情報を得たがゆえに、誤解が解かれることはなかった。

ここでも、同じく大宮に仕える中納言典侍と出雲の乳母に、微妙な職分上の違いがあることに気をつけなければならない。中納言典侍は内侍所の女官と大宮の女房を兼ねている。しかし、彼女は「内裏にさぶらふ中納言典侍」（巻二①一六六）であり、「皇后宮も睦ましきゆかり」（同）と、あくまで主たる勤めは典侍の職なのである。[11] 一方、出雲をはじめとする乳母たちは女二宮のそば近くで伺候する者である。勿論、内親王の乳母は『後宮職員令』に三人と定められているから、乳母のうちの何人かは女官のはずである。しかし、そうであったとしても、『狭衣物語』中に彼女たちが女官としての動きをみせる箇所はなく、内侍所の女官たちと同じように働いているとは考えにくい。この両者の女房として立ち入ることができる領域は別のはずである。それを『狭衣物語』ははっきりと区別して描いているのだ。互いに近しいところにいながら、この微妙な違いが、情報を交換させなかったのである。

既に確認してきたように、女二宮物語のはじめには、女房たちの職域の微妙な違いが、持っている情報の違いを生み出していることが示されていた。中納言典侍と乳母たちもやはりそうだったのである。そして、狭衣が親しかったのは中納言典侍の方であった。狭衣の乳母の妹であり、典侍という女官であり、大宮のもとにも仕えるという彼女の設定は重要であった。乳母の妹であるからこそ狭衣と親しく、大宮にも仕えるからこそ女二宮のことを狭衣に知らせてくれる存在である。しかし、典侍を兼ね、大宮のもとが主たる勤め先ではないがゆえに、女二宮の最側近とはならず、乳母たちの偽装工作の情報を握ることができなかった。だから彼女を仲介にした狭衣は身動きが取れなくなり、手遅れになったのだ。女二宮物語は、女房たちの微妙な職域の違いが生み出す情報の違いによって動かされていったのである。

全てが終わり、ようやく狭衣にも情報が渡ったとき、すでに若宮を大宮の子とする偽装は完了していた。この若宮は帝位につく可能性すらある皇子として認められていく。狭衣と女二宮の、確かにあったはずの関係はなかったこととして処理された。

しかし、それは狭衣と女二宮との関係がなかったことになっただけでは済まされない。偽装工作は母親を偽るためのものであったが、大宮の子とした以上、父親は嵯峨帝でなくてはならないからである。母親を偽装するために、父親までも偽装したのである（勿論、乳母たちは本当の父親が誰と知らないままに）。それが、物語の終盤で、狭衣即位のためにこの若宮の「父親」が問題とされてしまう。狭衣即位を告げる天照神の託宣は「若宮は、その御次々にて、行く末をこそ。親をただ人にて、帝に居たまはんことはあるまじきことなり」（巻四②三四三）と告げてしまった。若宮の即位は次であると告げるとともに、親を臣下にしたまま帝になってはならないというこの予言は、若宮の父親が狭衣であることを暴露するものである。物語の最後に、父親の方のみが明るみに出る結末に至ったのだ。狭衣と女二宮という、確かにあったはずの関係はなかったこととなったが、嵯峨帝と大宮という形では済まされず、最後に狭衣と大宮という関係で決着してしまったのである。[12] ありえなかった密通が生みだした、まさに「偽の冷泉帝[13]」である。

ただし、この物語はそれを問題にしない。この託宣の意味に思い当たれる者はなく、「誰も心得ずあやしう思しける」（巻四②三四四）と不思議に思うばかりだ。情報がないゆえに独詠歌を聞いても何のことか思い当たれない人々が動かしたこの物語は、結末に至っても「真相に思い当たれない」という展開を採用し、狭衣と大宮の密通を問題にしないのである。[14] わずかに、後に若宮（兵部卿宮《ひょうぶきょうのみや》）と対面した嵯峨院が、狭衣に生き写しの若宮に「あるまじう、天照神もほのめかしたまひけんことも、あるやうありけるにこそ」（巻四②三八二）と、あの託宣にも仔細があったのだと真相に気づき、「故宮の御ためぞいとほしかりける」（巻四②三八二）と故大宮にとっては気の毒なことだと語られるのみである。

おわりに

以上、女二宮の物語が何を動力にし、いかに展開させているか、その方法について検討してきた。狭衣が女二宮と関係を結んだとき、そこには女房が誰も居合わせなかった。しかし、女房たちは「昔物語」という幻想を根拠に、手引きの女房がいるはずだと思い込んで動いた。さらに、女房たちは欠けた情報を直接に交換することもなく、立ち聞きのみで補い合う。女房たちの思い込みと実際とのずれは、情報を操作する乳母たちが、情報を共有できない典侍を「手引きの女房」に仕立て上げることによって埋められ、誤解を誤解のままにして展開していった。『狭衣物語』の世界では、互いに近しいところにいるはずの女房たちでも、誰にどのように仕えているかという微妙な違いによって、持っている情報に違いが生じ、その交換もなされない。そして、情報を握れないだけでなく、握れないまま動き、物語を展開させるのだ。

狭衣をやがて帝位にまで押しあげる若宮の存在は、こうした女房たちの動きによって作りあげられた。『狭衣物語』の女房たちは手引きもしないし情報も握れない。先行物語における女房たちのあり方を裏切り、しかし、「昔物語」を幻想して動く。先行物語における女房たちのあり方を、『狭衣物語』自身が「女房たちはこうであるはずだ」という幻想に利用し、裏切っていく。こうした方法は『狭衣物語』の独自性が強烈に出ているところと言えよう。しかし、先行作品を豊かに取り込んでいく『狭衣物語』の、先行作品への向き合い方はひとつではない。『源氏物語』を例に、それを次に確認してみたい。

第三章　一品宮物語と『源氏物語』夕霧巻

はじめに

前章では、女二宮物語において女房たちが何をしているか明らかにした。彼女たちは男女の関係が生じる場に居合わせず、情報を握れないし、その交換もしない。しかし、それでも動いてしまう。欠けた情報のみを持ったまま動く女房たちは、物語を確実に悲劇へと導く。これは女房たちの情報網が重要な役割を果たしていた先行物語のあり方を覆すものである。しかも『狭衣物語』は女房たちに「昔物語」を幻想させせながら覆す。女房たちが動き、物語を悲劇へと導くための仕掛けの一つが、「昔物語」への幻想だった。先行物語を豊かに取り込む『狭衣物語』は、それを自らの物語の動力としているのだ。それでは、それはいったいどのような方法で行われているのだろうか。これまで見てきたような女房たちの機能と同じように、物語が支えられ、動かされていく様が、先行物語の引用から見えてくるのではないだろうか。本章では、『源氏物語』との関わりからそれを見出したい。

『狭衣物語』には様々な形での『源氏物語』引用が指摘できる。前章で見たような、狭衣と女二宮が通じる場に、『源氏物語』花宴《はなのえん》巻の設定が利用されているのもそのひとつだ。『狭衣物語』における『源氏物語』引用は例をあげればきりがないが、そのなかでも、夕霧の物語との関係に注目してみたい。巻四で描かれる斎院での蹴鞠の場面に、注意すべき箇所がある。

この場面において、狭衣は、「ややもせば、下りたちぬべき心地こそすれ。などて、今しばし若うてあらざりけん」（巻四②二三八）と発言する。庭に下りて蹴鞠に参加したくなる、どうしてもう少し若くなかったのだろうという発言だが、これが『源氏物語』若菜上巻の六条院蹴鞠における光源氏の発言を意識したものであるのは明らかである。(1) しかし、光源氏を意識したはずの狭衣は、周囲の女房によって「まめ人の大将は、おはせずや侍りける」（巻四②二三八）と夕霧のように参加することを求められる。語り手はさらに「桜を避きて」と呟いた柏木と狭衣を比べているが、この場面で狭衣が夕霧と同じ「大将」であることも含め、自身を光源氏になぞらえたにもかかわらず周囲によって夕霧扱いをされてしまうというのは注目に値することではないか。『狭衣物語』は男主人公に〝夕霧性〟とでもいうべきものを与えているようである。光源氏でも薫でもなく夕霧というあたりに、『狭衣物語』の対『源氏物語』意識がうかがえるのではないだろうか。

そして、それとは位相の異なる形となるが、巻三における一品宮《いっぽんのみや》（一条院女一宮）(2) との結婚に至る展開も、やはり夕霧への意識がうかがえる。『源氏物語』の正篇も終盤近く、夕霧巻の展開は、次のようなものであった。

女三宮との密通が光源氏に露見した後、病となった柏木は、死の間際に夕霧に自分の妻である落葉宮（朱雀院の女二宮）の世話を頼む。その後、夕霧は落葉宮に恋心を抱くようになり、夕霧巻ではその恋の顛末が描かれる。落葉宮の母である一条御息所が物の怪を患い小野に移ると、見舞いに訪れた夕霧は落葉宮の部屋に入り思いを訴える。落葉宮はこれを拒み、実事なく一夜を過ごすことになるが、夕霧の姿は律師に目撃されてしまう。一条御息所は心ならずも結婚を許す文を送るが、その文を夕霧は妻である雲居雁《くもいのかり》に奪われ、読むのが遅れてしまう。その間に一条御息所の病は心労がたたって重くなり、ついに死んでしまう。これで落葉宮はますます心を閉ざすが、夕霧は落葉宮を一条宮に連れ戻す。落葉宮は塗《ぬり》籠《ごめ》に逃げるが、小少将という女房の手引きで夕霧は塗籠に侵入し、拒まれていながらも結婚を強引に進めていく。

こうした夕霧巻の展開は、『狭衣物語』の一品宮の物語と共通性を持っているとはいえないだろうか。狭衣と一品宮との結婚のきっかけは、一条院を訪れた狭衣が権大納言に姿を見られたことであった。権大納言によって狭衣と一品宮との間には覚えのない噂が立てられ、やがて結婚は不可避の状況に陥ることになる。濡れ衣によって動かされ、男君と皇女が結婚に至るというこの物語は、明らかに『源氏物語』夕霧巻と共通性を持っている。(3)

『狭衣物語』は男主人公の結婚という重大な局面に、やはり光源氏でもなく薫でもなく、夕霧の物語を取り入れたのだ。一品宮物語の場合は、斎院蹴鞠の場面のような直接的な引用ではなく、物語に散りばめられた諸要素や物語を動かす力学に、夕霧巻の引用が読み取れる。たんに狭衣に夕霧性ともいうべきものがあるというだけではなく、物語の構造・方法そのものに夕霧巻が巧みに取り込まれている様が見えるのだ。

本章では、『狭衣物語』一品宮物語を中心に、今まで指摘されてこなかった夕霧巻との関係を新たに指摘した上で、『狭衣物語』の独自性について考察していきたい。ここまで論じてきた「女房」の問題からはいささかそれるが、しかし、夕霧巻との関連を見るうえで注目すべき女房も登場している。『狭衣物語』は『源氏物語』夕霧巻に、いったい何を見出したのだろうか。そして、それはどのような方法となって、独自の物語を作りあげているのだろうか。

1　噂が成立させる関係

狭衣と一品宮との関係は、狭衣が一品宮のもとに通っているという噂が流れたところから始まった。そのきっかけとなる場面をまず確認したい。狭衣は、飛鳥井女君との間に生まれた娘（飛鳥井姫君）が一品宮に引き取られていたことを知ると、一条院を訪れ、立ち聞きや垣間見をするようになった。そして、そこで権大納言とはち合わせてしまう。

狭衣は飛鳥井姫君に会えることを期待し、いつものように一条院に立ち寄った。しかし、「弘徽殿の南の戸口は、まづぞ思ひ出でられたまひける」（巻三②七八）と、女二宮との一件のきっかけとなった「弘徽殿の南の戸口」を思い出し、その反省から引き返そうとしたところで、「ありつる車の人にや、烏帽子直衣なる人の、ふとさし合ひたるに」（巻三②七八）と、この邸の前に止まっていた車の主であろう烏《え》帽子直衣《ぼしのうし》姿の男（権大納言）とはち合わせてしまう。このとき狭衣は「袖して顔隠して」（巻三②七八）いたものの、「闇はあやなき御匂ひより始め、人にまがふべくもなき御ありさま」（巻三②七八）と、香りと容姿によって、狭衣その人であることが知れてしまう。顔を隠していても、第一に香りから察知されるという設定になっている。

一方、狭衣を目撃した権大納言は、懇意にしている女房の中納言の君（一品宮の乳母子）にこのことを告げる。狭衣はただ自分の娘である飛鳥井姫君に会えることを期待して立ち寄っていただけなのだが、権大納言は一品宮のもとに通っていると誤解している。中納言の君に「かかれば、さしもことの外にのたまふなりけり」（巻三②七九）と、だから自分のことはもっての外のように言うのだ、つまりは自分を一品宮のもとへ手引きをしないのは狭衣がいるからだろう、という文句を言っていることからも分かるように、自身が一品宮に言い寄ろうとしていた権大納言は、狭衣と一品宮との間に関係が既に成立していると信じ込んでいる。

これら最初の設定に、まず夕霧巻との共通性が見出せるのではないか。夕霧は落葉宮に言いよったものの、拒まれて実事のない一夜を過ごした。しかし、二人の間には関係が生じているものとして噂が立ってしまうことになる。そして、夕霧巻でも、情報は第三者の男である律師からもたらされた。律師は一条御息所に、次のように語る。

今朝、後夜にまうのぼりつるに、かの西の妻戸より、いとうるはしき男の出でたまひつるを、霧深くて、なにがしはえ見わいたてまつらざりつるを、この法師ばらなむ、大将殿の出でたまふなりけりと、昨夜も御車も返してとまりたまひにけると、口々申しつる。げに、いとかうばしき香の満ちて、頭痛きまでありつれば、げにさなりけりと、思ひあはせはべりぬる。（夕霧⑥三一）

このように、律師は落葉宮の部屋がある西の妻戸から出てきた美しい男を目撃したと語る。律師自身は霧深くてわからなかったものの、法師たちは大将殿（＝夕霧）が出てきたのだということや、昨夜も車を戻して泊まったのだということを口々に言っていた。そして、頭が痛くなるほど芳しい香りが満ちていることから、法師たちの言葉に納得したという流れである。律師は顔は見ていないものの、香りでそうだと納得しているのだ。

目撃者の男によって情報がもらされること。その男は顔を見なかったものの、香りを判断の一要素にしていること。そして何より、本人たちに実事がなかったにもかかわらず、出てきたところを目撃されために、実事があったと判断されたこと。今まで注目されてこなかった点であるが、夕霧巻と一品宮物語には、これほど一致する要素があるのである。

ただし、夕霧巻の場合、夕霧本人は関係を結ぶことを望んでいたものの、落葉宮に拒まれたという展開である。一方、狭衣は飛鳥井姫君に会えることを期待していただけであり、一品宮を目当てにしていたわけではない。夕霧巻と重なりつつも、本人たちに思い当たる節のない噂を生じさせたところに、『狭衣物語』の独自性があるといえる。

また、夕霧巻では一条御息所は次のように言っている。

うちうちの御心きようおはすとも、かくまで言ひつる法師ばら、よからぬ童べなどは、まさに言ひ残してむや。人には、いかに言ひあらがひ、さもあらぬことと言ふべきにかあらむ。（夕霧⑥三四）

自分自身は潔白でも、あれほどに言っていた法師たちや、よくない若者たちが言いふらさないはずがない。他人にはどうやって反論し、無実だと言うことができるだろう、というわけだ。法師たちから噂が広まるのを懸念するとともに、噂がたてば容易に訂正できないであろうことを嘆いているが、夕霧巻において噂が広まっていく具体的な描写はほとんどない。一方で、『狭衣物語』の場合はむしろ広まっていく様を詳細に描き出している(4)。

大将の思しやりしもしるく、大納言は、いとけざやかに出でておはせしを見てしかば、ことにはばかりもなく言ふを、聞き継ぐ人のあまたになりつつ、内裏わたり、院の辺などにても、やうやう言ひ出でければ、近う候ふ人々は、「あさましきことかな。かかる物まねびなせそ」と、かたみに言ひささめけど、片端だに出でそめぬれば、「その夜、その暁に出でたまひし御車、そこそこに立てりしこと。夜深く、その事、御格子、妻戸の開きたりしは、さにこそありけれ」と、折々の立ち聞き、垣間見のほどをも、ほの見ける人々、その折は何とも目留むるもなかりけれど、かかること出で来て後は、忍びつつ各々言ひ合せなどしけり。（巻三②八一〜八二）

権大納言が言い出し、そこから広まり、後一条帝や女院の周辺にまで広がっていく。さらに、一条院の女房たちは、言いふらしてはいけないと言い合いつつも、噂が立ってしまえば、その晩、その暁に車がどこそこにあったとか、夜深くに格子や妻戸が開いていたとか、狭衣がしていた立ち聞きや垣間見を見た当時は何とも思わなかったことを、ここに至って納得していく。夕霧巻が描かなかったことを、『狭衣物語』は詳細に描き出すのである。

2 「少将」という名の女房

夕霧巻と一品宮物語との関係をさらに考えていくために、ここで『狭衣物語』に登場する「少将命婦」という人物に注目したい。なぜなら夕霧巻にも落葉宮の女房として「小少将の君」という名の女房がいるからである。

まず、『狭衣物語』の少将命婦であるが、彼女は巻一から登場し、狭衣の文の取次をしていた。その後はしばらく登場せず、巻三で再登場する。一品宮が飛鳥井姫君を引き取ったと知り、狭衣は彼女の周囲の様子をうかがう。そこに、「早うも、少将命婦とて、親しき人を語らひたまひて、御文時々たてまつらせたまふ」（巻三②七五）と、この少将命婦が以前から文の仲介をしていたことが語られている。そして今は、時折文を出すだけでなく、「自らも、さるべき宵々などには渡りたまひつつ、命婦と語らひたまふ折もありけり」（巻三②七六）と、自身も一条院に行き、少将命婦と語らうことがあったとある。このように少将命婦は、狭衣と一品宮との仲介を果たす女房として登場する。

一方、夕霧巻に登場し落葉宮に仕える小少将も、夕霧と落葉宮の仲介を担当していた。一条御息所の死後には、夕霧が「少将の君を、取り分きて召し寄す」（夕霧⑥六〇）と、女房たちの中でも特に懇意にしていることが語られている。男君と女君を仲介する役割として登場した女房に同じ「少将」という名が使われているのである。

しかし、その設定には異なるものがある。夕霧巻の小少将は、「大和の守の妹」（夕霧⑥六一）であるので、一条御息所の姪ということになる。吉海直人が指摘する通り(5)、乳母の登場しない落葉宮にとって、小少将は乳母子の役割に近い側近女房であると考えられる。だからこそ、律師から話を聞いた一条御息所はまず「小少将の君を召して」（夕霧⑥三三）と事情を聞いたのだ。そして、これに対して小少将は、

年ごろ忍びわたりたまひける心のうちを、聞こえ知らせむとばかりにやはべりけむ。ありがたう用意ありてなむ、明かしも果てで出でたまひぬるを、人はいかに聞こえはべるにか。（夕霧⑥三三）

と、夕霧は長年の想いを伝えたかったのだろう、落葉宮を気遣って夜も明けないうちに帰ったが、人は

何と言っているのだろうと、実事がなかったのに誤解がある伝わり方をしてしまっていると主張する。

一方、『狭衣物語』に登場する少将命婦は親類でも乳母子でもない。先に確認したように、権大納言が狭衣のことを告げた中納言の君という女房こそが、一品宮の乳母子であった。そして、中納言の君は母親である内侍の乳母に、権大納言から聞いたことを伝える。このとき、内侍の乳母は、「少将命婦の局になん、時々寄りたまふとぞあなりしを、人の言ひなすならん」(巻三②八一)と言う。狭衣が少将命婦の局に寄っていることを人がそのように言うのだという推測である。内侍の乳母と中納言の君の母娘は、権大納言の話は誤解であると了解したのだ。

さらに、一条御息所が小少将の君に事情を問うたように、女院は内侍の乳母に事情を聞く。そこで内侍の乳母は、「権大納言ののたまひけること」(巻三②八二)を伝えたとある。内侍の乳母はこのことが誤解だと分かっていたはずなのに、何を話したのであろうか。その話を聞いた女院は「少将命婦のしわざにこそ」(巻三②八二)と思っている。内侍の乳母がどのような内容を語ったのか、詳細は明らかにされていないが、少なくとも女院が「少将命婦のしわざ」であると思うような内容であったということになろう。このことを聞いて、少将命婦は出仕を控えるようになってしまうが、すると今度は一品宮の兄弟である後一条帝までもが聞いて、「少将がしわざなり」(巻三②八三)と思うようになる。実際には少将命婦のせいではないし、内侍の乳母も誤解であると分かっていたにもかかわらず、彼女は狭衣と一品宮の手引きをしたことにされてしまったのである。

しかし、『狭衣物語』の少将命婦と異なり、夕霧巻の小少将は、実際に手引きした女房である。一条御息所が亡くなり、落葉宮が一条宮に戻った後のことである。なおも拒む落葉宮に、夕霧は「少将の君をいみじう責め」(夕霧⑥七六)て手引きを求めるのだ。そして、小少将は最終的には「人通はしたまふ塗籠の北の口より、入れたてまつりてけり」（夕霧⑥八七）と夕霧を落葉宮のもとへ導くのである。夕霧巻の場合、落葉宮の側近である小少将が手引きをしたのだ。

つまり『狭衣物語』は、男君が懇意とする女房に同じ「少将」という名を使いながら、側近の女房ではない設定にすることによって、夕霧巻の小少将とは対照的に「手引きしていないにもかかわらず、手引きしたとされた女房」にしたことになる。濡れ衣に始まったものの、実際には関係を望んでいた夕霧巻とは対照的に、結婚など望んでいなかった狭衣の物語では、女房「少将」にまで濡れ衣を着せたのである。

3　嘆く母親

確認してきたように、『狭衣物語』の一品宮物語からは夕霧巻との関係が様々に浮かびあがる。それは、細かい部分からも指摘できる。

たとえば、狭衣と一品宮との間に噂が立ったとき、「まいて、なべての世には、年経にけるさまをさへ、つきづきしう言ひなす」（巻三②八二）と、世間では二人の仲は長年に渡ることなのだと、まことしやかに言われることになった。この「年経にける」という表現は、夕霧巻に見られるものである。夕霧巻の場合は、夕霧が落葉宮を一条宮に迎えようとしているなか、雲居雁がわの女房のなかの反応として「年経にけることを、音もなくけしきも漏らさで過ぐしたまうけるなり、とのみ思ひなして、かく、女の御心ゆるいたまはぬと、思ひ寄る人もなし」（夕霧⑥七六）と、長年に渡ることを、様子に出さずにしていたことなのだとばかり思い込み、落葉宮がわが拒否しているなどと思いつく者もないとあるのだ。

また、誤解を解きたい狭衣は、少将命婦を通じて文を届ける。少将命婦は取り次いできた証拠の文までも提出し、濡れ衣であることを訴える。

少将嘆くことども啓すれば、いかなるにても、かく軽々しき御名の流れぬるを、思し乱れて物ものたまはず。文はさすがにゆかしくや思すらん、取りて御覧ず。

思ひやる我が魂や通ふらん身はよそながら着たる濡れ衣

とある書きざま、手などはしも、げに、内親王たちにおはすとも、いかでかと見えたり。いかなる心にて、かく濡れ衣にしもなしたらんと、なほ涙のみこぼれさせたまふ、さもぞ、いといとほしう見たてまつる。

（巻三②八四）

少将命婦が嘆いていたことを、内侍の乳母は女院に伝える。しかし、女院は、いずれにせよ軽々しい噂が流れたこと自体を嘆き、何も言わない。さすがに狭衣の文を見て筆跡のすばらしさに目がとまるものの、濡れ衣を訴える和歌に、何を思って一品宮との関係を濡れ衣と言うのかと涙をこぼしている。なお、「濡れ衣」という言葉は実事なき一夜を過ごした後の落葉宮の歌に「なほ濡衣をかけむとや思ふ」（夕霧⑥二七）と使われていたものである。(6)

夕霧巻でも、一条御息所は噂が立ったこと自体を嘆いていた。夕霧から二通目の文が贈られてきた場面である。

「いで、その御文、なほ聞こえたまへ。あいなし。人の御名をよさまに言ひなほす人は難きものなり。そこに心きようおぼすとも、しか用ゐる人は少なくこそあらめ。（中略）」

せくからに浅さぞ見えむ山川の流れての名をつつみ果てずは

と言葉も多かれど、見も果てたまはず。この御文も、けざやかなるけしきにもあらで、めざましげにここちよ顔に、今宵つれなきを、いといみじとおぼす。（夕霧⑥三八）

一条御息所は、落葉宮に返事を書くように言う。さらに、立った噂を良いように訂正することは難しく、落葉宮が潔白だったとしても、そう思ってくれる者は少ないのだと言う。さらに夕霧からの和歌を見るが、それははっきりと結婚の意思を示したものではなく、その誠意のなさを嘆いている。男の誠意のなさへの嘆きとしては、『狭衣物語』にも、噂が立ち、内侍の乳母に事情を聞いた直後の「その後とても、いちじるきけしきもなきは、いかなりける心のほどぞなどさへ、さまざまに安からず」（巻三②八二）という箇所がある。狭衣が一品宮に対してははっきりした意思表示をしないことに、女院はどういうつもりなのかと気をもんでいるのである。このあたりの女院の心中思惟に関しては、諸注釈も一条御息所との共通性を指摘しているところではある。(7) しかし、それだけでなく、男からの和歌を見て、女君の母親が心を痛めるという場面設定の共通性にも注目すべきだろう。一品宮物語と夕霧巻の共通性は、かなり細かい部分にまで存在しているのだ。

4　ありえないはずだった婚姻

こうして狭衣と一品宮の婚姻が成立することになったが、これは結婚するはずではなかった皇女の結婚である。女院は次のように嘆く。

もとより、かやうの筋には、思ひきこえさせたまはざりしを、今はいとど盛りも過ぎたまひにたり、自らの御本意深きさまに、今日明日にてもと思し定めたるを、かかる御名の隠れなくなりぬるも、いみじう思し嘆かる。（巻三②八七）

女院は一品宮を結婚させようとは考えもしていなかった上、今は適齢期も過ぎ、本人の出家したい思いも深いので、今日明日にでもさせようと考えていたのである。それにもかかわらず浮名が広まり結婚することになってしまったということへの嘆きが語られている。

一方、落葉宮の場合はどうであろうか。落葉宮は柏木の未亡人であり、再嫁などありえないはずだった。しかも、夕霧は柏木の妹である雲居雁と結婚している。太政大臣としてみれば、娘婿が、長男の未亡人と結婚しようとしていることになるのだから、世間体を考えても無理な話である。「大殿のわたりに思ひのたまはむこと」（夕霧⑥三九）と、太政大臣家のことを懸念した一条御息所の嘆きが語られている。事情は異なるが、ともに描かれるのは娘を結婚させるつもりのなかった母親の嘆きである。

さらに、当事者である一品宮も落葉宮も、結婚に際して自らの容姿を嘆いている。

男の御ありさまぞ、いとまばゆかりける。（中略）光り輝くやうにて見えたまへば、候ふ人々いとわりなく、顔置かん方なき心地どもして過ぐるを、まいて、宮はこよなき御年のほどを、衰へ思しめせば、ただ御衣にまとはれて臥し暮させたまふを……

（巻三②二一一）

狭衣の姿はまばゆいほど美しく、光り輝くように見える。それを前に、仕えている女房たちも顔を合わせられない心地だが、まして一品宮は年齢と自分の容姿の衰えを気にして、衣にくるまって臥せっているというのだ。一方の落葉宮も、やはり容姿を気にしている。

男の御さまは、うるはしだちたまへる時よりも、うちとけてものしたまふは、限りもなうきよげなり。故君の異なることなかりしだに、心の限り思ひあがり、御容貌まほにおはせずと、ことのをりに思へりしけしきをおぼし出づれば、ましてかういみじうおとろへにたるありさまを、しばしにても見忍びなむや、と思ふも、いみじうはづかし。

（夕霧⑥九〇）

夕霧の、きちんとしている時よりもうちとけている様子が美しいという姿を前に、落葉宮は、人並みの容姿だった柏木でも落葉宮のことを美しいと思っていない様子だったことを思い出す。そして、こうして衰えてしまった自分の容姿に夕霧が耐えられるのかと気にしている。一品宮は年齢によるもの、落葉宮は夫に先立たれた憔悴によるものと事情は違うが、ふたりは、美しい夫を前に自らの容姿を嘆いている。

そもそも一品宮も落葉宮も、結婚するはずがなかった皇女たちであった。[8]『狭衣物語』が持つ夕霧巻との最大の共通性はここにあろう。結婚するはずがない皇女を、いかに結婚させるか。一品宮は、后腹の第一皇女であり、一品であり、もと斎院であるという、およそ降嫁などは考えられない設定の皇女であった。それに加えて適齢期が過ぎているということまで強調されている。この条件下から結婚を成立させるという展開を作りだすには相当な力技を要する。その力学を、『狭衣物語』は皇女の再嫁を成功させた夕霧巻に見たのではないだろうか。

ひとたび噂がたてば、あとはその力を味方につけ、結婚にまで持ち込むことができる。それが夕霧巻であった。そして、『狭衣物語』は夕霧巻よりもさらにありえない結婚を作りだす。夕霧巻の場合、濡れ衣で始まってはいるものの、夕霧はもとから落葉宮を手に入れようとしていた。しかし、狭衣には一品宮と結婚する気がまるでない。そのため、噂が立った後、縁談を進めるのは狭衣本人ではなく、父親である堀川大殿になる。彼は「無きことにても、かばかりの人に名を立てたてまつりて、音なくて止まんは、いといと不便なることなり」（巻三②八七）と、事実でなかったとしても、一品宮ほどの人と噂が立っておいて音沙汰がないのは非常にまずいと考えて降嫁を願い出る。堀川大殿の行動は、噂が立った以上はそうするしかないという考えが支えているのだ。夕霧巻でも、夕霧は「今はこの御なき名の、何かはあながちにもつつまむ」（夕霧⑥五九）と、今はこの無実の噂を気にすることはないと開き直った。堀川大殿の思いは、この夕霧の思いに通じるものとなっている。ここでは、夕霧の役割が当事者である狭衣ではなく父親である堀川大殿にずらされているのである。『狭衣物語』は、結婚するはずのない皇女と、結婚する気のない男という、夕霧巻よりもさらにありえない関係に噂を立たせ、当事者をまるで置き去りにして結婚させる。[9] これを成立させたものこそが、夕霧巻の力学なのであった。

5　文と噂

以上、今まで指摘されてこなかった多くの点において、『狭衣物語』の一品宮物語には『源氏物語』夕霧巻との共通性が見出せることを明らかにしてきた。部分的な人物の設定・心中思惟はもとより、物語の構造・方法そのものにおいても、『狭衣物語』からは夕霧巻の積極的な引用が浮かびあがるのである。その上で、夕霧巻との対照によって明らかになる『狭衣物語』の独自性について考えたい。

一条御息所の死後、夕霧は一度立った噂を味方につけて婚姻を進めようとした。先に挙げた「今はこの御なき名の、何かはあながちにもつつまむ」という思いが示される箇所の直後にはこうある。

　正身は強うおぼし離るとも、かの一夜ばかりの御恨み文をとらへどころにかこちて、えしもすすぎ果てたまはじ、とたのもしかりけり。（夕霧⑥五九）

夕霧は、落葉宮本人が強く拒否しても、「かの一夜ばかりの御恨み文」を盾に取れば汚名をすすぐことなとできないと考える。「かの一夜ばかりの御恨み文」とは、一条御息所が夕霧に贈った文のことである。その文が夕霧には事実上の結婚の許しとしてとらえられている。実際、一条御息所自身も「何にわれさへさる言の葉を残しけむ」（夕霧⑥五〇）と証拠を残したことを悔いている。夕霧巻では、噂を後押しする証拠として、文が用いられていることに注目したい。

夕霧巻の場合、濡れ衣から始まったことであっても、夕霧は落葉宮と結ばれることを望んでいた。つまり夕霧巻における「噂」は濡れ衣ではあるものの、夕霧にとっては都合の良いもので、全く根拠のないものではない。[10] そして、その噂を証明するかのように、文が物的証拠として機能しているのである。

一方、『狭衣物語』の場合はどうであろうか。狭衣は噂が立った後、誤解を解くために「少将命婦の許へ、こまやかに」(巻三②八三) 文を書き、女院への取りなしを頼んだ。さらに、少将命婦は「我がもとなるも取り具して」(巻三②八三) と、自分の手元にある文もまとめて内侍の乳母に提出した。『狭衣物語』では、噂が濡れ衣であることの証拠として文が登場する。しかし、女院が嘆いているのは噂が立ったこと自体だった。文は濡れ衣であることを示す物的証拠ではあるが、それは所詮、噂を取り消す力を持たない。夕霧巻が噂を後押しするものとして文を利用したのと対照的に、『狭衣物語』は噂を取り消すことのできない無力なものとして文を利用するのである。夕霧巻と比較したとき、『狭衣物語』が噂というものの力をいかに大きなものとして扱っているかは明らかであろう。[11]

そしてその噂の中身はといえば、全く事実とかけ離れている。そもそもの始まりからしてそうだった。夕霧巻で、律師は「昨夜も御車も返してとまりたまひにける」(夕霧⑥三二) と法師たちから夕霧の車の目撃証言を聞いた。『狭衣物語』でも、女房たちは「その夜、その暁に出でたまひし御車、そこそこに立てりしこと」(巻三②八二) と、その夜、その暁に車がどこそこにあったなどと噂する。この車の目撃証言も、夕霧巻を彷彿とさせるものである。しかし、『狭衣物語』の場合、これが本当に狭衣の車であったかは分からない。なぜなら、狭衣は一条院に来た時、「いづれの殿上人の車にか、夜もすがら立ち明かしける」(巻三②七七) と、どこの殿上人の車なのかは不明な一晩中停めてある車を見ていて、権大納言とはち合わせたときには、「ありつる車の人にや」(巻三②七八) と、さっきの車の主だろうかと見当をつけている。狭衣の見た車が、権大納言のものであろうことが明かされているのである。とすれば女房たちが目撃した車も、狭衣のものではなく権大納言のものであった可能性がある。車の目撃証言という同じ設定を使いながら、『狭衣物語』ではより信憑性の低いものとなっているのである。

また、先にも確認したように、堀川大殿は、「無きことにても、かばかりの人に名を立てたてまつりて、音なくて止まんは、いといと不便なることなり」（巻三②八七）と言っていた。噂が立てば、それが「無きこと」であったとしても、それを現実にするしかないという考えである。『狭衣物語』の「噂」は、当事者の事実とするものと大きく乖離し、それでいて、ありもしなかった現実を作り出すものになっているのだ。

さらにいえば、噂と当事者の事実とするものの乖離は、この結婚そのものについても存在している。狭衣は一品宮と結婚する気もなく、一品宮も自身を結婚する身だと思ってもいなかった。しかし、両者の結婚は「世の中ゆすりて、あらまほしき御事に、世の人さへ思ひたり」（巻三②九二〜九三）と、世間は大騒ぎで、理想的なことだと思われているのだ。当事者の予想通りに批難を受けた夕霧の結婚とは対照的に、狭衣の結婚は「あらまほしき御事」とされる。当事者の意識と世間の評判さえも乖離していることになる。(12)

『狭衣物語』は、「噂」を、根拠のない、事実と大きくかけはなれたものでありながら、現実を動かし、作り出していくものであると扱っている。(13) 一方で、「文」は事実を証し立てる物的証拠でありながら、現実を動かすことのできないものとなっている。(14) 夕霧巻が、噂を後押しするものとして文を使ったのとは対照的なのである。

おわりに

夕霧巻との対照を考えるとき、もうひとつ注目すべき箇所があることを最後に指摘しておきたい。夕霧巻に、落葉宮の手習の反故が、小少将によって夕霧にもたらされるという場面がある。

「いとほしさに、かのありつる御文に、手習ひすさびたまへるを盗みたる」とて、なかにひき破りて入れたり。（夕霧⑥六五〜六六）

小少将は夕霧への同情から、落葉宮が夕霧からの文にした手習の反故を盗み、自分からの返事のなかに破って入れて夕霧に届けた。同じように、狭衣にも手習の反故がもたらされる場面がある。それは無論、巻三の一品宮物語の流れの中にある。しかし、相手は一品宮ではなく女二宮なのだ。狭衣は一品宮との結婚に対する反応を伺うかのような文を女二宮に贈る。女二宮はその文に和歌を書きつけたものの、破ってしまう。

同じ上に書きけがさせたまひて、細やかに破りて、典侍の参りたるに、「捨てよ」とて賜はせたるを、隠れに持てゆきて見れば、物書かせたまひたりけると見るに、うしろめたきやうにはありとも、いとほしくのたまひつるに、これを面隠しにせんと思ひとりて、「かかる物をなん、思ひがけぬ所にて見つけて侍りつるを、参らするはおぼろけのには侍らず。いまは思しめし慰めよ」など聞こえたり。（巻三②一〇一）

女二宮が書き汚して細かく破り、捨てろと命じた手習を、中納言典侍は物陰で見る。何か書いてあると分かった中納言典侍は、罪悪感を覚えつつも、同情を誘うような様子であった狭衣を思って、これを代わりにしようと思いつく。そして、誠意を示すとともに、これで慰めてほしいと手習の反故を届ける。夕霧巻の小少将にしても『狭衣物語』の中納言典侍にしても共に「いとほし」という語が使われていることからも分かるように、同情ゆえの行動である。夕霧巻と女二宮物語との関係において類似が指摘されている箇所である。[15] しかし、注目すべきは、類似する場面が一品宮との結婚を描く流れの中にあることであり、それにもかかわらず一品宮ではなく女二宮との関係において登場していることである。

ここから、文と同じ「書かれたもの」である手習の反故が、物語を動かす力をもたないということが徹底されていることが分かるのではないだろうか。手習は、女君の心中を示す物的証拠である。しかし、それはいま動きつつある一品宮との関係ではなく、もはや狭衣との関係において手遅れとなり、これ以上進むことのできなくなっている女二宮との関係に用いられるのだ。

書かれたものは、確かな物的証拠となるはずだ。一品宮との関係が濡れ衣であることも、女二宮の心中も示すことができるものであり、狭衣はそれにすがる。しかし、それは書かれた当時の、過去を示すものでしかなく、今現在を動かす力を持たない。一方、噂は、それがどんなに根拠のないものであっても、ひとたび流れれば人を動かし、裏づけのなかったものを現実へと変えていく、今現在を動かす力となる。

『狭衣物語』は、このように「噂」と「書かれたもの」の機能を切り離し、使い分けることによって、狭衣と一品宮という、ありえないはずだった結婚を作りあげたのだ。夕霧巻と比較したとき、ここに

『狭衣物語』の独自性が見出せるのではないだろうか。

今まで部分的にしか指摘されていなかった『狭衣物語』の一品宮物語と『源氏物語』夕霧巻との関係であったが、一品宮との結婚に至る物語全体を通して夕霧巻が巧みに取り込まれながらも、独自の方法を見せていることは明らかである。

第四章　背中合わせのふたりの皇女と、夕霧としての狭衣

はじめに

本部の第二章では、女二宮物語が女房たちの誤解や思い込み、あるいは職域上の違いから起こる情報網の機能不全によって展開することを指摘した。また、本部の第三章では一品宮《いっぽんのみや》物語が『源氏物語』夕霧巻の力学を取りこんでいることを指摘したが、その過程で女房「少将」が手引きの女房として誤解されたことに触れた。女二宮物語にしても一品宮物語にしても、狭衣のあずかり知らぬところで脇役たちによって物語が動かされ、悲劇へと導かれていっているのである。それは本部の第一章で触れたように飛鳥井女君物語にも見られることであり、『狭衣物語』が繰り返し用いる方法でもある。しかし、女二宮物語と一品宮物語を比較した時、このふたりの皇女の物語が見事なまでに対になっている構造が浮かびあがる。(1)本章では、物語の展開、狭衣と女君の関係、そして、『源氏物語』引用という三つの視点から、この背中合わせの二人の皇女の物語をとらえていきたい。

1　物語の前提と状況設定

女二宮物語と一品宮物語は、同じ方法を取りながら対照的な展開を見せる。物語の流れにしたがって、それを確認していきたい。

女二宮の場合でも一品宮の場合でも、物語は狭衣と結ばれる可能性を示しつつ、それを回避しようとする狭衣を描きだしていた。女二宮物語の場合、天稚御子《あめわかみこ》を招き寄せた笛の奇瑞をきっかけに嵯峨帝は狭衣に女二宮降嫁を提案した。物語の叙述順に従えば、この嵯峨帝の提案によって初めて女二宮が物語に登場することになる。しかし、実のところ、狭衣は以前から女二宮を意識していた。巻二に入って女二宮物語が本格的に始まるにあたり、中納言典侍という女房が紹介される。彼女は狭衣の乳母である大弐《だいに》の妹で、女二宮の母大宮にも縁があって仕えている。そして、次のようにある。

宮たちをも、ことのついでにも時々聞こえいでしかば、大将殿もをかしき御ありさま耳とどめたまはぬにしもあらねど、かかる御けしき見たまひて後はわづらはしくなりて、同じ百敷の内ながらも、弘徽殿にはことに見ることもしたまはぬを……　（巻二①一六六〜一六七）

中納言典侍は姫宮たちのことを、ことのついでに時々話していて、狭衣もそれを耳に留めていなかったわけでもないという。しかし、嵯峨帝に降嫁をほのめかされてからは煩わしくなり、同じ宮中でも弘《こ》徽殿《きでん》は避けるようになったのだ。「宮たち」とあるので女二宮だけを指すわけではないが、狭衣は確かに中納言典侍から話を聞いていた。この語り直しによって、狭衣が実は女二宮に関心がなかったわけではなかったことが明かされ、ふたりに関係が生じることに必然性が与えられている。一方で、その関心が既に消えていることも示されている。そして、中納言典侍の姉である大弐の九州下向と彼女の「同じ心にてこそ」(2)という伝言をきっかけに、中納言典侍は狭衣と再び親しくなり、狭衣が弘徽殿を訪れるという状況が設定されることになる。つまり、女二宮に関心があったことを示しながら、それは既に消え、関係のない用事のために女二宮に接近するという設定を用意したのだ。狭衣と女二宮との間に関係が生じることは、必然であると同時に偶然なのである。

それに対して、一品宮の場合はどうであろうか。一品宮は女二宮より早く、巻一の序盤から登場していた。五月五日の節句に合わせた文のやり取りの相手として登場し、「一条院の姫宮の御けはひもほのかなりしかばにや、なべてあらぬ心地せしを、いかで御容貌よく見たてまつらんと、御心に離れねば……」(巻一①三四)とある。狭衣は一条院の姫宮(一品宮のことだが、ここではまだ一品になっていない)の様子をほのかに見て魅かれ、どうにかして容貌をよく見たいという思いがあって文を贈ったようだ。そして、巻三で再登場するにあたって、女二宮物語同様、語り直しがされることになる。狭衣は常盤の尼君から飛鳥井女君の遺児(飛鳥井姫君)が一品宮に引き取られていることを知らされ、やがて姫君会いたさに接近することで、一品宮との物語が始まることになる。そこには次のようにある。

早うも、少将命婦とて、親しき人を語らひたまひて、御文時々たてまつらせたまふ。御けはひもほのかに聞きたまひしを、賀茂の川波に立ち別れたまひにしほどに、わざと聞こえたまふことも絶えにしぞかし。今は同じ百敷になりたまひて、おぼつかなからぬほどに、言問ひ寄りて、波の心絶えぬほどにぞ、ほのめかしたまひける。(巻三②七五〜七六)

以前も少将命婦という側近女房に近づき、文を送っていた。一品宮の様子も聞いていたが、賀茂斎院になってからは連絡が絶えていた。しかし、今は斎院を退いて同じ宮中にいることになり、ほどほどに変わらない思いを伝えているという。女二宮の場合、降嫁の話があがったことにより「同じ百敷の内ながらも、弘徽殿はことに見ることもしたまはぬ」と同じ内裏にいながら避けることになったが、一品宮の場合は「同じ百敷になりたまひて」と同じ内裏にいることを幸いに立ち寄ることになっている。

このように一品宮への関心が変わらずあることが語られているが、それでも、狭衣の目的は一品宮本人ではなく飛鳥井姫君である。狭衣は一品宮に仕える少将命婦と会って行方を尋ねたり、女院の里邸である一条院の立ち聞きや垣間見などをする。そして、「もし見つくる人あらば、宮の御ためにあぢきなきことや出で来ん、わづらはしき方もなきにあらず」(巻三②七六)とあるように、この様子を見つける人がいたら一品宮との関係を誤解されかねないという懸念も示している。この表現が予言しているように、この後、狭衣と一品宮との間には噂が立つわけであるが、狭衣はそれを望んでいなかった。女君への関心を描きながら、それとは違う目的での接触を作りあげるという点において、物語は女二宮のときと変わらない方法を用いている。狭衣と一品宮との関係も、やはり必然であると同時に偶然だったのである。

2　女房の不在と女房間の対立

女二宮物語の場合、狭衣は中納言典侍に会いに弘徽殿に立ち寄っていた。しかし、密通のあった日、中納言典侍は不在であった。「宮のぼらせたまふ御供に」（巻二①一六七）とあるように、彼女は大宮の供をしていたのだった。それで狭衣はそこにたたずんでいるうちに姫宮らを垣間見し、やがて女二宮と通じるに至る。そのとき、女二宮の周辺には、妹である女三宮の乳母や乳母子たちがついていた。しかし、乳母は持病で下がり、乳母子をはじめ女房たちは寝てしまう。女二宮の乳母がいないのが不審であるが、中納言典侍同様、大宮についていたのだろうか。ともかく、女二宮は女三宮とともにいたのであるから、この場をとりしきるのは女三宮の乳母となっていたのだろう。その乳母が持病で退出したことをきっかけに、この場に目を光らせる者はいなくなった。こうして狭衣は、誰にも見つかることなく女二宮と関係を結んだのである。

一品宮の場合も同様である。狭衣は飛鳥井姫君に会うべく一条院で垣間見を行っているうちに、権大納言とはち合わせてしまう。そして、その日は少将命婦を尋ねているのではなかった。この場面は女二宮と関係を結んだ場面と酷似し、また、狭衣自身が、「弘徽殿の南の戸口は、まづ思ひ出でられたまひける」（巻三②七八）と回想する。しかし、「思ふままなるは、我がためも人のためも、あぢきなくもいとほしくも悔しうもあるわざぞかし」（巻三②七八）と、思いのままに振る舞うのは、自分のためにも相手のためにも良くないし可哀想だし悔しいことだと、反省の念から引き返したところに、権大納言と鉢合わせてしまった。女二宮の時と違い、いや、女二宮のことがあったからこそ、狭衣は理性的に行動した。しかし、「その理性の結果が、この不幸を招いてしまった[3]」のである。

一方、権大納言はこの後、一品宮の乳母子である中納言の君に、このことを訴えに行く。そこで一品宮の方の事情が語られているが、その設定に注目したい。そこには、「昨夜は、いとど、宮は留らせたまひて、院も内裏に入らせたまひて、母の内侍の乳母も風邪にわづらひて、え上らずなりにしかば」（巻三②七八〜七九）と、昨夜は一品宮を残して、その母親である女院が参内で不在、乳母は風邪で伺候していない、という状況であったとあるのだ。これは狭衣が女二宮と関係を結んだ日と見事に一致する。一品宮物語は、確かに女二宮物語と同じ方法を用いているのである。

しかし、同じ状況であるからこそ、狭衣は過去を回想し、その場から引き返そうとした。状況の重ね合わせは、似ているからこそ差異を際立たせるものとなる。そして、女二宮物語と一品宮物語の最大の差異は、女君との実事がないことである。女二宮との関係はあったのに秘匿された。一方、一品宮との関係ははじめから存在しないのに、権大納言の流言によって、あったこととなってしまう。その時、ふたりの皇女の周辺の女房たちは、どのように動いていただろうか。

女二宮物語の場合、妊娠の偽装をしたのは出雲の乳母で、狭衣を手引きしたと誤解されたのは中納言典侍であった。本部の第三章において論じたが、そこには、乳母と女官という職域の違いから起こる情報網のずれがあった。乳母たちと中納言典侍は情報を交換することなく誤解や思い込みのまま行動し、情報を操作する乳母が、情報を共有できない典侍を手引きの女房に仕立てあげたのであった。

これと同じことが、一品宮物語にも起こっている。一品宮物語の場合でも、やはり内侍の乳母の情報操作によって少将命婦が手引きの女房に仕立てあげられた。ここでも物語は、乳母と女官という職域上の違いを用いたのではないか。内侍の乳母の「内侍」(4)は中宮内侍のことであろう。つまり彼女は、内侍所の職を持ちながら中宮づきとして出向した女房であり、やがて一品宮が生まれるにあたって乳母になったことが想定される。「内侍の乳母」という呼称は、彼女が女院・一品宮双方に仕える最側近であることを示している。一方、少将命婦の「命婦」はあくまで天皇近侍である。(5)だからこそ、「内にも聞かせたまひて、少将がしわざなりと思しめされければ、いとあさましく思ひ嘆きて、籠りゐたり」(巻三②八三)と、噂が後一条帝の耳に入り、少将の仕業だと思われたことにより、それを嘆いて出仕できなくなってしまったのだ。また、狭衣も、父堀川大殿に弁解するとき、少将命婦のことを話し、「内裏わたりにて、時々物語などしはべる折もあるを、言ひなす人の侍るにや」(巻三②八五)と、内裏あたりで時々話すこともあるのを、噂にする人がいるのだろうかと言っている。少将命婦と狭衣が接触する場として「内裏わたり」が挙げられている。少将命婦は女官として宮中にいる時間が長かったからこそ狭衣との窓口になり得、また、乳母にとっては犯人役を押しつけやすかったのだ。中納言典侍と出雲の乳母の関係性に近いといえよう。

これら女房たちの動きが、ふたりの皇女の物語を展開させている。そしていずれの物語でも、その先にあったのは密通の捏造であった。女二宮物語の場合、大宮の妊娠という偽装が行われた。それは若宮の両親を嵯峨帝と大宮とする偽装であるはずであったが、巻四に至って、父親が狭衣であることが告げられてしまう。乳母の偽装は、狭衣と大宮という密通を創出し、それが狭衣を帝位にまで押し上げた。一品宮の場合でも、狭衣と一品宮との関係などはじめからなかった。しかし、世間は「年経にけるさまをさへ、つきづきしう言ひなす」(巻三②八二)という有様で、長年にわたって狭衣と一品宮が通じていたとされ、結婚が成立してしまう。しかし、これにより狭衣は後一条帝の姉婿となり、天照大神の神託を受けて後一条帝の「わが御皇子にならせたまひて」(巻四②三四四)から帝位につくという道が開かれる。(6)狭衣帝の皇位がこのふたつの密通に支えられていることは間違いない。そして、そのいずれもが、女房たちの動きによって、このように捏造されたものだったのである。

3　女君との交流手段

女二宮物語と一品宮物語は、同じ方法を用いて、重ね合わせて作りあげられている。しかし、同じであるからこそ、そこにある差異が際立つ。実際、権大納言にはち合わせた日、狭衣は過去を回想してその場から引き返そうとした。狭衣自身が同じ状況であることを自覚し、同じ悲劇を避けようとしたのだ。また、いずれの場合でも乳母による情報操作が行われ、女官である女房が手引きの女房に仕立てあげられた。しかし、その過程は対照的である。女二宮物語の場合は誰も真相を知り得ず、ただ欠けた情報を持ったまま動いただけであり、主人公である狭衣のもとに情報が届いたときには全てが手遅れであった。一方、一品宮物語は噂が広まるところから始まり、独り歩きした情報が次々と補われて形となった。女二宮のときは何もできなかった狭衣も、珍しく積極的な動きを見せ、必死に誤解を解こうとした。しかし、そんなことは無意味であり、噂が立った以上はその通りの形になるしかないというのが一品宮物語であった。

さらに、いずれの場合でも、最後には密通が創出されたが、姫君と狭衣との関係にしぼって考えればいささか違う。狭衣と大宮という関係が女二宮物語の捏造した密通であるが、その過程で、狭衣と女二宮という、確かにあったはずの関係はなかったことにされているではないか。

女二宮・一品宮というふたりの皇女の物語は、状況を重ね合わせ、同じ手法を取りつつも、対照的に展開しているのだ。そしてこのふたりと狭衣との関係も同じく対照的である。女二宮は物語の最後の場面まで狭衣に思慕され続けるが、一品宮と狭衣の結婚生活は破綻に終わる。このふたりの皇女は、背中合わせともいうべき関係で物語に存在しているのである。

それでは、この背中合わせのふたりの皇女は、狭衣とどのように向き合っているのだろうか。女二宮は、一切の沈黙を貫いた女君であった。狭衣が何を試みても女二宮は拒否し、その姿勢は徹底している。その徹底ぶりたるや、女二宮はついに一度も狭衣に向かって言葉を発しない。「夢のやうなりし夜な夜なも、泣きたまふよりほかの御けはひは聞かで止みにき」（巻三②二四）と、狭衣は関係を結んだ夜ですら、女二宮の泣き声以外の声を聞いたことがなかったという。さらに文の返事もない。この状態は徹底して貫かれ、狭衣は最後まで声を聞くことも文の返事をもらうこともない。

狭衣から送られる度々の文は「まいていまさらに御覧ずるものとも思したらず」（巻二①二五九）、「御覧ぜさすれど、例のかひあらんやは」（巻三②九二）と、まして今更見るものとも思わない、中納言典侍が見せるがいつものように何の甲斐もないと、見向きもされないことが繰り返し語られる。返事がないのはたとえ父親である嵯峨院が催促しても同じである。狭衣は嵯峨院に見られることも想定して二度ほど文を送っているが、いずれも嵯峨院が返事を書くように勧めても女二宮は従わなかった。

また、狭衣が若宮の出生を知っていることに対して、「中納言なども、その折は知らぬとこそ思ひしか」（巻三①三二）と、中納言典侍もその折は知らないと思っていたなどと考え、どこから漏れたのか、その情報網に疑念を抱いている。情報網の目の中にいた女二宮は、そのために沈黙し、心を痛め続けているのだ。

女二宮が沈黙するのは狭衣に対してだけでない。中納言典侍も女二宮のことを「いかが思しめすらんと、御けしきの見えはべらぬなり」（巻三②九五）と、何を思っているのか分からないと評する。それでも、「はかなき御手習にこそは、御心の中も見たてまつり明らめはべりしに」（巻三②九五）と、とりとめもない手習から心中を見ることはできたという。ただし、出家した今は女二宮の前で話をする女房もいないと、中納言典侍によって女二宮の沈黙が語られる。しかし、同時に、この発言は狭衣にとって重大な意味をもたらすことになる。ここに、今はほとんどしていない「手習ひ」にはその「御心の中」が見えるということが明かされているからだ。この後、狭衣は中納言典侍に文を託す。そして、その文に対して、女二宮からの予期せぬ返事が、思わぬ形で返ってくる。

狭衣からの文を見せられた女二宮は、「筆のついでのすさみに」（巻三③一〇〇）、その文の片端に手習を三首も書きつけてしまう。しかし、「同じ上に書きけがさせたまひて、細かに破りて、典侍の参りたるに、「捨てよ」と」（巻三②一〇一）する。この破れた手習いを中納言典侍は狭衣に届けてしまうのだ。こうして、狭衣は「せちに継ぎつつ」（巻三③一〇二）読むことになる。その三首とは、次のようなものである。(7)

夢かとよ見しにも似たるつらさかな憂きは例もあらじと思ふに　（巻三②一〇〇～一〇一）

下荻の露消えわびし夜な夜なも訪ふべきものと待たれやはせし　（巻三②一〇一）

身にしみて秋は知りにき荻原や末越す風の音ならねども　（同）

一首目は、狭衣の一品宮への冷たさを、自分自身が夢かと思った狭衣のつれなさに似ているとし、あのような思いは他に例もないと思っていたのにとする。二首目は、下荻の露のように消えそうな思いをしていた夜も、来てくれると思って待てるようなことはなかったというもの。三首目は、荻原の先を越す風の音ではないが、自分の身にしみて秋を（＝飽き）知ったとする。これらの歌は果たして、「かつての不誠実さをひたすら糾弾するもの」[8]「怒りにも似た非難と反発」[9]であろうか。いや、糾弾・非難・反発があることに異論はない。しかし、それだけであろうか。一品宮への同情は、同時に自分がかつていかに辛い思いをしたかを表明するものとなっている。それは、「身にしみて秋（＝飽き）は知りにき」という辛さであるという。飽きられる辛さは、恋心がないところには生まれまい。無論、この時点での女二宮に狭衣への恋心があるといいたいわけではない。狭衣との関係が絶えた当初にあったことが、事後的に明らかにされたわけである。この三首は「関係時には描かれなかった姿、狭衣に愛を傾ける姿」[10]が明らかにされたものと取るべきではなかろうか。

これが、『狭衣物語』中で女二宮から狭衣に発せられた唯一のものである。無論、女二宮が狭衣に宛てようと思ってしたものではない。手習いであり、独詠歌である。しかも捨てようとしたもので、狭衣の手に渡ったのは半ば偶然である。しかし、先に中納言典侍は狭衣に向かって「はかなき御手習ひにこそは、御心の中も見たてまつり明らめはべりし」と言っていた。狭衣はこの独詠歌がいかなる返事よりも女二宮の「御心の中」が吐露されたものだと知っているのだ。だからこそ異常なまでの執念で読んだ。

その後、法華八講の終わった日に狭衣は若宮を使って女二宮のもとに侵入する。そこで狭衣は「見しにも似たるとありし反故の破れを見はべりしを」（巻三②一七九）と、先の一首目である「見しにも似たる」とある反故の破れを見たと知らせてしまう。それで女二宮は「はかなかりし手すさびも、見しやうに聞こえたまひし後は、うしろめたうて、御心のうちよりも漏らしたまはざりけり」（巻四②二一六）と、ほんの手すさびも、見たと言われた後は警戒して、心の中から漏らすことをしなくなった。女二宮は、ついに手習いすらしない、完全に沈黙する女君となった。

女二宮は、最後まで狭衣に声を聞かせないし、文の返事もしない。最初から最後まで、狭衣と女二宮は交流することがない。その中で唯一例外的に狭衣のもとへ届いたのは、手習いの反故だった。しかし、皮肉にもそれは、女二宮が狭衣をたしかに想っていたことが吐露されたものであった。完全に沈黙する女君から与えられた唯一のものが、女君自身が絶対に見せたくなかった想いの吐露である手習いの反故。これは、『狭衣物語』が生みだした究極の愛の媒体とはいえないだろうか。狭衣の思慕は源氏の宮から女二宮に転換したともいわれているが、[11]この手習の存在は大きい。

では、一品宮はどうであろうか。女二宮とは対照的に、一品宮は狭衣との会話が幾度も描かれる。ただし、それは非常にネガティブな形となって現れる。

たとえば、結婚した後、狭衣が一品宮の地味な衣装を見て、心中で源氏の宮と比較してしまう場面がある。同じ地味な色目でも映えた源氏の宮と比べ、その思いを心の中で独詠歌に詠むが、「人聞かざりし所にて、心に任せられたりし独り言さへ、口ふたがりぬるを、なほいとあさましう思ひあまりたまひて」[12]（巻三②一一六～一一七）と、人の聞かないところで、心のままにしていた独り言さえできなくなったことに我慢ができなくなり、衣装の批判を口に出してしまうのだ。狭衣は結婚によって「独り言」を封じられたことに不満を持っている。そして、我慢できずに一品宮の衣装の批判を口にする。会話するという行為自体が狭衣にとって「独り言」の下位に置かれていることに注意したい。

また、この後、狭衣は子供たちの遊ぶ声を聞いて、一品宮と会話をする。飛鳥井姫君に会いたいという狭衣に、それをかわす一品宮。表面上は会話が成立しているように描かれる。しかし一品宮の様子は「まれまれほのかに答へたまふ」（巻三②一一七）とされている。狭衣に対して普段あまり返事をしない一品宮が、「ほのか」に答えようとしている。この表現からは目の前の夫に対して無理して会話しようとする一品宮の姿が浮かびあがる。

飛鳥井姫君の袴着《はかまぎ》が催される場面もさらに分かりやすい。狭衣が姫君の袴着を若宮と一緒に行いたいと考えていることを察した一品宮は、この機に姫君を堀川邸に引き取らせ、狭衣の足を遠のかせようと考える。一品宮は女院に相談し、堀川邸で袴着を行うように取り計らう。その袴着の前日、姫君を堀川邸に移すことを、一品宮は自分から提案する。

狭衣に答えるのは「まれまれ」とされていた一品宮であったが、この場面ではふたりの会話にかなりの文量が割かれることになる。しかも、狭衣からではなく一品宮からの発言に始まっている。しかし、この会話で一品宮の言葉は、やはり「からうじて言続けてもと聞きたまふに」(巻三②一二七)と、狭衣の耳にはかなりの無理をして会話を試みているように受け取られている。その無理が逆に、狭衣に「皆、聞きたまひにけるにこそと思ふに、あまえいたくて」(巻三②一二七)と、飛鳥井姫君の素性を聞いたのだと思うと気恥ずかしい、と思わせることとなってしまう。そして意に反して無理に堀川邸で行わなくてもよいと言う狭衣に戸惑い、「返す返すもえのたまはせで」(巻三②一二八)と、繰り返しの主張もできず、ついに「独り言にのたまはする」(巻三②一二八)と、正面からの対話を避けて独り言にしてしまう。狭衣も「事無しみに」(巻三②一二八)と何気ないふうに装い、これで会話が終わる。一品宮は結局、狭衣との会話ではなく、女院との相談で結論を得ることになる。

このように、一品宮と狭衣の会話はかなり無理のあるものとして描かれている。会話をしたところで、結局のところ何も生みだせないのだ。ついに狭衣に対して声を聞かせなかった女二宮と対照的に、一品宮は狭衣と何度も会話をする。しかし、それは交流不能を浮かびあがらせてしまうものでしかない。

そして、会話をする女君という側面を持ちつつも、一品宮が狭衣の情報を得るのは、常に間接的であった。一品宮が飛鳥井姫君の父親が狭衣であることを知るのは、女房の立ち聞きのためである。狭衣は飛鳥井姫君を抱き、その母である飛鳥井女君を想って和歌を詠んだ。それを中将という女房が聞いていたのである。その中将が告げることにより、一品宮は真相を知る。

一品宮は狭衣と会話する人物でありながら、肝腎なことは直接の会話では得られない。そして、間接的に情報を得ることによってますます心を閉ざし、やがて「夫婦関係が破綻する」(13)に等しい状況となるのだ。

さらに、立ち聞きによって思い当たるというのは、女二宮物語でも取られた方法であったことに気をつけたい。女二宮物語では、出雲の乳母の立ち聞きで大宮が女二宮の相手を狭衣と知るのであった。ここでの一品宮は、女二宮物語における大宮の位置にある。女二宮物語と重ね合わせることによって、一品宮は思慕の対象ではなく、あくまで飛鳥井姫君の母代わりにすぎないことが示されているのではなかろうか。

また、巻四での狭衣の出家未遂も、

何事も世の中の事隠れなくて、おのづから聞く人々もありて、まことしう剃りやつしたまへらんやうに、惜しみ悲しがりきこゆれば、宮も聞かせたまひて、いとど心憂く思しめすこと限りなし。（巻四②二一六）

とある。何事も世間で隠すことはできないもので、自然と耳に入る者もいて、狭衣が本当に出家したかのように惜しみ悲しみするので、それで一品宮も聞いて辛く思っている。夫の出家未遂という大事を、やはり一品宮は噂で聞くことになるのである。なお、狭衣は出家の意志をそれとなくほのめかしていたが、一品宮はそれを「常の言種」（巻三②一九二）であり、自分との結婚生活を続けるつもりがなくて言っているととらえ、「御耳留めさせたまはず」（巻三②一九二）という状態だった。二人の会話は、何の交流にもならないのだ。

そして、狭衣に一切の声を聞かせないなかで手習の反故を渡してしまった女二宮とは対照的に、狭衣と会話をする一品宮は、文や手習といったものでの交流をしない。そもそも、巻一の時点でも、狭衣は一品宮に文を贈っていたが、その返事が物語に登場することはなかった。また、初夜の後朝でも一品宮が送ってきたのは「物も書かれざりける」（巻三②一一〇）白紙の文であった。一品宮が狭衣に文を送るのは最終盤、狭衣が即位した後、体調不良のために心細く思った一品宮が、「御返りなどばかりは、なかなかなつかしげに」（巻四②三五八）と、狭衣への返事をかえって慕わしげにするという箇所のみである。ここでは一品宮は参内も「思し絶えて」（同）おり、もはや即位した狭衣と逢うことはない。実際、一品宮はこの次に登場する場面で病没する。それまで一品宮と狭衣との間には文や手習などを媒介にした交流は描かれない。(14)

狭衣との交流という点でも、女二宮と一品宮は対照的であった。女二宮は一言も声を聞かせない、沈黙の姫君である。しかし、だからこそ想いを吐露した手習が価値を持ち、その反故を手にした狭衣にますます思慕される。噂の力によって狭衣と結婚することになった一品宮は、狭衣と直接に会話し、また、様々な情報を立ち聞きや噂で得る、声と耳の姫君である。しかし、狭衣との会話からは何も得られず、間接的に情報を得ては苦悩する。やはりふたりは、背中合わせの皇女たちなのであった。

4 『源氏物語』とのかかわり

女二宮と一品宮は、たしかに背中合わせの皇女たちであった。同時に、二人の物語は、絡み合って展開されている。そして二人の物語をつなぐ糸のひとつとなっているのが、『源氏物語』である。

今一度、狭衣が女二宮と関係を持つ場面を振り返りたい。あの日、中納言典侍は大宮が「のぼらせたまふ御供」、つまりは上局にあがる供に出ていて不在であり、まわりの女房たちも寝入っていた。本部第二章でも触れたが、これは『源氏物語』の花宴巻をふまえている。(15)

花宴巻、藤壺に逢えなかった光源氏は、そのまま「弘徽殿の細殿に立ち寄り」(花宴②五二)、朧月夜と出会うことになる。舞台が「弘徽殿」であること、そこの主(この場合では弘徽殿女御)が「上の御局にやがてまうのぼ」(花宴②五二)るため不在であったこと、そして、周囲の女房たちが「皆寝たる」(花宴②五二)ために光源氏の侵入は誰にも気づかれなかったことが、女二宮と逢う場面と一致する。光源氏はそもそも藤壺に逢うことを期待していたが、狭衣の場合は中納言典侍に用があった。(16) 藤壺への思慕が中納言典侍への用にずらされている形を取っているが、藤壺との逢瀬を期待していたにもかかわらず朧月夜と逢った光源氏と、源氏の宮を想いながら女二宮を抱く狭衣の姿は重なるものがある。(17) 女二宮物語は、光源氏と朧月夜の逢瀬をふまえて始まったのだ。

しかし、その後の展開は朧月夜のようにはならない。既に指摘がなされているように、花宴巻をふまえて始まったはずの女二宮物語は、皇女の密通(と思われる事態)に心を痛めた母親を死に至らしめるという点において、夕霧巻の展開に接近する。(18) とはいえ、そこに前章で指摘したような一品宮物語における夕霧巻引用ほどの親近性はない。女君の母親を死に追いやる狭衣は確かに夕霧的であるが、密通の末にやがて帝位をもたらす若宮を得るあたりには光源氏の影がつきまとう。女二宮物語は、花宴巻をふまえて始まりながら、藤壺との密通と冷泉帝誕生を彷彿とさせ、やがて夕霧巻のような展開をもたらすという複雑な『源氏物語』引用がなされているのである。

それに対して、一品宮物語はどうであろうか。度々の引用になるが、狭衣が権大納言と鉢合わせした日、狭衣は何を思い、どうしたのか。狭衣はまず、「弘徽殿の南の戸口は、まづ思ひ出でられたまひける」（巻三②七八）と、女二宮と関係を結んだ日を回想したのだった。そこにはわざわざ「弘徽殿」とある。女二宮物語において花宴巻をふまえていたことを示す場の名前を、ここで再び挙げるのである。久下裕利は、一品宮が「藤壺に御局」（巻三②七五）を得たことを示すことや、女二宮物語の鍵語が示されることをふまえ、「『狭衣物語』の一品宮物語の顛末は、女二宮密通事件との対応を持たせることによって、『源氏物語』の藤壺と朧月夜とを結ぶ密通の相関構図として丸ごと組み込んだのであった[19]」とする。しかし光源氏の禁忌を取りこみながらも、一品宮物語が夕霧巻をふまえて展開していることに注目したい。

一品宮物語は「弘徽殿」を思い出す狭衣を描き、また、母親の不在・乳母の病気といった設定を用意することで、女二宮物語と重なっていく。しかし、狭衣は「弘徽殿」を思い出したからこそ引き返そうとした。物語は狭衣に花宴巻を回避させたということになりはしないか。わざわざ思い出させ、それを回避させようとすることで、物語は再度の花宴巻引用を捨てたのである。そしてその代わりに取り込んだのが、夕霧巻であった。

前章にて指摘したように、一品宮物語は夕霧巻をふまえている。それは設定・細かな表現・女房の呼称から物語を動かす力学にまで至る。『狭衣物語』でここまで『源氏物語』を巧みに取り込んだ箇所は他にないのではないか。そしてそれは、花宴巻を捨てることによって行われた。ここに至って、狭衣はついに光源氏ではなく夕霧になったのである。

さらに、一品宮との婚儀が迫るなか、狭衣が女二宮の手習の反故を読むという場面があった。これも指摘したように、明らかに夕霧巻をふまえたものである。夕霧巻の力学を取りこんで狭衣と一品宮の結婚を成立させようとしているさなかに、物語はもうひとつの夕霧巻引用として女二宮物語を用意するのだ。一品宮物語の始まりでは「弘徽殿」を思い出す狭衣を描くことで、花宴巻引用としての女二宮物語が呼びこまれていた。しかし、夕霧巻をふまえた一品宮物語を進行させるなかで、女二宮物語をも、夕霧巻引用として位置づけ直したのではなかろうか。

おわりに

以上、物語の展開・狭衣との交流・『源氏物語』引用という三つの視点から、女二宮・一品宮物語を考察してきた。女二宮物語と一品宮物語は確かに対になる構造を持っている。それは状況や、物語を展開させる動力としての女房たちの設定を重ね合わせつつも、対照的に展開するものとなっていた。展開だけでなく、ふたりの皇女たちも背中合わせともいうべき形で、狭衣と向き合っていた。

重ね合わせつつも対照的に展開したのは、狭衣自身が回避しようとしたことがきっかけであった。女二宮のときを思い出し、同じ展開を回避しようとする狭衣。この主人公の動きが、背中合わせの展開を生み出した。そのとき狭衣が思い出していたのは「弘徽殿の南の戸口」（巻三②七八）であった。それは次の展開を生むだけでなく、女二宮物語と一品宮物語をつなぐ『源氏物語』引用のあり方を示すものとなった。狭衣は、光源氏ではなく夕霧なのだ。[20]

しかし、狭衣自身の意識においては、実はそうではない。『狭衣物語』はしばしば物語の登場人物名を挙げることがあるが、「光源氏」とある箇所を挙げると、次のようになる。

・光源氏、身も投げつべし、とのたまひけんも、かくやなど、独り見たまふも飽かねば……（巻一①一七）

・光源氏の須磨の浦にしほたれわびたまひけんさへぞ、うらやましう思されける。（巻二①二五四）

・「これや、昔の跡ならん。見れば悲しとや、光源氏ののたまはせたるものを」とはのたまはすれど、御覧ずるに、自ら描き集めたまへりける絵どもなりけり。（巻四②三九七）

「光源氏」とあるのは、以上の三か所のみである。[21] 冒頭では夕映の庭先を眺めて、「身も投げつべし」と言った光源氏に思いを馳せている。巻二では飛鳥井女君の扇を見て、入水した地を尋ねに行くこともできない我が身を嘆き、光源氏の須磨退去をも羨ましく思う。巻四、物語の終盤では、飛鳥井女君の遺品を前に、紫の上を失った光源氏を思う。これら三か所の「光源氏」引用は、全て狭衣の心中思惟もしくは発言であり、狭衣が自分の境遇を光源氏と比べたり重ね合わせたりするために用いられている。[22]『狭衣物語』において、「光源氏」は常に、狭衣が自らと比べる者として存在しているのである。

また、巻四の斎院蹴鞠の場面で、狭衣は、「ややもせば、下りたちぬべき心地こそすれ。などて、今しばし若うてあらざりけん」（巻四②二三八）と、庭に下りて蹴鞠に参加したくなる、どうしてもう少し若くなかったのだろうと言う。諸注指摘するように、これは六条院蹴鞠における光源氏の「かばかりの齢にては、あやしく見過ぐす、くちをしくおぼえしわざなり」（若菜上⑤一二五）という言葉を引くものであり、ここでも狭衣はやはり光源氏と自分を重ねているのである。先に挙げた三か所の「光源氏」と同じように、狭衣は光源氏を装いたいのだ。しかし御簾内の女房たちは「まめ人の大将は、おはせずや侍りける」（巻四②二三八）と夕霧のように蹴鞠に参加することを勧める。狭衣がいくら光源氏を装おうとしても、周囲からは夕霧にされてしまう。

『狭衣物語』には様々なレヴェルでの物語引用がなされている。物語の構造・方法において他の物語をふまえるようなこともあれば、引歌はじめ表現において引用することもあり、また、登場人物名を具体的に挙げることもある。作中人物の心中思惟や台詞で他作品の具体名を挙げることと、物語の方法に他の物語が踏まえられていることは、レヴェルを異にする問題である。しかし、夕霧引用は、その両面において行われている。いずれの場合でも、狭衣は自身を光源氏にしようとしている。弘徽殿を舞台にした密通という展開が用意され、自身も何度も光源氏を意識した発言をする。しかし、一方で、物語は一品宮との婚姻に夕霧巻の力学を用い、花宴巻引用に始まったはずの女二宮物語までも夕霧巻引用として取り込んでいく。さらに、周囲の女房という登場人物の発言レヴェルでも、狭衣を夕霧扱いする。『狭衣物語』における対『源氏物語』意識というものがあるのだとしたら、それは狭衣に対する光源氏なのではない。実は、非光源氏であり、夕霧だったのである。

終章　女房は物語に何をしているか

女房は物語に何をしているのだろう。彼女たちには主要人物ほどの細かな人物設定もなされず、登場回数も少なく、心理描写が繊細にされるわけでもない。ともすれば忘れ去られてしまう存在だ。与えられた役割を果たすためだけに登場する彼女たちは、だからこそ、物語の動力となっていた。それでは、それはいったいどのようなものであったのか。最後に、論じてきたことをまとめていこう。

1　情報の媒介者

離れたところにいる人と人とが交流するには、媒介となるものが必要だ。ごく当たり前のことだが、姫君たちが帳の奥深くにいる世界を描く王朝物語にとって、これは切実な問題となる。『うつほ物語』は媒介者となる女房たちの、物語における機能を様々に求め、その可能性を広げていった。物語の前半部であるあて宮求婚譚において、女房たちは求婚者とあて宮の仲介に終始した。それは徹底していて、求婚譚が終わるまで女房たちはあて宮に仕える者しか登場しなかった。このストイックなまでの女房の配置が、求婚譚における男たちの位置づけを浮かびあがらせるものとなっている。誰がどのような女房を仲介にするか、そして、その女房がどのような行為・行動を取るか。それが求婚者たちの位置づけに直結したのである。

やがて求婚譚が終わり、物語の後半部に入ると、女房たちの役割も変わっていく。『うつほ物語』の後半部には立坊争いという政治闘争が描かれているが、これは情報戦としてとらえることができる。あて宮（藤壺）と梨壺、どちらの生んだ皇子が次の春宮になるのか、現春宮の寵愛はどちらにあるのか。物語世界には様々な噂が飛び交っていく。さらに、梨壺を推す勢力となるべき藤原氏の男たちの多くが正頼（あて宮の父）一族の女を妻としていることもあり、その人間関係もこの争いを複雑化するものとなる。こうした人々の動向に関する情報を、立坊争いに関わる人物たちは収集しようと励む。そのとき大きな役割を果たすのが女房をはじめとする脇役たちであった。女房たちには詳細な設定が付され、すでに何度も登場している女房たちにも、実は兄弟姉妹などがあったことが明かされるようになる。物語は女房たちによる情報網を構築し、情報過多ともいえる世界を描き出す。この情報網のなかで特に大きく活躍したのは、あて宮の側近女房である兵衛の君の弟・これはたであった。立坊争いを描く巻々の大部分であて宮は里下がりをしているため、宮中にいる春宮の動向はこれはたによって伝えられる。これはたは情報の媒介者として存分に活躍したが、あて宮はそれを使いこなしたとはいいがたい。情報網を持ちながら、使いこなせないことによって出所不明の噂に振り回されるあて宮の姿からは、情報戦が脇役たちによってネガティブに支えられていることが浮き彫りになっている。

このように『うつほ物語』は女房をはじめとする脇役たちで情報網を構築し、そこから物語を動かすという方法を見出した。それは、女房たちが信頼に足る情報を握っていることが前提となる。彼女たちは主の傍に仕え、離れている人と人を仲介する。男女の仲介という物語前半部での役割と、情報の媒介者という後半部での役割を合わせれば、「男女の秘密を握る」という役割が生まれるのは必然だ。『源氏物語』では、女房たちが男君を姫君の寝所へ導くという役割を果たすことになる。藤壺宮に仕える王命婦は光源氏に請われ、彼を藤壺宮の寝所へ手引きした。玉鬘に仕える弁や、女三宮に仕える小侍従もそうだ。特に小侍従は、柏木に手引きを求められる様が丁寧に描かれている。彼女たちは、男女の関係に関与し、重大な秘密を握る。そして宇治十帖では、その秘密を語る弁のような女房も登場することになる。浮舟の物語においては女房たちの情報網も構築されている。かつて中将という名の女房であった浮舟の母君は、弁と旧知の仲であり、中の君に仕える大輔とも友人であると設定されている。そのため、弁は匂宮の色好みの評判を大輔の娘の右近から聞くことになる。

さらに浮舟に仕える侍従や右近といった側近女房たちの活躍も注目される。匂宮が浮舟と通じたことを知った右近は侍従と二人でこれを隠し通そうとした。さらに浮舟が失踪した後は、亡骸がないまま葬送を済ませてしまう。物語はついに、偽装工作・情報操作をする女房を登場させたのだ。しかし、浮舟の情報は宇治の下童を経由して明石中宮に仕える小宰相のもとへ届き、そこから明石中宮に伝わる。偽装工作・情報操作をさせながらも、それを上回る情報網を物語は用意している。さらに浮舟が小野にいることは、横川僧都の話を聞いて浮舟のことだと思い当たった小宰相から薫に伝わる。

女君のそば近くにいる女房たちは、男女関係をはじめとする情報をいち早く握り、時に偽装さえする。そして彼女たちの情報網は幾重にも張り巡らされ、そこから物語が動き出す。これらは全て、彼女たちが情報を握っていることと、情報網が機能していることが前提になる。女君の傍に仕えているのだから、こと男女関係に関する情報をいち早く握るのは当然のことのように見える。しかし、それは本当に「当然」なのか。この「当然」を覆したのが、『狭衣物語』である。

もとより女房たちも万能ではないし、情報網が使えないこともある。『うつほ物語』でも、あて宮は有能な情報提供者であるこれはたを自ら使えなくし、出所不明の噂に振り回されていた。『源氏物語』でも、光源氏は乳母子の惟光に対して、夕顔の一件を妹の少将に言うなと口止めした。浮舟の場合でも、侍従や右近が偽装工作をしたことにより、浮舟の乳母は情報を握れなかった。また、男女の関係がいつも女房の手引きで起こるわけではなく、時に男君の単独行動であることもある。しかし、それでも、女房たちの情報網は機能しているという前提があるし、男君の単独行動であっても女房たちはその後の対応に奔走する。そうしたあり方を、『狭衣物語』は裏切る。

『狭衣物語』において、男女の関係が成立するとき、そこに女房はいない。女房たちは情報を握れず、女房と彼女たちをとりまく者同士での情報交換はなされない（それは男性従者の場合も同様だ）。そして、情報を握ることができていないにもかかわらず、誤解と思い込みを抱いたまま動き、情報操作までしてしまう。女房・従者のこうした行動は物語を悲劇へと導く。登場する脇役たちのなかの誰かひとりでも情報交換を試みていたら起きなかったはずの悲劇を、『狭衣物語』は繰り返し描き続けるのだ。しかもそれは、「女房は情報を握っているはず」という前提のもとになされている。先行物語の作りあげた常識めいたものを、作中人物たち自身が抱き、それを前提とした「知らないはずがない」という思い込みが物語を動かす。先行物語が作りあげてきたものを信じるからこそ、それを裏切ることが可能になる。女房たちの情報網は物語史のなかで手を変え品を変え、物語の動力となり続けていたのである。

2　女房の名

　ところで、女房たちは仕事用の名前を使って主に仕えている。「中将」「侍従」など、その多くは男性の官職名に由来するのだが、『うつほ物語』には「孫王の君」という珍しい名の女房が登場する。「孫王」という名の女房は、他の物語で見ることができず、彼女は名の珍しさでもって我々の目をひく。そして、「孫王」という名は「あて宮の親類なのだろう」という推測を導き、彼女を仲介にする仲忠を「側近女房を味方につけている＝あて宮の求婚者のなかでも有力候補なのだろう」と捉えさせる。あて宮求婚譚において終始仲忠に好意的に接する孫王は、仲忠の存在とともに強く印象づけられる。

　それだけに、蔵開・上巻でもうひとりの孫王が出てきたときの驚きは大きい。本論では扱わなかった場面だが、蔵開・上巻、女一宮がいぬ宮を出産した直後のことだ。仲忠は仁寿殿女御に頼まれ、いぬ宮をくるむために下袴を脱いだ。「仲忠も、ものいちしるき夜もや」（蔵開・上　四七四）と、男であることが丸出しになってしまったと戯れた仲忠に対して、「孫王の君、『げに、立ち走りやすくせさせ給ふめり』」（蔵開・上　四七四〜四七五）と孫王が「立ったり座ったりしやすくおなりのようだ」と返す。このように仲忠と軽妙かつ〝下ネタ〟めいたやりとりをする孫王は、いかにもお馴染みの「いつもの孫王」らしいが、よくよく考えてみれば「いつもの孫王」はあて宮に仕える女房である。いぬ宮の誕生場面にいるはずがない。「孫王」という極めて珍しい名の女房は、主要人物たる仲忠をあて宮求婚譚における有力婿候補に位置づける、特権的な役割を与えられた女房であった。何食わぬ顔で同名の別人が登場するなど、いささか裏切られたような感がある。しかし、国譲・上巻で、「娘は三人、大君これ、中の君は大将殿の孫王……」（国譲・上　六五八）と孫王は実は三姉妹で、次女が大将殿＝仲忠のもとにいたのだということが明かされる。ここでようやく、仲忠と戯れを言い合った孫王が次女であろうことが分かるのだ。

女房たちの名は、他の者と重なることも珍しくない。この場合は、三姉妹全員が「孫王」という名を用いている（のちに四女もいることが明らかになるが、四女は母親が違い、名も明らかでない）。ヒロイン・あて宮の側近として、彼女と物語の主要人物たる仲忠をつなぐ重要な女房である「孫王」の名を妹たちも負い、それぞれ女一宮やさま宮（あて宮の同母妹で涼の妻）に仕える。特権的な女房の名として登場した「孫王」たちが、姉妹という結びつきで、それぞれの主たちに関わる情報を交換し、ネットワークを構築する。単に姉妹であるというだけでなく全員が「孫王」という名を持つことで、それが強く印象づけられ、彼女たちの情報網の重要性が示されているのだ。

『うつほ物語』の場合、このように三姉妹の女房に同じ名が用いられていた。これは姉妹として、側近女房として、縦横のつながりの強さを示すものとなっている。一方で、「同じ名の女房」を物語のシステムに巧みに用いたのが、『源氏物語』であった。

『源氏物語』には多くの同名別人の女房が登場している。そして、そのなかには、別人でありながら似た造形になっている女房たちがいた。「中将」は男たちを魅了し、ときに性的関係を結ぶ。「侍従」は若い乳母子で、思慮が浅いために主を裏切ることもある。「右近」はしっかりものの側近女房。「弁」は側近として男女の秘密の関係に関わるが、実のところ加担しきれない。こうした女房たちの造形は、正篇に登場する者たちをつぶさに見ていくことで浮かびあがってくる。

とはいえそれぞれの女房たちの印象には濃淡がある。「中将」でいうならば、六条御息所に仕えた者と、紫の上に仕え光源氏に最後まで寵愛された者が、光源氏の物語の始まりと終わりを印象づけている。

「右近」は正篇において夕顔に仕えた者しか登場しないが、夕顔巻と玉鬘十帖で重要な役割を果たした。「侍従」といえば、やはり柏木の密通の手引きをした女三宮の乳母子・小侍従の活躍が際立っている。しかし、彼女たちに比べると、それ以外の「中将」や「侍従」はそれほど印象的とはいいがたい。「弁」に至っては、正篇における代表的な「弁」を挙げることも難しいかもしれない。それでも、そのほんのわずかに登場するだけの女房たちに、似た造形がなされている。つぶさに見ていくと浮かびあがるというのは、逆にいえばつぶさに見なければ分からないほどのことであるということかもしれない。しかし、物語はこれらの名を持つ女房に確実に似た造形を与えている。

そして、この「中将」「侍従」「右近」「弁」の名を持つ女房の全員が関わるのが、『源氏物語』最後のヒロイン・浮舟の物語であった。浮舟の物語において女房たちというのは、もはや主要人物たちに匹敵する活躍をしているが、それだけに宇治十帖の「中将」「侍従」「右近」「弁」はその特徴的な造形が際立つ。

宇治十帖の「中将」は、浮舟の母君がかつて女房であった頃の名だ。浮舟の母君は「中将」であったころ、八の宮と関係を結び、浮舟を生んだ。正篇における「男たちを魅了し、ときに性的関係を結ぶ」女房としての「中将」の造形を浮舟の母君は継承しているのだ。しかも、正篇の中将たちと違い、彼女は浮舟という子を生んだ。そして、浮舟を生んだことにより八の宮のもとにいられなくなり、女房「中将」ではなくなった。浮舟の母君は、正篇に始まる女房「中将」の続篇的存在であった。

浮舟の母君は浮舟の結婚問題に頭を悩ませていたが、結局、浮舟は薫・匂宮との三角関係に陥り、自ら死を選ぶことになる。このとき恋物語の展開において重要な働きをしたのは「侍従」と「右近」であった。正篇において「侍従」「右近」は代表的な側近女房の名であり、「若く思慮が浅い侍従」と「堅実でしっかり者の右近」という対照的な造形を持つ者たちであった。浮舟にはこの代表的かつ対照的な側近女房の名を持つ者がふたり同時に仕えていた。しかも、先に述べたように、宇治十帖において女房たちというのは、もはや主要人物に匹敵する活躍をしている。行動や心情の描きこまれ方も、物語の展開に与える影響も、正篇とは比較にならないほどである。そのため浮舟に仕える侍従と右近は、正篇からの造形を継承しながら、正篇以上の活躍をすることで、「侍従らしすぎる侍従」と「右近らしすぎる右近」になっている。対照的すぎるふたりの、対立する見解が、薫と匂宮の間で揺れる浮舟にさらなる揺さぶりをかけ、死へと導くこととなった。

こうした浮舟がわの女房たちに対して、薫がわで登場したのが「弁」である。彼女は柏木の乳母子という過去を持ち、薫に出生の秘密を話す。正篇において「弁」は「側近として男女の関係に関わるものの加担しきれない女房」の名である。この弁は、柏木と女三宮の密通に関わった過去を持つが、そのことは正篇で語られていない。それは物語に後付けされたようなものであるが、実のところどこまで加担していたかには怪しいものがある。彼女もやはり、「加担しきれない弁」なのだ。そうした過去を持ちながら、現在は宇治の八の宮邸で姉妹に仕える。そのうえで、もと主の息子たる薫と主従の関係を結び「過去」を取り戻そうとする。「中将」が八の宮の子である浮舟を抱えることで「過去」たる正篇世界とつながり、一方で常陸介北の方という「現在」を持っていたように、「弁」も「過去」たる正篇と「現在」の両方の世界を生きているといえる。しかし、「もと主の息子の恋を叶えようとする」という「過去」の延長にいる「弁」には、「加担しきれない弁」という正篇の造形を乗り超えることができなかった。

正篇からの造形を継承した名を持つ女房たちは、宇治十帖で大いに活躍し、女房たち自身の物語をさらなる展開へと導いた。そして、主要人物に匹敵する彼女たちの活躍は、宇治十帖の世界がどのようなものであるかを示す指標となる。浮舟の母君は二条院で薫や匂宮を見た後、浮舟を中の君に預けて常陸介北の方としての「現在」の世界に落ち着くこととなった。彼女が二条院で垣間見た世界は、浮舟を八の宮の娘として扱いたいという欲望を喚起するものであり、「中将」であった過去を呼び覚ます正篇的世界である。それを見る母君の視点は、宇治十帖が正篇を捉えなおそうとするものでもある。

また、侍従や右近は浮舟の物語をリードしたが、それが終わった後の蜻蛉巻には何が語られていただろうか。実のところ侍従は浮舟にとって「よそ人」であったことが明かされ、彼女は念願を叶えて明石中宮のもとへ出仕した。しかも明石中宮のもとでは「下﨟」の女房であるとされ、浮舟の前では大活躍した侍従も実のところはその程度の身分であったことが示される。蜻蛉巻で描かれる都の世界は、宇治の世界と大きな隔たりがあったのだ。「侍従らしすぎる侍従」と「右近らしすぎる右近」であればあるほど、正篇に描かれていた都の「侍従」や「右近」との差が明確となり、宇治十帖の世界が正篇の世界とどれほど遠くまで来てしまったかが明らかとなる。

女房たちは「同名の別人」として物語の各所に散らばり、宇治十帖でその集大成的な活躍を見せた。彼女たちは同名であっても別人だ。あくまで別人だからこそ、それぞれの物語で各々の役割を果たす。しかし同時に、別人でありながら同名だ。同じ名を負うことで、他の同名の女房と重ねられ、別々であった物語をつなげていく。宇治十帖はどのような世界を描き出しているのか、正篇からどれほど変質したのか。同名の女房は、それを示す指標であるといえるのだ。宇治十帖に登場する浮舟の母君（中将）も侍従も右近も弁も、宇治十帖に登場する瞬間においては、物語世界を生きるひとりの人物だ。だが、その名は、彼女たちを『源氏物語』全体のなかに落とし込む。女房の名は、ただ個人を示すものではなく、物語世界の有様を示す指標となっているのである。

3　物語の引用

それにしても、女房の名に一定の造形を持たせ、繰り返し登場させるというのは、『源氏物語』に特有のものなのだろうか。他の物語を組上に載せるとどうなるのだろうか。それについてはなお考える必要があろうが、『狭衣物語』の場合には、『源氏物語』に登場する女房の名を利用していると思しいところがある。主人公・狭衣の乳母は「大弐の乳母」と呼ばれる者だが、これは光源氏の乳母と同じだ。また、狭衣が女二宮と関係を持つ場面は、『源氏物語』花宴巻における光源氏と朧月夜の出会いの場面を引用しているが、女二宮の物語に登場する女房は中納言典侍という名であり、光源氏と朧月夜をたびたび仲介する中納言の君と同名だ。さらに、物語の終盤、狭衣が宰相中将妹君を牛車に乗せて自邸に連れ帰る場面で妹君に同行した乳母の名は弁だった。『源氏物語』東屋巻で薫が浮舟を宇治に連れ去った場面に立ち会った弁の尼を彷彿とさせるものがありはしないか。そうした『狭衣物語』のあり方を考える場合、女房の名だけにとどまらない、『源氏物語』引用の方法という大きな問題が見えてくる。

その最も顕著な例は、巻三における一品宮に関わる物語だろう。この一品宮物語は、『源氏物語』夕霧巻と共通性を持っている。いずれも、男女に実事を含む関係がないなかで、男が女の居所から出てきたところを目撃されたことをきっかけに、結婚するはずのなかった皇女との婚姻が成立するという筋である。たとえどれほど結婚が考えられない皇女であっても、ひとたび噂が流れれば、あとはそれを味方につけて、不可避の状況に持ち込むことができる。『狭衣物語』は夕霧巻の構造・方法を積極的に引用しているのだ。

この夕霧巻の引用は細部にまでおよび、それは本書のテーマである女房に関しても指摘できる。狭衣が頼りにした一品宮に仕える女房は「少将の命婦」という名であった。これは夕霧巻に登場する小少将の君と同じ名である。夕霧巻の小少将は、夕霧を落葉宮のもとまで手引きした女房であった。夕霧巻の場合、夕霧は落葉宮との結婚を望んでいた。落葉宮は夕霧を拒んでいたが、小少将は夕霧に求められ、彼を落葉宮のもとへ導くこととなった。一方の『狭衣物語』の場合、狭衣は一品宮との結婚を望んでいなかった。狭衣は一品宮のもとに引き取られている自身の娘に会いたかっただけである。しかし、不運にもその姿を目撃され、一品宮との間に噂が立ってしまう。そのとき、狭衣と一品宮との手引きをしたと濡れ衣を着せられたのが、少将の命婦であった。

夕霧巻は、もとより結婚を望んでいた夕霧が、落葉宮との実事はなかったものの、出ていくところを目撃されたために、噂が流れてしまうことを味方につけて結婚を成立させるという物語である。そのため、夕霧の手引きをした小少将は彼の望みをかなえたことになる。しかし、狭衣と一品宮との結婚は、狭衣の望むところではないし、少将の命婦の手引きというのも全くの濡れ衣だ。先に述べたように、『狭衣物語』は男女の関係に「女房の手引き」を用いない。たとえば狭衣が女二宮と関係を結んだとき、そこに手引きの女房などなく、狭衣の単独行動であった。一方で、『狭衣物語』は女房の手引きを用いないにもかかわらず、登場人物たちに「女房の手引きがあるはず」という思い込みを与えている。それは先行物語から蓄積された〝常識〟のようなものであり、それを踏まえて覆すところに、『狭衣物語』のカタルシスがある。この一品宮の少将の場合、「女房の手引きがあるはず」という前提のもとに、男女の関係がなかったにもかかわらず「手引きの女房」に仕立てあげられた。少将は、最初からありもしなかった男女関係の手引きをしたことになったのだ。夕霧巻の構造・方法を用いて、『狭衣物語』は夕霧巻よりもいっそう大胆に物語を展開させている。

なお、『狭衣物語』は狭衣の結婚という重要な局面に夕霧巻を引用したことになるが、これは主人公である狭衣に対して、同じく主人公である光源氏ではなく、その子の夕霧を重ね合わせたことになる。『狭衣物語』において「光源氏」は作中で何度か直接名前を出す形での引用がなされている。それはいずれも、狭衣が自身を重ねるときであった。また、巻四の蹴鞠の場面でも、狭衣は『源氏物語』の若菜上巻における光源氏のような言動をした。しかし、その蹴鞠の場面で狭衣は、周囲の女房によって夕霧のポジションである扱いを受ける。狭衣は、自身では光源氏を装うことを望みながら、物語の様々なレヴェルの引用において、夕霧性ともいうべきものを与えられた主人公なのである。

『うつほ物語』『源氏物語』『狭衣物語』の三作品を用いて、それぞれの物語に女房が何をしているのか考えてきた。彼女たちは、一見するとただ出番が少ないだけの脇役である。しかし、ときに物語の展開の動力となり、ときに物語の世界観を示す指標となる存在だ。その有様は作品によって様々であり、それぞれの作品の個性も女房たちから見えてくるのではないだろうか。作品による個性の違いは、王朝物語史の一側面を示すものでもある。

とはいえ王朝物語はこの三作品にのみ代表されるわけではない。さらに他の物語に目を向け、女房たちから切り込んでいけば王朝物語史の系譜をより豊かなものとして見出せるかもしれない。実のところ、成立時期が『源氏物語』より後、『狭衣物語』のやや前とされる『夜の寝覚』を扱えなかったことが気にかかっている。『夜の寝覚』の女房たちからは、これら三作品ともまた違った問題が探り出せそうだ。

また、『狭衣物語』以降にも興味深い物語が数多くある。しかし、それはまたの機会にすることにしよう。

女房はそれぞれの物語に、そして王朝物語史に何をしているのか。この三作品で論じてきたことがひとまずの成果である。女房たちに注目して見ると、王朝物語が実に「よく出来ている」ことが分かる。あるいはそれが、これらの物語が千年にわたって読み継がれている理由なのかもしれない。我々は主要人物の心情・生き様や魅力的な筋にひきつけられるのかもしれないが、それらを支えるシステムなくして物語は成立しないからだ。とすれば女房たちの存在は、我々をひきつける原理そのものといえる。

本書で論じてきたのは、あくまで王朝物語というフィクションの世界での女房たちである。平安時代を生きた現実の女房がどうであったのか、そこに立ち入ることはしなかった。しかし、序章でも述べたように、物語に描かれる女房たちから、その実態を想像することはできる。王朝物語において女房たちは、情報を握り（あるいは握れないまま）、貴公子と姫君の恋を結末に向かって導く重要な役割を果たしていた。彼女たちは物語世界において、役割を果たすだけの歯車的存在である。しかし、それにしては、生き生きとした歯車である。現実の社会においてもそうであったのかもしれないと思わせるものがある。女房たちは貴族社会のあらゆるところに散らばり、それぞれの生を生きながら、貴公子や姫君たちを見つめていたのではないか。これは勝手な想像ではない。王朝物語の作者とされる者たちも、その多くは女房であったからだ。

『源氏物語』の賢木巻、出家を決意した藤壺宮は春宮（のちの冷泉帝）に、自分の容貌が変わってしまったらどう思うかと、それとなく出家の意思を伝える。すると春宮は、「式部がやうにや」（賢木②一五七）と問い、藤壺宮は「それは、老いてはべれば醜きぞ」（賢木②一五七）と答える。出家の意思を汲み取れなかった春宮は、容貌が変わるとは「式部」のようにかと問い、藤壺宮は式部の場合は老いたから醜いのだと答える。ここで唐突に引き合いに出された女房の名が、作者と目される人物の名と同じ「式部」

なのは偶然なのだろうか。

また、『狭衣物語』巻三で、狭衣が源氏の宮に飼い猫を貸してほしいと言う場面がある。そのとき狭衣に対して、一品宮と新婚の状態では猫も居心地が悪かろうと笑ったのは「宣旨と言ふ人」（巻三②一三八）であった。物語のこの時点で、源氏の宮はすでに斎院となっている。『狭衣物語』の作者とされる人物が六条斎院に仕えた「宣旨」という女房であったことを、脳裏に浮かべずにいられようか。

何も最後に作者論や作家論を試みたいわけではない。ただ、ここにわずか登場する「式部」や「宣旨」（「式部」は登場すらしていないが）には、物語作者の女房たちを重ねたくなる引力がある。千年経った我々にとってもそうなのだ。ましてや当時、これらの物語に触れた「式部」や「宣旨」の同僚たちはどう思ったことだろう。そして、その同僚たちのなかには、思慮の浅い「侍従」やしっかり者の「右近」がいたかもしれない。そんな想像をせずにはいられないのだ。

主人公たちの周縁で物語世界を動かす女房たちのように、平安時代の貴族社会を生きた「式部」や「宣旨」も、主人と他の誰かの仲介となり、情報を行き来させる網の目の一部となり、自らの生きる世界を確かに支えていただろう。そして自らの世界を見つめる目でもって、紙の上にもうひとつの世界を作りあげたのかもしれない。

注

第Ⅰ部　第一章

（1）女房を含め女性の登場人物をまとめたものに齋木泰孝の「宇津保物語の女性登場人物　索引と呼称一覧」（『物語文学の方法と注釈』和泉書院、一九九六）がある。

（2）あて宮の第一皇子出産の折の湯殿役の女房である。ここにのみ登場する人物で、正頼邸の他の人物（大宮など）が主人の可能性もあろうが、あて宮づきとしておく。

（3）大宮の指示で相撲の節会の装束のための染め物を任されている女房である。正頼邸に仕える女房で、正確には主人が誰であるのか判然としないが、大宮の指示で働いていることより大宮づきとして数えておく。

（4）新編全集の頭注（二九五頁）では「靫負の君」を衛門佐である源連澄とした上で、「女一の宮づきの女房とみる説もある」としている。

（5）『うつほ物語全改訂版』（室城秀之校注、おうふう、二〇〇一）に底本「たんこ」とあるところを「うこん」と校訂した箇所がある（蔵開・中　五六二）。文脈上妥当であると思われるのでこれに従う。

（6）源仲頼の妹のことである。国譲・下巻で按察使という名で女一宮づきの女房となる。それ以前は蔵開・中巻〜国譲・中巻に登場している。

（7）楼の上・下巻では「ちや」とあるが同一人物と取る。

（8）前掲注5『うつほ物語全改訂版』に底本「左近」とあるところを「右近」と校訂した箇所がある（蔵開・下　五九一）。左近としても問題はないが、右近の方がよりふさわしいと思われるのでこれに従う。

（9）ここでは入内後なので「藤壺」と呼ぶべきところであるが、本章では全て「あて宮」の呼称で統一する。

（10）齋木泰孝「物語文学の求婚譚の型――源氏物語以前と以後」（『物語文学の方法と注釈』和泉書院、一九九六）も、兵衛の君を実忠の「召人ではなかったかと想像される」と指摘する。

（11）吉海直人は「『宇津保物語』の乳母達」（『平安朝の乳母達――『源氏物語』への階梯』世界思想社、一九九五）で、「これは作戦としてはすばらしいもので、めざす女性の最も親しい側近として、乳母及び乳母子を味方にできたら、この恋はもはや半分以上成就したようなものである」と指摘する。

（12）他に例がない。齋木泰孝も「教養重視と個性化――按察使の君、孫王の君、侍従の乳母など」（『物語文学の方法と注釈』和泉書院、一九九六）において、「今のところ、侍女が「孫王」と呼ばれている例を他に見つけることができない」と指摘する。

（13）吉海直人「親類の女房」（『源氏物語の新考察――人物と表現の虚実』おうふう、二〇〇三）。

（14）前掲注13吉海論文。

(15) 女一宮づきの孫王は蔵開・上巻に登場するが、それがあて宮づきの孫王の妹であることが明らかになるのは、やはり国譲・上巻に至ってである。
(16) 前掲注12齋木論文。
(17) 大井田晴彦「実忠物語の位相」(『うつほ物語の世界』風間書房、二〇〇二)。
(18) 前掲注17大井田論文。
(19) 前掲注5『うつほ物語 全 改訂版』は底本に「はらから」とあるところを「はゝは」と校訂している。「はらから」の場合、孫王の君姉妹のうちの誰かが「帥の君」ということになろうが、帥の君の説明の後に「娘は三人」とあるのだから、「はゝは」と校訂する説に従いたい。
(20) この場面の解釈は難解で、四女が誰の女房であるのか諸説ある。しかし、情報をもたらす役割を果たしていることに変わりはない。なお、帥の君の娘は三人なので、この四女は孫王三姉妹とは異腹ということになる。
(21) 三田村雅子「物語文学の視線」(『源氏物語　感覚の論理』有精堂、一九九六)。
(22) 前掲注12齋木論文。
(23) 前掲注12齋木論文にも、いぬ宮の乳母の侍従、涼づきの帥の君に関する指摘がある。

第二章

(1) 本章ではあて宮の呼称は入内前の場面でも「藤壺」で統一する(ただし「あて宮求婚譚」とする場合は除く)。
(2) 室城秀之「藤壺腹皇子立坊決定の論理」(『うつほ物語の表現と論理』若草書房、一九九六)は春宮にとって藤壺の生んだ皇子の立坊が揺らいだことがないということを指摘するとともに、愛だけではない判断で決定したことを論じている。
(3) 伊藤禎子「闇の祝祭」(『『うつほ物語』と転倒させる快楽』森話社、二〇一一)。また、神田龍身は「祝祭の変容と物語の生成」(学習院大学平安文学研究会編『うつほ物語大事典』勉誠出版、二〇一三)において国譲巻の「政治世界における男女の役割の転倒」を指摘し、「個々人の性的トラウマ同士の葛藤という内面的祝祭劇として政治世界が構築されている」とした。
(4) 唯一の例外として忠澄の乳母の長門という者が登場するが、彼女も藤壺との仲介を期待して頼まれる女房の一人である。長門は藤壺づきではないことに意味がある。彼女を頼った滋野真菅が、藤壺の側近女房に近づけていないことを示すことによって、婿候補にはほど遠いことが明らかにされているからである。なお、『うつほ物語』において物語の進展とともに女房の機能が変化していくことは第一章で指摘した。
(5) 新編全集の頭注には「仁寿殿の女御は政治的打算から、これまでも朱雀帝の乳母に配慮してきたか」(②三九五)とある。
(6) この贈り物に関しては小嶋菜温子「「産ぶ屋」の賀歌(3)――『うつほ物語』いぬ宮の産養と「鶴」「雉」「鯉」」(『源氏物語の性と生誕――王朝文化史論』有斐閣、二〇〇四)、西山登喜「うつほ物語〈モノ〉が見せる相関図」(三田村雅子編『源氏物語のことばと身体』青簡社、二〇一〇)などの論がある。

（7）前掲注6西山論文。
（8）底本「大宮」（国譲・中　七二〇）とあり「太守宮」もしくは「弾正宮」の誤りかとされている箇所である。いずれにせよ、文脈上、仁寿殿女御の子を指すと解して構わないと考える。
（9）史上の典侍に関する先行研究には角田文衛『日本の後宮』（学燈社、一九七三）、加納重文「典侍」（『平安文学の環境――後宮・俗信・地理』和泉書院、二〇〇八）などがある。
（10）三田村雅子「物語文学の視線」（『源氏物語　感覚の論理』有精堂、一九九六）。
（11）室城秀之「うつほ物語の後半の会話文」（前掲注2『うつほ物語の表現と論理』所収）は藤壺腹皇子がいぬ宮を見た事件を例に「実際のできごとを語らずに、当事者たちの会話を通して描くことで、一義的ではない物語の読みの世界への広がりを持たせようとしているのである」とする。ここもその一例といえるだろう。
（12）前掲注3神田論文。
（13）吉海直人「『宇津保物語』の乳母達」（『平安朝の乳母達――『源氏物語』への階梯』和泉書院、一九九五）。
（14）なお、兵衛の君に関することとしては、在原忠保が親代わりであったことも注目される。忠保は「兵衛が親方にて、常に申さすれば」（国譲・下　八〇一）ということで修理大夫に任官する。室城秀之『うつほ物語　全　改訂版』（おうふう、二〇〇一）の八〇一頁注九には「藤壺は、忠保が兵衛の君の親代わりであることを理由にしているが、実際は、自分の恋のために出家した仲頼に対する贖罪のためである」とある。兵衛の君は乳母子であることによって、実忠・仲頼という求婚譚で最も悲惨な末路を辿った者たちの救済に関わることになったのである。
（15）前掲注3神田論文。
（16）他に男女の乳母子が登場する例としては、『源氏物語』の惟光・少将命婦・大輔命婦（惟光・少将とは別の乳母の娘）が挙げられる。吉海直人「乳母子考」（前掲注13『平安朝の乳母達――『源氏物語』への階梯』所収）でも指摘されているように、彼らの交流は描かれない。『源氏物語』の場合、光源氏は惟光に対して夕顔の一件を少将命婦にも言わないように指示しており、むしろ『うつほ物語』とは対照的なあり方が注目される。これは、『狭衣物語』において狭衣の乳母子である道成・道季兄弟が情報交換しないことにもつながる問題である。『狭衣物語』の道成・道季兄弟に関しては第Ⅲ部第一章において論じる。
（17）武藤那賀子「手紙論」（前掲注3『うつほ物語大事典』所収）はこれはたの言葉への信頼は春宮からの手紙の信頼を上回るものであると指摘している。
（18）前掲注16吉海論文は「両者の間には、真の親密さは想定できない」とするが、乳母子であるからこそ切り札になることに、これはたの価値を見たい。
（19）宅間弥生子「噂論」（前掲注3『うつほ物語大事典』所収）は正頼家内部の噂の解釈の問題を論じ、「藤壺腹皇子立坊に悲観的な噂を自ら取り込み、助長させ、さらには、正頼家の婚姻政策における政治的な穴までをも浮かびあがらせるものとして機能している」と指摘する。

（1）侍従と右近に関しては次章で論じる。
（2）秋山虔「女房たち」（『鑑賞日本古典文学　九　源氏物語』角川書店、一九七五）。
（3）「中将の君――源氏物語の女房観」「もと中将の君」（ともに『源氏物語　生と死と』武蔵野書院、一九八八）。
（4）「源氏物語の端役者――女房――中将を中心として」（『東横学園女子短期大学紀要』三、一九六四）。
（5）「源氏物語における〈形代〉」「召人のまなざしから」（ともに『源氏物語　感覚の論理』有精堂、一九九六）。
（6）「『源氏物語』の女房をめぐって――宇治十帖を中心に」（『源氏物語とその展開　交感・子ども・源氏絵』竹林舎、二〇一四）。
（7）『源氏物語』において「召人」という語が使用されるのはわずか二例しかなく、髭黒北の方づきの中将に「召人だちて」とあるのはそのうちの一つである。『源氏物語』における「召人」の定義には再検討の余地があり、本章では「貴人と性愛関係にある女房」は、いささか時代錯誤な表現であることは承知の上で「お手つき女房」と表現するにとどめたい。なお、「召人」の定義を検討した論として池田大輔「平安朝文学「侍女」考――「めしうど」と呼ばれた女性たち」（『駒沢大学大学院国文学会論輯』三三、二〇〇五・三）がある。
（8）清水好子「光源氏論」（『研究講座　源氏物語の視界2』新典社、一九九五）。
（9）三田村雅子は前掲注5「召人のまなざしから」において召人の指すものを拡大し「光源氏に女房という立場を越えて心惹かれる女房」として六条御息所づきの中将、朧月夜づきの中納言、朝顔斎院づきの中将、藤壺づきの中納言・中務を挙げる。
（10）前掲注5「源氏物語における〈形代〉」。
（11）ここで集約された中納言・中務はあくまで光源氏のお手つき女房としての彼女たちである。特に中納言に関しては弘徽殿女御や女三宮に仕え誰のお手つきでもない中納言もいる。「中」のつく女房としてまとめてとらえている前掲注5三田村論文には疑問が残る。
（12）秋山虔「召人について――源氏物語読解例の一つ」（『源氏物語の論』笠間書院、二〇一一）、前掲注6原岡論文。
（13）「性の制度化――召人の性をめぐって」（『乳房はだれのものか』新曜社、二〇〇九）。
（14）前掲注13論文。
（15）前掲注3論文。
（16）「社会の欲望媒介装置＝浮舟――交換される欲望」（『源氏物語＝性の迷宮へ』講談社選書メチエ、二〇〇一）。
（17）鈴木日出男は「中将の君と浮舟」（『源氏物語虚構論』東京大学出版会、二〇〇三）で薫を垣間見る直前の母君の中の君への対応を「彼女自身が浮舟を庇護し通すというよりも、その責任を中の君に転嫁しているとさえみられる」と指摘するが、その通りであろう。
（18）浮舟の母君による実子いじめの問題に関しては足立繭子「浮舟物語と継子物語――母娘物語としての位相から『夜の寝覚』論へ向かうために」（『中古文学論攷』一三、一九九二・一二）の論があり、浮舟と左近少将妻との立場の逆転についても指摘されている。

(19) この蜻蛉巻の中将の問題に関しては、別稿の発表予定がある。「「蜻蛉」「手習」巻の物語世界――「女郎花」の和歌と女房の名を媒介に」(『日本文学研究ジャーナル』三、二〇一七・九掲載予定)。

(20) 神田龍身「薫をめぐる端役たち――「後見」「しるべ」という黒衣的欲望」(『端役で光る源氏物語』世界思想社、二〇〇九)、大内記に関しては中丸貴史「『源氏物語』浮舟巻における情報と欲望構造――内宴と躍動する家司たち」(『源氏物語〈読み〉の交響』新典社、二〇〇八)がある。

第二章

(1) 「侍従」と「右近」の造形に関しては武者小路辰子の「侍従と名のる女房はどうも「物深からぬ」「色めかしき」様子があり、右近と名のつく女房は固い方であるのもおもしろい」という指摘(「中将の君――源氏物語の女房観」(『源氏物語 生と死と』武蔵野書院、一九八八)のほか、原田真理「源氏物語における右近像」(『平安文学研究』七五、一九八六・六)、野村倫子「浮舟入水の脇役たち――「東屋」から「浮舟」へ構想の変化を追って」および「「侍従」考――平安末期物語および鎌倉時代の物語にみられる脇役女房史」(ともに『『源氏物語』宇治十帖の継承と展開』和泉書院、二〇一一)などで検討されている。特に野村論からは多くの示唆を得た。考察が重なる部分も多いが、本章は正篇世界を利用する方法を見出すことを目的としており、基本的な論旨を異にする。

(2) 古くは『岷江入楚』に浮舟の歌に対する指摘があり、その後も『源氏物語評釈』(萩原広道)に指摘が見える。他に島津久基『源氏物語講話 巻三』(中興館、一九四七)、池田亀鑑『新講源氏物語 下巻』(至文堂、一九五一)、岡一男「『源氏物語』のテーマ・構想・構成――内部徴證による成立論」(『源氏物語の基礎的研究 増訂版』東京堂出版、一九六六)、篠原昭二「東屋」(『源氏物語必携』學燈社、一九七八)、今井源衛「浮舟の造型――夕顔・かぐや姫の面影をめぐって」(『源氏物語の思念』笠間書院、一九八七)、田中隆昭「宇治十帖における初期の巻々の影響」(『源氏物語 引用の研究』勉誠出版、一九九九)、池田和臣「浮舟登場の方法をめぐって――『源氏物語』の『源氏』取り」(『源氏物語 表現構造と水脈』武蔵野書院、二〇〇一)など。

(3) 「浮舟物語の一方法――装置としての夕顔」(『読む源氏物語 読まれる源氏物語』森話社、二〇〇八)。

(4) 匂宮は宇治で浮舟のもとに薫を装って侵入しようとする際、「右近と名のりし若き人もあり」(浮舟⑧二四)と浮舟づきの右近を目にとめているが、匂宮が知っている右近は中の君づきの右近のはずであるという矛盾である。藤村潔「右近と侍従――橋姫物語と浮舟物語の交渉」(『源氏物語の構造』桜楓社、一九六六)、小山敦子「女一宮物語と浮舟物語」(『源氏物語の研究』桜楓社、一九八〇)など。

(5) 吉海直人「右近の活躍」(『源氏物語の乳母学――乳母のいる風景を読む』世界思想社、二〇〇八)、中丸貴史「『源氏物語』浮舟巻における情報と欲望構造――内宴と躍動する家司たち」(『源氏物語〈読み〉の交響』新典社、二〇〇八)。

(6) 前掲注2『源氏物語講話 巻三』に指摘がある。

(7) 小侍従の母親は「宮の御侍従の乳母」(若菜下⑤一九九〜二〇〇)とあり、固有名「侍従」に「御」が冠されていることで問題となっている。しかし、この乳母は実際には登場しないため、本章では考察対象外とする。なお、「御侍従」となっていることに関しては、野村倫子が前掲注1「「侍従」考――平安末期物語および鎌倉時代の物語にみられる脇役女房史」において指摘するように、一般名詞としての「侍従」があったという可能性がある。

（8）小侍従のほかにも、『源氏物語』には「小」がつく女房の存在が確認できる。落葉宮づきの小少将は、はじめ「少将の君」（柏木⑤三一三）の呼称で登場し、その後は「例の少将の君」（夕霧⑥一五）であったり、「小少将の君」（夕霧⑥三三）であったりと、「小」がつくときとつかないときがある。明石中宮づきの小宰相も同様で、「小宰相の君といふ人」（蜻蛉⑧一四二）であったり、「かくいふ宰相の君」（蜻蛉⑧一四五）であったりしている。どういった場面で「小」をつけているのかは明確でないが、このように同じ人物でも「小」をつけたりつけなかったりしているため、「小侍従」の「小」の有無は、「侍従」の人物造形を考える上では問題視せずとも構わないと考える。

（9）「乳主考」（『平安朝の乳母達――『源氏物語』への階梯』世界思想社、一九九五）および「女三の宮の乳母達」（前掲注5『源氏物語の乳母学――乳母のいる風景を読む』所収）。

（10）前掲注1野村論文「浮舟入水の脇役たち――「東屋」から「浮舟」へ構想の変化を追って」は、「侍従の名を有する女房はしばしば恋の手引き者となった。しかも、手引きした段階で恋愛が破綻に終わるか、のちに侍従とは無関係に二人が結ばれるという共通点すら有している」とする。

（11）前掲注4参照。

（12）前掲注5吉海論文、三田村雅子「召人のまなざしから」（『源氏物語　感覚の論理』有精堂、一九九六）など。なお、三田村は夕顔づきの右近を「六条院における召人としての立場と、乳母子的な立場をあわせ持つ存在」と指摘する。

（13）吉海直人は「弁の尼」（前掲注5『源氏物語の乳母学――乳母のいる風景を読む』所収）で大輔と右近を「乳母と乳母子に限りなく近い存在」と指摘する。

（14）吉海直人は「末摘花の乳母達」（前掲注5『源氏物語の乳母学――乳母のいる風景を読む』所収）で夕顔の右近と末摘花の侍従の対比構造を指摘し、「右近と侍従は、乳母子の典型的な呼称であった」とし、「意図的な対比（右近がプラスで侍従がマイナス）を狙っているとも考えられる」としている。

（15）浮舟物語における侍従と右近の役割に関しては、前掲注1野村論文、前掲注2原田論文のほか、鈴木祥子「源氏物語の女房たち」（『言語と文芸』六一、一九六八・一二）、沢田正子「浮舟物語の家司・女房たちの役割」（『講座源氏物語の世界』有斐閣、一九八四）、高橋美穂子「浮舟の運命と女房達――右近・侍従の役割について」（『羽衣国文』八、一九九五・三）、岩佐美代子「二人の侍臣・二人の侍女」（『源氏物語の展望　第五輯』三弥井書店、二〇〇九）などの先行研究がある。

（16）前掲注1「「侍従」考――平安末期物語および鎌倉時代の物語にみられる脇役女房史」。

（17）前掲注15沢田論文。

（18）前掲注5中丸論文、前掲注15沢田論文。

（19）前掲注5中丸論文、神田龍身「薫をめぐる端役たち――「後見」「しるべ」という黒衣的欲望」（『端役で光る源氏物語』世界思想社、二〇〇九)。
(20)藤本勝義は「浮舟失踪の波紋」(『講座源氏物語の世界』有斐閣、一九八四)において侍従と右近の出自の卑しさを指摘した上で「その彼女たちが活躍し、生き生きと描かれるのは、東屋巻での、常陸介、左近少将、仲人らが繰り広げるリアルな世界を描破することと関係すると思われる。あるいはその世界を描き切ったところから出て来たのかもしれない。常陸介、中将の君、右近、侍従、さらには乳母といった、上流貴族圏からみればまったく取るに足らぬ人間たちの生動は、「浮舟物語」の大きな特徴である」とする。

第三章

(1)吉海直人『源氏物語』の乳母達」「右近の活躍」(『源氏物語の乳母学――乳母のいる風景を読む』世界思想社、二〇〇八)などにも指摘がある。
(2)岩佐美代子「二人の命婦」(『源氏物語の展望　第三輯』三弥井書店、二〇〇八)はこの時点で弁も秘密保持に加わったと取る。たしかに弁は藤壺懐妊を不審に思っているが、王命婦との情報交換はされていないのであり、弁が知るのはまだ先のことであっただろう。
(3)吉海直人「親類の女房」(『源氏物語の新考察――人物と表現の虚実』おうふう、二〇〇三)。
(4)命婦に関する先行研究としては、加納重文「命婦」(『平安文学の環境――後宮・俗信・地理』和泉書院、二〇〇八)、増田繁夫「平安中期の女官・女房の制度」(『評伝紫式部――世俗執着と出家願望』和泉書院、二〇一四)などがある。
(5)『狭衣物語』における中納言典侍と出雲の乳母の関係は、このふたりをふまえているとも考えられる。ただし、『狭衣物語』の場合は中納言典侍による手引きがなかったことや、女官を兼ねる女房と乳母の女房との対立が物語を動かしている点が注目されるが、このあたりのことは第Ⅲ部第二章で論じる。
(6)古田正幸「平安時代における乳母子の語義――『延喜式』・古辞書・『源氏物語』の分析から」(『平安物語における侍女の研究』笠間書院、二〇一四)は、「弁は光源氏の密通を事後に知り、秘密を保持する侍女である。これは他の密通に立ち会う「乳母の子」、たとえば浮舟に仕える右近にも共通する役割である」と指摘する。乳母子としての役割の共通性は留意すべきところであるが、本章では「弁」という名から見える造形があることに注目したい。
(7)三田村雅子「召人のまなざしから」(『源氏物語　感覚の論理』有精堂出版、一九九六)。
(8)鈴木宏昌「源氏物語における乳母子の位置――橋姫の巻における弁の君の場合」(『研究講座源氏物語の視界　五』新典社、一九九七)は「橋姫の巻の弁といい、同名の乳母子があたかも符節を合わせたかのように『源氏物語』の秘密の恋に登場するのには注目される」とする。また、前掲注7三田村論文は、藤壺の「弁」と若紫の「弁」がいずれも重要な働きをしないことを指摘している。
(9)この弁の重要性を指摘したものとして、陣野英則「玉鬘と弁のおもと――求婚譚における「心浅き」女房の重要性」(『源氏物語論――女房・書かれた言葉・引用』勉誠出版、二〇一六)があり、玉鬘の人生を決する者として詳細に論じている。
(10)吉海直人は前掲注1「右近の活躍」において、この弁を兵部(西の京の乳母の娘)ではないかと指摘している。

（11）髙野浩「秘密露見者の新規造型――王命婦・小侍従から夜居僧都・弁へ」（『平安文学研究』一〇、二〇〇一・一二）は、手引きに関与していない人物が露見者として新規造型されることを指摘し、「共犯者的性格を有していた潜在的露見者が作者の意図する物語展開の妨げとなっていたのではないか」とする。
（12）吉海直人「弁の尼」（『源氏物語の乳母学――乳母のいる風景を読む』世界思想社、二〇〇八）。
（13）詳細は拙稿「源典侍と弁の尼――亡き父へとつながる〈昔語り〉の女房」（源氏物語を読む会編『源氏物語〈読み〉の交響Ⅱ』新典社、二〇一四）論じた。
（14）外山敦子「弁の「昔物語」――薫の〈原点回帰〉の契機として」（『源氏物語の老女房』新典社、二〇〇五）。
（15）陣野英則「弁の尼を超える薫――『源氏物語』「宿木」「東屋」巻の言葉から」（前掲注9『源氏物語論――女房・書かれた言葉・引用』所収）は、浮舟と薫との縁に関して「弁の尼は明らかに消極的であり、及び腰であった」とする。しかし、中の君に言われても上京しなかった弁が、ここで仲介のために宇治を離れることには注目すべきではなかろうか。
（16）外山敦子「弁の尼と中将の君――〈母〉たちの浮舟物語」（『源氏物語の老女房』新典社、二〇〇五）。
（17）このあたりの詳細は本部第二章で論じた。
（18）篠原昭二「大君の周辺――源氏物語女房論」（『国語と国文学』四二－九、一九六五・九）。
（19）三村友希「浮舟の〈幼さ〉〈若さ〉――他者との関係構造から」（『姫君たちの源氏物語――二人の紫の上』翰林書房、二〇〇八）は浮舟物語における〈幼さ〉〈若さ〉に注目したものであるが、浮舟に仕える女房たちの中で密通・入水の局面に関わるのは老人ではなく若人であることを指摘している。
（20）金子大麓「「弁の君」呼称考――宇治十帖に於けるその呼称の変化について」（『国士舘短期大学紀要』一二、一九八七・三）は、浮舟と母君との対話中の弁の言葉を「随分含みのある巧みな言い回しで、匂宮との関係をそれとなく暗示しているように感じられる」とする。また、前掲注14外山論文は「弁の尼は異変を察知しつつ、しかもそれを敢えて放置していたという可能性は十分にあるのではないか。飛躍を恐れずに述べるならば、浮舟をめぐる状況や中将の君の性格までもを熟知していた弁の尼が、中将の君の感情を逆撫でする発言を巧みに繰り返し、母娘の分離を中将の君自らが宣言するよう仕向けたのではないだろうか」と指摘する。
（21）本部第一章で論じた。
（22）古田正幸「宇治十帖における弁の君の立場――柏木の「乳母子」／大君・中の君の「後見」として」（『平安物語における侍女の研究』笠間書院、二〇一四）は弁の複雑な立場に注目した論で、「柏木の乳母子・弁は、柏木の乳母子であることや、大君らの後見であること、あるいは浮舟の後見でないことによって、侍女として宇治十帖の主人公・薫や三人の八の宮の姫君たちとも密接に関わるのである」と指摘する。

第Ⅲ部　第一章

（1）『うつほ物語』における女房・従者の機能に関しては第Ⅰ部で論じた。

（2）『源氏物語』に関しては安藤徹の「物語と〈うわさ〉」「隠すことと顕すこと」など『源氏物語と物語社会』（森話社、二〇〇六）所収の〈うわさ〉に関する一連の論考がある。また、野村倫子「『山路の露』の「文」と「語り」――浮舟物語における情報回路の回復をもどく」（『源氏物語』宇治十帖の継承と展開』和泉書院、二〇一一）は浮舟物語後半と『山路の露』における情報伝達の問題を論じている。

（3）女二宮物語に関しては次章で論じる。

（4）三角洋一「飛鳥井物語小考」（『王朝物語の展開』若草書房、二〇〇〇）は三輪山伝説との話型の重なりを指摘している。また、倉田実「〈名を隠す恋〉の狭衣――飛鳥井の君の物語」（『狭衣の恋』翰林書房、一九九九）は狭衣と飛鳥井女君との恋を〈名を隠す恋〉と捉え、「「知らせない」ことが二重三重に結構されて、飛鳥井の君の悲劇が生じていると把握できる」と指摘する。

（5）鈴木泰恵「恋のジレンマ――飛鳥井女君と源氏宮」（『狭衣物語／批評』翰林書房、二〇〇七）。また、飛鳥井女君物語と源氏の宮思慕の関連に関しては、萩野敦子「『狭衣物語』飛鳥井女君論・序説――品劣る女との恋物語が「狭衣物語に参加するまで」（『国語国文研究』九六、一九九四・九）が飛鳥井女君を、天稚御子事件を経て源氏の宮の〈形代〉ではなく〈慰め〉を欲したところに入り込み得た存在としてとらえ、やがて源氏の宮の影響下から脱していくとして論じている。

（6）このあたりの経緯に関しては、三角洋一「飛鳥井の女君の乳母について」（前掲注4『王朝物語の展開』所収）が狭衣・乳母・飛鳥井女君の「三者のからみあいによって描きすすめる飛鳥井物語の一端」として論じている。

（7）「別当殿の御子の蔵人少将とぞ思はせたりし」という発言であるが、引用している新編全集の底本である深川本が「思はせたりし」とあるのをはじめ、内閣文庫本は「思はせたりければ」と、第一系統で読む限り、女房は「蔵人少将」であるというのが偽りであると判断していることになる。しかし、第二・第三・第四系統では、女房たちが、通う男が少将であると信じたことになっている。確かに、通う男が少将ではないと知っているにしてはこの後の乳母の行動には不自然な点が多く、少将であると信じたとする方が合理的なのであるが、本章では第一系統で読むことにより、少将ではないことを知っていたはずの乳母に注目したい。

（8）飛鳥井女君の乳母に関しては、注6三角論文の他に久下裕利（晴康）「『狭衣物語』の乳母たち」（『平安後期物語の研究　狭衣浜松』新典社、一九八四）「フィクションとしての飛鳥井君物語」（『王朝物語文学の研究』武蔵野書院、二〇一二）、齋木泰孝「狭衣物語における乳母――女三宮、飛鳥井女君、今姫君の物語」（『物語文学の方法と注釈』和泉書院、一九九六）などがある。

（9）井上眞弓「メディアとしての旅――恋のゆくたてを見る」（『狭衣物語の語りと引用』笠間書院、二〇〇五）は道成の官が狭衣が身をやつした蔵人少将と大差ないことから、「仮の姿を借りた、言わば偽りの関係が、男君のすり替えによって名実とも真実の関係になってしまったのである。もしくは、男君の位置が変わらずに中身だけ変わったとも言い換えられよう。そして、その変換は飛鳥井女君の西海下りという旅の時空を現出させたのである」と指摘する。

（10）ここでの「車」も含め飛鳥井女君物語における乗り物を論じたものに、鈴木泰恵「飛鳥井女君と乗り物――浮舟との対照から」（前掲注5『狭衣物語／批評』所収）がある。

（11）母代が狭衣に語った説明では、乳母は相手が狭衣であることを知っていて、道成が狭衣の乳母の子であることを飛鳥井女君に隠したということになっている。しかし、母代の発言はあくまで伝聞であり、真偽のほどは決定できない。

(12) 兄弟の間で情報が交換されないというのは、大弐の乳母・中納言典侍姉妹にも見られる。「中納言典侍、大弐の乳母など、同じき姉妹といへど、同じ身を分けたるやうに、かたみに思ひかはしたれば、この人の、つゆばかりも漏らしたらむことを、身の外に散らすべきならねど、(中略)今は若宮の御ために、誰もおろかに思ひきこえさせたまふべうはなかりけりと思へば、大弐にも、この御ことを語らざりけり」(巻四②三四〇〜三四一)と、中納言典侍は若宮の父親が狭衣であることを大弐の乳母に語っていない。なお、大弐の乳母は道成・道季兄弟の母親である。

(13) この兵衛督なる人物が、狭衣の偽った少将の父親である「別当殿」であろう。今姫君の母代は狭衣に情報をもたらす場面で、狭衣が「前の別当、左衛門督の子の少将」(巻三②五一)と名乗っていたことを言い当てているが、この「左衛門督」には「左兵衛督」との異同がある。

(14) 神田龍身「仮装することの快楽、もしくは父子の物語——鎌倉時代物語論」(『物語文学、その解体——『源氏物語』「宇治十帖」以降』有精堂、一九九二)、木村朗子「欲望の物語史——『狭衣物語』から『石清水物語』へ」(『恋する物語のホモセクシュアリティ——宮廷社会と権力』青土社、二〇〇八)。

(15) 結局は、遺児(飛鳥井姫君)は一品宮の養女であり、狭衣の実子であることによって幸いを手にすることになり、「少将」の子とされたことはその後にまでは影響しない。そういった意味でも、狭衣と大宮の密通を創出したものの、それが問題になっていない若宮のあり方と通じるものがある。なお、飛鳥井姫君に関しては野村倫子「飛鳥井の九州——入水と「形見」の姫君の物語」(『『源氏物語』宇治十帖の継承と展開』和泉書院、二〇一一)が飛鳥井女君の辺境性を絶ち切っていく物語として論じている。

(16) 鈴木泰恵「〈人知れぬ恋心〉のはずが……——カタリの迷宮『狭衣物語』」(『日本文学』五七-九、二〇〇八・九)および「『狭衣物語』とことば——ことばの決定不能性をめぐって」(狭衣物語研究会編『狭衣物語が拓く言語文化の世界』翰林書房、二〇〇八)で語りの仕掛による決定不能性が論じられている。なお、同氏は「『狭衣物語』のちぐはぐな語り——飛鳥井女君における道成の「不知」をめぐって」(『日本文学』七六三、二〇一七・一)および「『狭衣物語』の「語り」と「主体」——飛鳥井女君についての諸言説から」(『物語研究』一七、二〇一七・三)において、道成や常盤の尼君が「知らない」とする言説の信憑性を問い直し、『狭衣物語』における語りのありようを分析している。

第二章

(1) 井上眞弓「あとがきにかえて——「女房文学」としての『狭衣物語』」(『狭衣物語の語りと引用』笠間書院、二〇〇五)。

(2) 鈴木泰恵「『狭衣物語』とことば——ことばの決定不可能性をめぐって」(狭衣物語研究会編『狭衣物語が拓く言語文化の世界』翰林書房、二〇〇八)。

(3) 前掲注2鈴木論文。

(4) 角田文衛『日本の後宮』(学燈社、一九七三)、加納重文「典侍」(『平安文学の環境——後宮・俗信・地理』和泉書院、二〇〇八）など。

（5）石埜敬子「『狭衣物語』の和歌」（『和歌文学論集3和歌と物語』風間書房、一九九三）、神田龍身「狭衣物語――独詠歌としての物語」（『源氏物語と和歌を学ぶ人のために』世界思想社、二〇〇七）など。

（6）齋木泰孝「狭衣物語における乳母――女三宮・飛鳥井女君・今姫君の物語」（『物語文学の方法と注釈』和泉書院、一九九六）など。

（7）土岐武治『狭衣物語の研究』（風間書房、一九八二）。なお、久下裕利「『狭衣物語』の方法――作中人物継承法」・「女二宮の位相」（ともに『狭衣物語の人物と方法』新典社、一九九二）などにも指摘がある。

（8）巻四の蹴鞠場面で語り手は『源氏物語』の六条院蹴鞠を「その折は見しかど」（巻四②二三八）としていて、『狭衣物語』の世界は『源氏物語』と地続きであるかのように語られている。

（9）齋木泰孝「物語文学の求婚譚の型――源氏物語以前と以後」（『物語文学の方法と注釈』和泉書院、一九九六）。

（10）前掲注5石埜論文。

（11）なお、乳母出身者が典侍になる例から、中納言典侍も乳母経験者や乳母近親者である可能性を疑う必要性があり、年齢や設定から、中納言典侍の母が大宮の乳母であった可能性はある（新編全集『狭衣物語』巻二①一六六頭注にも指摘がある）。しかし、それでも出雲たちとは女二宮との近しさが異なるであろう。

（12）木村朗子「欲望の物語史――『狭衣物語』から『石清水物語』へ」（『恋する物語のホモセクシュアリティ――宮廷社会と権力』青土社、二〇〇八）は「「あるまじきこと」ではないはずの正統な婚姻関係が、密通を仮構することによって、皇統に対する重大な禁忌へと発展する」と指摘する。

（13）神田龍身「仮装することの快楽、もしくは父子の物語――鎌倉時代物語論」（『物語文学、その解体――『源氏物語』「宇治十帖」以降』有精堂、一九九二）。

（14）鈴木泰恵「〈声〉と王権――狭衣帝の条理」（『狭衣物語／批評』翰林書房、二〇〇七）は「皇権に重なり合う王権を相対化する〈声〉の〈力〉は、あえて封ずるのだという姿勢が示されているのではあるまいか」と指摘する。

第三章

（1）新編全集頭注（巻四②二三八注一）などにも指摘がある。なお、この場面から『狭衣物語』が『源氏物語』を物語世界において地続きの存在として位置づけているととらえられることは拙稿「物語における物語――『狭衣物語』の方法」（物語研究会編『「記憶」の創生〈物語〉1971―2011』）で論じた。

（2）本章では『源氏物語』および『狭衣物語』に登場する複数の皇女とその母親を扱うため、以下のように呼称を統一する。『源氏物語』に登場する朱雀院女二宮は通称である「落葉宮」、その母親は「一条御息所」、『狭衣物語』に登場する嵯峨院女二宮は「女二宮」、同じく『狭衣物語』に登場する一条院女一宮は「一品宮」、その母親は「女院」。また、邸の名も非常に紛らわしいが、『源氏物語』で落葉宮と一条御息所が住む邸宅は「一条宮」、『狭衣物語』で一品宮と女院が住む邸宅は「一条院」と呼ぶ。

(3) 倉田実は「〈濡衣の恋〉の狭衣――一品宮の物語」(『狭衣の恋』翰林書房、一九九九)で「濡衣」において一品の宮物語は夕霧・落葉の宮物語との親近性を持っていよう」とし、「濡衣」という語から一品宮物語を読み解いている。ただし、倉田論文では夕霧巻との関係に関して深入りしていない。なお、夕霧巻と『狭衣物語』に関しては久下裕利が「狭衣大将の人物造型――「源氏取り」の方法から」(『狭衣物語の人物と方法』新典社、一九九二)において女二宮物語との関わりを論じている。

(4) 堀口悟「一品宮物語の状況設定――『狭衣物語』巻三、狭衣と一品宮とが結婚に至るまでの過程を中心に」(『茨城キリスト教短期大学研究紀要』二四、一九八四・一二)。

(5)「親類の女房」(『源氏物語の新考察――人物と表現の虚実』おうふう、二〇〇三)。

(6) 前掲注3倉田論文は「一品の宮の場合は、自身が「濡衣」を使用して嘆じることはなく、また、狭衣拒否の姿勢を一貫させることで独自性を主張している」と指摘する。

(7) 新編全集『源氏物語』夕霧巻の落葉の宮の母の一条御息所の立場に似通っている」(巻三②八二注九)など。

(8) 落葉宮の結婚に関しては後藤祥子「皇女の結婚――落葉宮の場合」(『源氏物語の史的空間』東京大学出版会、一九八六)が史上の皇女との関わりと共に論じている。また、史上の女一宮・一品宮と物語史上の女一宮・一品宮との関連を論じたものに一文字昭子「平安時代の女一宮――史実と物語(『うつほ物語』『源氏物語』『狭衣物語』)から」(『国文目白』三七、一九九八・二)、勝亦志織「斎宮・斎院・一品宮、そして女院へ」(『物語の〈皇女〉』笠間書院、二〇一〇)などがある。

(9) 鈴木泰恵「〈声〉と王権――狭衣帝の条理」(『狭衣物語/批評』翰林書房、二〇〇七)は「当事者双方の意志に反する結婚を、不可避の事態へと追い立てていったのは、恋仲を噂してざわめき立つ〈声〉の〈力〉以外の何ものでもなかったといえるのである」と指摘する。

(10) 橋本ゆかり「源氏物語の「塗籠」」(『日本文学』四八 - 九、一九九九・九)は「世間で〈本当〉とされてきたのは、「実事あり」ということであった。しかし、夕霧と結ばれてしまってからは、彼女にとっての〈本当〉は世間が〈本当〉としてきたことと一致することになる」とする。また、岩原真代「落葉宮試論――「夕霧」巻の「名」を中心として」(『人物で読む源氏物語 花散里・朝顔・落葉の宮』勉誠出版、二〇〇六)は「落葉の宮の場合、噂の中の「女」像は、「世」に拡張、定着し、やがて、聖性によって保たれていた本来の同一性をも浸食し、心身を浮遊させていく」と指摘する。

(11) 神田龍身「『狭衣物語』――物語文学への屍体愛＝モノローグの物語」(井上眞弓・乾澄子・鈴木泰恵・萩野敦子編『狭衣物語 文の空間』翰林書房、二〇一四)は「噂には、一抹の真実があるというのが『源氏物語』の方法である」と指摘するとともに、『狭衣物語』の噂を「なんら事実の裏付けもないところで、大納言の狭衣コンプレックスから喋った言葉がそのままに伝播し、それは懐疑的に扱われることもなく、瞬く間に事実と化し、さらには現実をも突き動かしてしまっているのだ」とする。

(12) 勝亦志織「『源氏物語』以後――後期物語における女一宮」(『物語の〈皇女〉』笠間書院、二〇一〇)は「この「あらまほしき」ことが、実はこの婚姻が狭衣・一品宮双方共にまったく予想外の出来事であったこととの差がここで明示される」と指摘する。

(13) 前掲注4堀口論文は「かような「うわさ」によって事件を進行させる設定を採用した作者は、登場人物各人に、人間関係に於ける不如意を体験させることに成功した。事態の進展に対しては、各個人の努力など、全く無力であることを仕組み得た」と指摘する。
（14）松岡千賀子『『狭衣物語』に於けるフミの考察――メディアとしての特性と役割」（『平安文学研究　生成』笠間書院、二〇〇五）は『『狭衣物語』のフミはマイナス展開の要因とはならない。正読み手のみに届く場合は勿論の事、それ以外の場合に於ても、『源氏物語』に見られたような露見・誤解が生じることはない。そうした事態は、独り言・噂といった「ハナシ」を主な要因とし、それらが立ち聞きされ、語り継がれることによって発生する」とする。しかし、述べてきたように、露見や誤解にはつながらないものの、物語を展開させることができないという点に注目したい。
（15）前掲注3久下論文。

第四章

（1）女二宮物語と一品宮物語とのかかわりを指摘しているものは、堀口悟「一品宮物語の状況設定――『狭衣物語』巻三、狭衣が一品宮と結婚に至るまでの過程を中心に」（『茨城キリスト教短期大学研究紀要』二四、一九八四・一二）、片桐利博「一品宮物語について」（『物語文学の本文と構造』和泉書院、一九九七）、鈴木泰恵『『狭衣』一品宮物語の方法――過去と現在の接触をめぐって」（『中古文学論攷』八、一九八七・一二）、久下裕利「『狭衣物語』の方法――作中人物継承法」（『狭衣物語の人物と方法』新典社、一九九三）などがある。
（2）誰のどういう言葉なのか、解釈が揺れているところである。新編全集は「中納言典侍を私と同様にお考えください」という大弐から狭衣への伝言と取る。しかし、狭衣の心を「御心」ではなく「心」とすることに不審があるとし、「（私と）同じ気持ちで（狭衣さまにお仕えなさい）」と大弐が中納言典侍に伝言したと取る全註釈の説に従いたい。なお、他系統では「申し置きし」にあたる箇所がなく、中納言典侍の言葉となる。このあたりの異同は全註釈Ⅱ七一頁注一一に詳しい。
（3）注1堀口論文。
（4）増田繁夫「平安中期の女官・女房の制度」（『評伝紫式部――世俗執着と出家願望』和泉書院、二〇一四）によれば、中宮内侍は内侍司に所属していて、中宮に出向している兼任の掌侍であるという。
（5）命婦に関しては、令外官として取る加納重文「命婦」（『平安文学の環境――後宮・俗信・地理』和泉書院、二〇〇八）と、四位五位の女官女房を指すとして職階ではないとする前掲注4増田論文の説がある。
（6）堀口悟「狭衣即位の意義――『狭衣物語』の主人公の天皇即位を考える」（『論叢狭衣物語2歴史との往還』新典社、二〇〇一）。
（7）内閣文庫本は後二首の順番が逆、流布本は三首目の上句が「憂き身には秋も知らるる荻原や」と、諸本に異同があるが、大意に変化はない。
（8）森下純昭「狭衣物語の贈答歌――その変則性について」（『岐阜大学国語国文学』一二、一九七六・二）。
（9）石埜敬子『『狭衣物語』の和歌」（『和歌文学論集3和歌と物語』風間書房、一九九三）。倉田実「〈逢ひて逢はぬ恋〉の狭衣――女二の宮の物語」（『狭衣の恋』翰林書房、一九九九）もこれに従っている。

(10) 前掲注1鈴木論文。

(11) 森下純昭「狭衣物語の人物関係――「らうたし・らうたげ」をめぐって」(『岐阜大学国語国文学』一三、一九七八・三)、久下晴康(裕利)「『狭衣物語』の構造」(『平安後期物語の研究』新典社、一九八四)、鈴木泰恵「恋のからくり――源氏宮思慕をめぐって」・「思慕転換の構図――源氏宮から女二宮へ」(『狭衣物語／批評』翰林書房、二〇〇七)。

(12)「思ひあまりたまひて」のところ、内閣文庫本は「思給て」。流布本は深川本と同じ。「思ひあまり」とある方が狭衣の独り言を封じられた苛立ちが際立つ。

(13) 倉田実「〈濡れ衣の恋〉の狭衣――一品の宮の物語」(『狭衣の恋』翰林書房、一九九九)。

(14) 飛鳥井姫君の袴儀について意思を探り合う「おもふより」の贈答は流布本では「書きつく」となっている。第一系統は「かきくつす(かき崩す)」あるいは「かきつくす(かき尽くす)」であるので、こちらを取る。

(15) 土岐武治『狭衣物語の研究』(風間書房、一九八二)、阿部好臣「『狭衣物語』主題攷――月と心深しの構図」(『物語文学組成論Ⅱ――創生と変容』笠間書院、二〇一一)、久下裕利「女二宮の位相」(『狭衣物語の人物と方法』新典社、一九九三)など。

(16) なお、この典侍が「中納言」であるのも、朧月夜づき女房に「中納言の君」がいることと無関係ではあるまい。前章にて指摘した一品宮の少将命婦と落葉宮の小少将との関係と同じである。

(17) 前掲注15久下論文は、「意図的な花宴巻との符号」とするが、「藤壺への満たされぬ思いが朧月夜との君との偶発的な出会いを導いたのとは違って、ここでは狭衣は源氏宮の影を引きずってはいない」と指摘する。しかし、藤壺への思いをきっかけに朧月夜との逢瀬が始まる光源氏に対して、狭衣は女二宮を抱いて「かの室の八島の煙立ちそめにし日の御手つき思ひ出でられて」(巻二①一七四)と源氏の宮を思い出す。最愛の女君を思う順序が逆になっているのであり、そうした『狭衣物語』の引用のありかたに注目したい。なお、狭衣が女二宮の感触に源氏の宮を重ねていることは、鈴木泰恵「〈形代の変容〉――認識の限界を超えて」(前掲注11『狭衣物語／批評』所収)で指摘されている。

(18) 久下裕利「狭衣大将の人物造型――「源氏取り」の方法から」(前掲注1『狭衣物語の人物と方法』所収)。

(19) 前掲注1久下論文。

(20) 萩野敦子「『狭衣物語』――男主人公狭衣と『源氏物語』」(『人物で読む源氏物語 光源氏Ⅰ』勉誠出版、二〇〇五)は女二宮に対する狭衣の恋愛態度に夕霧や柏木の影響を指摘し、「夕霧や柏木は、光源氏的心性の男主人公から薫的心性の男主人公への橋渡し的な役割を果たしているとみなされるので、『狭衣物語』が「光源氏」に主人公としての枠組みを依拠しつつも、その内面性については「光源氏以降」の男君たちに依拠したことが、ここでも確認できる」とする。

(21)『狭衣物語』の諸本の本文異同は実に多様なものであるが、新編全集の底本である深川本をはじめとする第一系統に拠った。

(22) 後藤康文「もうひとりの薫」(『狭衣物語論考 本文・和歌・物語史』笠間書院、二〇一一)はこの三か所を「『狭衣物語』作者の『源氏物語』を積極的に取りこんでゆく創作態度の一端をうかがわせるもの」と指摘している。

あとがき

本書は、平成二七年度学習院大学審査学位論文「王朝物語文学の研究——女房の機能から」をもとにしたものである。審査にあたってくださった神田龍身先生、兵藤裕己先生、土方洋一先生に、心より御礼申し上げたい。

本書をまとめるにあたり、もとになった博士論文にはかなりの手を入れた。無論、論旨に関わるような大きな修正は施していない。ただ、古典文学を専門としない方にも手に取っていただきたいという方針で、各物語のあらすじや場面ごとの概要などを可能な限り加筆した。これは、この本の出版をお引き受けくださった青土社の菱沼達也氏のご提案であったが、私自身、ワクワクしながら加筆作業を進めていった。もとより私は押しつけがましい性格で、自分が面白いと思ったことは「ね、面白いでしょ？」とごり押しせずにはいられない。扱った三作品を読んだことがない方にもその面白さが伝わりますようにと願いながらの作業は、ただひたすら楽しかった。

そういうわけで、もとになった博士論文に、より読みやすくするための修正を加えるとともに、序章と終章は新たに書き下ろした。これらの執筆を始めたのは、今年の一月の誕生日を過ぎた後だった。だから、この作業は結果的に、三〇歳になった自分が、二十代の研究を振り返ってまとめ直すという意味を持ってしまった。

自分の未熟さを痛感しながらも、思いを込めてまとめた本書となったが、赤坂憲雄先生、大塚ひかり先生が帯を書いてくださったことは本当にありがたく、今でも少し信じられない思いがする。赤坂先生は学問の世界において尊敬する先生であることはもちろんだが、私が学習院大学で助教を務めた初年度（それは本書のもととなった博士論文を提出した年でもある）に学科主任、つまりは「上司」として大変お世話になった方でもある。また、私が古典文学に興味を持ち始めた高校生のときに、のめりこむようにして読んだのが、大塚ひかり先生のご著書だった。古典の世界がぐっと身近に、しかし、とてつもなく刺激的なものに思えてくるご著書の数々は私の憧れでもある。ご多忙のなか、まだ誤字脱字も大いに残るゲラを読んでくださり、コメントを寄せてくださったお二人に、心より感謝申し上げたい。

こうして本書を形にすることができたが、研究はいつも楽しく、そして、同じだけ苦しかった。自分は研究に向いていないのではないかと思い続けながら（今でも思っている）、それでも続けてくることができたのは、多くの方々との出会いがあったからである。学習院大学の先生方をはじめ、学会・研究会でも多くの先生方からご指導やご助言をいただいた。また、先輩方に同世代の皆に後輩たちに……すべての皆様のおかげで、今の私がある。

何より、恩師・神田龍身先生には感謝してもしきれない。高校二年生の時、学習院女子高等科で先生の模擬講義に出席して私の進路は決まった。それからはお世話になりっぱなしである。研究者として一人前にならなくてはと思いつつも、少しの甘えを込めて、今後ともよろしくご鞭撻くださいと申しあげたい。

それから、劇団貴社の記者は汽車で帰社の仲間たち。思い返してみれば、『源氏物語』の女房の名前が気になりだしたのも、大学四年生のとき、『源氏物語』を舞台化するために台本を書いている最中のことだった。「研究に専念したら？」とお叱りを込めて言ってくださる方もいるが、本書の『源氏物語』

論をはじめ、劇団での活動を通して思いついた論文も少なくない。また、古典文学の面白さを伝えていきたいという意味でも、劇団での活動はこれからも続けていきたい。とはいえ研究と演劇とのバランスはいまだに上手く取れず、しわ寄せはいつも劇団員に向かっているように思う。いつもごめん。そして、ありがとう。

また、初めての出版で右も左も分からない私を根気強く導いてくださった、青土社の菱沼達也氏に心から御礼を申し上げたい。

なお、本書の刊行にあたっては学習院大学大学院人文科学研究科博士論文刊行助成金の支給を受けた。ここに記して感謝申しあげる。

最後に。これを記すのは少し気恥ずかしいのだが……私を支え、見守り続けてくれた両親に、いちばんの感謝を。

平成二八年八月二六日

千野 裕子

初出一覧

序章　（書き下ろし）

第Ⅰ部　『うつほ物語』論

第一章　『うつほ物語』の女房たち
（原題「女房論」（学習院大学平安文学研究会編『うつほ物語大事典』勉誠出版　平成二五年二月）

第二章　「蔵開」「国譲」巻の脇役たち――情報過多の世界の媒介者
（原題「『うつほ物語』「蔵開」「国譲」巻の脇役たち――情報過多の世界の媒介者」、『学習院大学大学院　日本語日本文学』第十号　平成二六年三月）

第Ⅱ部　『源氏物語』論

第一章　「中将」と浮舟の母君――物語の〝過去〟たる正篇
（原題「『源氏物語』における女房「中将」――宇治十帖とその「過去」たる正篇」、『古代中世文学論考』第二六集　新典社　平成二四年四月）

第二章　「侍従」「右近」とふたりの女房――女房が示す遠い正篇
（原題「浮舟物語と正篇世界――女房「侍従」「右近」から」、『物語研究』第一四号　平成二六年三月）

第三章　「弁」と弁の尼――克服できなかった〝過去〟（書き下ろし）

第Ⅲ部　『狭衣物語』論

第一章　飛鳥井女君物語の〈文目〉をなす脇役たち
（原題同じ。井上眞弓・乾澄子・鈴木泰恵・萩野敦子編『狭衣物語　文の空間』翰林書房　平成二六年五月）

第二章　女二宮周辺の女房・女官
（原題「『狭衣物語』の女房たち――女二宮物語から」、物語研究会編『記憶の創生』翰林書房　平成二四年三月）

第三章　一品宮物語と『源氏物語』夕霧巻
（原題「『狭衣物語』と『源氏物語』夕霧巻――一品宮物語を中心に」、『日本文学』第六四巻第九号　平成二七年九月）

第四章　背中合わせのふたりの皇女と、夕霧としての狭衣（書き下ろし）

終章　女房は物語に何をしているか（書き下ろし）

＊いずれも初出より大幅な加筆・修正を行っているが、論旨に変更はない。

著者　千野裕子（ちの・ゆうこ）
1987年東京都生まれ。学習院大学文学部日本語日本文学科卒業。同大学大学院人文科学研究科博士後期課程単位修得退学。博士（日本語日本文学）。学習院大学文学部助教を経て、2017年4月より川村学園女子大学専任講師。専門は中古文学（おもに王朝物語文学）。

女房たちの王朝物語論

『うつほ物語』『源氏物語』『狭衣物語』

2017年9月20日　第1刷印刷
2017年10月5日　第1刷発行

著者――千野裕子

発行人――清水一人
発行所――青土社
〒101-0051　東京都千代田区神田神保町1-29　市瀬ビル
［電話］03-3291-9831（編集）　03-3294-7829（営業）
［振替］00190-7-192955

印刷・製本――シナノ印刷

装幀――ミルキィ・イソベ

カバー図版――『源氏物語絵巻』「早蕨」段「中君の京に移る支度」より

Printed in Japan
ISBN978-4-7917-7011-3　C0095